Arthur Machen
Der verborgene Sieg

Serie Piper
Band 1406

Zu diesem Buch

Ein walisischer Junge wird von den Eltern auf ein englisches Internat geschickt. Von Mitschülern und Lehrern erleidet er Schikanen und Demütigungen, auch wegen seiner ländlichen Herkunft und seines verträumten Wesens. Linderung bringt es ihm, sich in seine Heimat zu träumen. Eine Begegnung mit einem alten Waliser hilft ihm schließlich, zu sich selbst zu finden und die Verachtung, mit der die anderen ihn quälen, abzuschütteln – sein verborgener Sieg.

Arthur Machen verarbeitete in diesem Roman seine eigenen Erfahrungen auf einer Public School.

Mit diesem Band schließt der Piper Verlag seine sechsbändige Arthur-Machen-Werkausgabe ab.

Arthur Machen, eigentlich Arthur Llewellyn Jones, wurde 1863 als Sohn eines Geistlichen in Caerleon-on-Usk in der walisischen Grafschaft Monmouthshire geboren. In Einsamkeit aufgewachsen, ging er zum Studium der Medizin nach London, brach es aber, abgestoßen vom Chauvinismus und der Brutalität seiner Kommilitionen, nach wenigen Semestern ab. Ab 1881 lebte er in London, schlug sich als Übersetzer (Rabelais, Margarete von Navarra) durch. Literarischen Ruhm gewann er 1894 mit »Der Große Pan«. Zeitweise gehörte er dem okkultistischen »Hermetic Order of the Golden Dawn« an, zu dessen prominentesten Mitgliedern Aleister Crowley, der Begründer des modernen Satanismus, und William Butler Yeats zählten. Später schloß er sich einer reisenden Schaupieltruppe an und arbeitete daneben als Zeitungsschreiber, dessen Literatur- und Theaterkritiken gefürchtet waren. Eine Attacke auf Lord Alfred Douglas, den ehemaligen Geliebten Oscar Wildes, beendete allerdings seine Karriere als Journalist. Arthur Machen starb 1947 in Beaconsfield.

Arthur Machen

Der verborgene Sieg

Roman

Aus dem Englischen von
Joachim Kalka

Piper
München Zürich

Die Originalausgabe erschien 1922 unter dem Titel
»The Secret Glory« bei Secker, London.

Arthur Machen: Werke in sechs Bänden

1. Furcht und Schrecken. Roman (SP 1401)
2. Botschafter des Bösen. Roman (SP 1402)
3. Die weißen Gestalten. Erzählungen (SP 1403)
4. Der große Pan. Erzählungen (SP 1404)
5. Der Berg der Träume. Ein Künstlerroman (SP 1405)
6. Der verborgene Sieg. Roman (SP 1406)

ISBN 3-492-11406-7
Deutsche Erstausgabe
November 1994

Umschlag: Federico Luci,
unter Verwendung einer Zeichnung von Heinz Lauer
Gesamtherstellung: Clausen & Bosse, Leck
Printed in Germany

I. TEIL

I

Eine schwere Wolke zog schnell vor dem Wind davon, der mit dem Abend kam, und fern am klaren Himmel glänzte der Abendstern mit reiner Helle, eine leuchtende Welt, hoch über die dunkle Erde gesetzt und über die schwarzen Schatten des tiefen Feldwegs. Am Ende des Oktobers hatte sich ein großer Sturm im Westen erhoben und durch die kahlen Äste einer verkrümmten Eiche hindurch sah Ambrose Meyrick das silberne Sternenlicht. Als der letzte schwache Schein am Himmel erstarb, lehnte er sich an ein Zauntor und schaute hinauf; dann fiel sein Blick auf die eintönigen, müden Bodenwellen der Landschaft, den weiten Umkreis bräunlichen Ackerlandes und grauer Wiesen, umfaßt von einem dämmerigen Horizont, düster wie eine Gefängnismauer. Zusammenfahrend dachte er plötzlich daran, wie spät es schon sein mußte: Vor einer Stunde hätte er zurück sein sollen, und noch stand er in der freien Landschaft, mindestens eine Meile vom Ortsrand von Lupton entfernt. Er wandte sich von dem Stern ab und ging, so rasch er konnte, den Weg entlang, durch die Pfützen und den klebrigen Lehm, den der Regen dreier Wochen aufgeweicht hatte.

Er sah endlich die schwachen Lampenlichter der zunächstgelegenen Straßen vor sich, wo die Schuhmacher wohnten, und er schritt eilig durch dieses elende Viertel, vorbei an den billigen Kramlädchen, den ungeschlachten Wirtschaften und der noch häßlicheren Protestantenkirche mit den zwölf Grundsteinen, auf welchen die Namen der zwölf führenden Gemeindeglieder von Lupton geschrieben stehen, vorbei an den kreischenden Kindern, die von den Müttern zusammengetrieben und ins Bett verfrachtet wurden. Dann kam die Volksbücherei, ein bewunderungswürdiges Beispiel, wie der *Lupton Mercury* erklärte, für die Adaption des Gotischen an die Erfordernisse moderner Architektur. Aus einer Art Turm dieses Gebäudes schoß ein langer Arm hervor, und an ihm hing ein rundes Uhrenzifferblatt über der Straße; Meyrick erschrak wieder, indem er sah, daß es sogar noch später war, als er befürchtet hatte. Er mußte noch auf die andere Seite der Stadt, und es war bereits sieben vorbei! Er fing zu laufen an und fragte sich, was ihm sein Onkel wohl für ein Schicksal bereiten würde, und er kam an »unserer herrlichen alten Gemeindekirche« vorüber (in den vierziger Jahren komplett »restauriert«), vorbei an den Überresten des Marktkreuzes (eines Denkmals, das – mit großem Erfolg, laut herrschender Ortsmeinung – in eine Tränke für Hunde und Rindvieh umgewandelt worden war), stolperte zwischen den späten Ladenkunden und den frühen Müßiggängern einher, welche die Hauptstraße auf und ab schlenderten und an den Ecken standen.

Es schauderte ihn, als er die Klingel am Alten Herrenhaus zog. Er versuchte, unbekümmert dreinzuschauen, als das Dienstmädchen die Tür öffnete, und er wollte gleich den Gang hinunter ins Schulzimmer gehen, doch das Mädchen hielt ihn an.

»Der Herr sagt, Sie sollen gleich in sein Arbeitszimmer kommen, Master Meyrick, sofort, wenn Sie da sind.«

Sie sah ihn seltsam an, und dem Jungen wurde schlecht vor Furcht. Er war ein sogenannter Waschlappen, durch und durch, und wurde jeden Tag seines Lebens ein dutzendmal vom Entsetzen fast überwältigt. Sein Onkel hatte vor einigen Jahren gesagt: »Lupton wird einen Mann aus dir machen«, und Lupton gab sein Bestes. Das Gesicht der jämmerlichen Gestalt wurde weiß und überzog sich mit Feuchtigkeit; er spürte ein würgendes Gefühl in der Kehle, und ihm war sehr kalt. Nelly Foran, das Dienstmädchen, sah ihn immer noch mit seltsamem, eindringlichem Blick an, dann flüsterte sie plötzlich:

»Sie müssen gleich hingehen, Master Meyrick. Der Herr hat die Klingel gehört, ich weiß es. Aber ich mach's Ihnen wieder gut.«

Ambrose begriff nichts, nur, daß sein Untergang bevorstand. Er holte tief Atem und klopfte an die Tür des Arbeitszimmers, um auf die Weisung seines Onkels einzutreten.

Es war ein höchst behaglicher Raum. Die roten Vorhänge waren fest zugezogen und sperrten den trüben Abend aus, und ein großes Kohlenfeuer brannte, das geschmeidig zischte und große Flammenstrahlen von sich schleuderte – im Schulzimmer wurde Koks verwendet. Der Teppich war weich unter den Schritten, die Sessel versprachen dem Körper behagliche Entspannung, und die Wände waren wohlausgestattet mit Büchern. Da standen Thackeray, Dickens und Lord Lytton, einheitlich in rotes Maroquin gebunden und mit reicher Vergoldung, die *Cambridge Bible for Students* in vielen Bänden, Stanleys *Leben Arnolds*, Coplestons *Praelectiones Academicae*, Kommentare, Wörterbücher, Erstausgaben der Werke von Tennyson, Schul- und Collegepreise in Kalbsleder und natürlich eine breite Brigade lateinischer und griechischer Klassiker. Drei von den wunderbaren und schreckensvollen Stichen Piranesis hingen im Zimmer – an diesen bewunderte Mr. Horbury eher den Gegenstand als den Stil, an welchem er, wie er zu sagen pflegte, einen gewissen Mangel an der *aurea mediocritas* beklagen mußte – fast, in der Tat, einen Zug zum Morbiden. Das Gaslicht war heruntergedreht, denn der stellvertretende Schulleiter schrieb an seinem Arbeitsplatz, und eine Schirmlampe auf dem Tisch warf einen hellen Lichtkreis auf einen Stapel von Papieren.

Er drehte sich um, als Ambrose Meyrick hereinkam. Er hatte eine hohle, kahle Stirn, und sein Gesicht, von frischer Farbe, war von rötlichen Koteletten gerahmt. In seinen graugrünen Augen stand ein gefährliches Glitzern, und sein Eröffnungssatz war nicht verheißungsvoll.

»Also, Ambrose, du mußt ein für allemal begreifen, daß man dir so etwas nicht mehr länger durchgehen läßt.«

Vielleicht wäre es dem unseligen Jungen nicht ganz so übel ergangen, wenn sein Onkel nur nicht mit dem Rektor zu Abend gegessen hätte. So aber gab es einen Zusammenhang, in dem sich jedes Kettenglied um Ambrose Meyrick schloß und seine Lage hoffnungslos machte. Zuerst einmal hatte es gekochtes Hammelfleisch gegeben, und dies war ein Gericht, das dem Gaumen von Mr. Horbury verhaßt war. Zum zweiten gab es als Tischwein Sherry. Diesen schätzte Mr. Horbury zwar sehr, doch unglücklicherweise war der des Rektors, wenn er auch trügerisch die Geschmacksnerven einzulullen suchte, in Wirklichkeit gar nicht gut und voll von jenen brennenden und garstigen Substanzen, die die Leber aufreizen und erzürnen. Dann hatte Chesson mehr oder weniger direkt die pädagogischen Leistungen seines wichtigsten Mitarbeiters kritisiert. Er hatte natürlich nicht einfach gesagt, er könne nicht unterrichten; er hatte lediglich bemerkt:

»Ich weiß nicht, ob Sie das auch festgestellt haben, Horbury, aber kürzlich ist es mir doch aufgefallen, daß Ihre Jungs da in der Fünften ihre Sache nicht richtig im Griff haben. Manche davon kamen mir vor wie richtige *Wurstler*, wenn Sie verstehen, was ich meine: Es war da so eine *Unklarheit*, wie sie das Chorlied analysiert haben. Ist Ihnen selbst schon etwas dergleichen vorgekommen?«

Und dann wieder hatte der Rektor gesagt:

»Und übrigens, Horbury, ich weiß irgendwie nicht recht, was ich von Ihrem Neffen Meyrick halten soll. Er war der Neffe Ihrer Frau, nicht wahr? Ja. Also, ich weiß kaum, ob ich Ihnen erklären kann, was ich zu diesem Knaben sagen will, aber ich kann mir nicht helfen, ich muß zum Ausdruck bringen, daß etwas nicht stimmt mit ihm. Seine Leistungen sind durchaus gut – tatsächlich recht weit über dem Klassendurchschnitt –, aber, um es musikalisch zu sagen, er scheint mir nicht in der Tonart unserer Schule. Das kann natürlich eine Einbildung von mir sein, aber der Junge erinnert mich an die höchst unangenehme Art Mensch, die sich immer insgeheim über einen privaten Scherz lustigzumachen scheint. Ich glaube nicht, daß er in der wünschenswerten Weise von Lupton geprägt worden ist, und wenn er aufrückt, wäre ich beunruhigt wegen seines Einflusses auf die anderen Jungs.«

Hier wiederum hörte der Lehrer Kritik an der Führung seines Hauses heraus, und als er schließlich das Alte Herrenhaus wieder erreichte, hatte sich eine böse Laune in ihm festgesetzt. Er wußte kaum, was ihn stärker irritierte – Chessons Abendessen oder seine Tischgespräche. Er war ein Mann, der gewisse Ansprüche an eine Mahlzeit stellte, und der Gedanke an die große fette Keule, der ein dünnes rotes Rinnsal aus der klaffenden Wunde sickerte, die ihr der Rektor beigebracht hatte, vermischte sich mit seinem Ärger über die verdeckte Scheltrede, mit der man ihn gerade abgekanzelt hatte, und in diesem so entfachten Feuer war jeder Tropfen des ätzenden Sherrys wie Öl. Er trank seinen Tee in finsterem Schweigen, seine Wut wurde immer unbeherrschter, da sie keine Ausdrucksmöglichkeit fand, und man muß bezweifeln, daß ihm im Innersten die Nachricht um sechs Uhr ganz ungelegen kam, daß Meyrick noch nicht im Hause war. Er sah die Möglichkeit – mehr als die Möglichkeit – befriedigender Erleichterung.

Gewisse Denker haben behauptet, daß Irrenärzte (oder Psychologen) im Lauf der Zeit eine gewisse Ähnlichkeit mit ihren Patienten annehmen, oder unverblümter gesagt: selbst halb verrückt sind. Es scheint einiges für diese Ansicht zu sprechen – tatsächlich ist es wahrscheinlich ein Zeichen gefährlicheren Wahnsinns, einen Mann auf Lebenszeit in Gesellschaft von tobenden Verrückten und Kretins gefangenzusetzen, weil er in der Badewanne singt und zum Abendessen einen purpurroten Hausmantel anzieht, als wenn man sich für den Kaiser von China hält. Wie dem auch sei, es steht fest, daß in vielen Fällen der Schullehrer nichts anderes ist als ein aufgeblähter Schuljunge – die Spezies ist und bleibt wesensmäßig dieselbe, aber krankhafte Bedingungen haben im ersteren Fall die Giftigkeit ihres Bisses stark erhöht. Tatsächlich ist es nicht ungewöhnlich, daß Lobredner des erhabenen Systems der Public School ihre Lieblingslehrer mit eben den Ausdrücken feiern, welche eine solche Wesenseinheit nicht nur nahelegen, sondern geradezu rühmend hervorheben. Man lese die Nachrufe auf dahingeschiedene Schulleiter in einer bekannten und höchst achtbaren Kirchenzeitung. »Bis zum Schluß war er im Grunde seines Wesens ein großer Junge«, schreibt Domherr Diver über seinen Freund, jenen analphabetischen alten Speichellecker, der die Schülerzahlen in seinem Institut so schwindelerregend durch sein grenzenloses Augenzudrücken bei allen Juden, Heiden, Ungläubigen und Ketzern zu vermehren wußte, daß man am Ende nicht umhin konnte, ihn zum Bischof zu machen. »Ich spürte immer, daß er sich auf dem Spielfeld mehr zu Hause fühlte als im Klassenzimmer... Er besaß all den gesunden Abscheu des englischen Jungen wider das, was geziert oder exzentrisch ist... Er konnte ein strenger Wahrer der Disziplin sein, wenn Disziplin notwendig schien, aber keiner in der Schule, der nicht wußte, daß ein wohlgezielter Ball, ein schwieriger Fang oder ein guter Torschuß, eine schöne Parade alle, außer den schwersten Vergehen, aufwiegen würde.« Es gibt noch viele andere Berührungspunkte zwischen dem durchschnittlichen Public School-Lehrer und dem durchschnittlichen Schüler: Beide sind beispielsweise von höchster Grausamkeit und haben einen wahrhaft abnormalen Genuß beim Zufügen von Schmerz. Der gewöhnlichere Junge quält jene Tiere, die sich nicht zu wehren wissen. Es gibt Geschichten (sie werden von allen wahren Freunden des »Systems« sorgfältig unterdrückt) von wunderbaren, exquisiten Orgien in einsamen Talsenken der Heide, in dunklen und abgelegenen Dickichten: Geschichten von ein, zwei Jungen, einer Eidechse oder Kröte und der langsamen Glut eines kleinen Scheiterhaufens. Doch das sind die speziellen Freuden der *virtuosi*; für den Durchschnittsknaben lassen sich Vergnügungen genug aus seinen schwächlicheren Mitschülern ziehen, von denen es im allgemeinen auch in der gesündesten Gemeinschaft ein paar gibt. Schließlich müssen im Kampf ums Dasein die Schwächeren sich einiges gefallen lassen, und wenn sie dabei aufs Rad geflochten werden, ist es wohl ihre eigene Schuld. Wenn eine elende kleine Kreatur nach ein, zwei Jahren ausführlicher, liebevoller Tortur an Leib und Seele den letzten

Ausweg sucht und sich umbringt, dann weiß man ja, wie unerschrocken die Ehemaligen hervortreten, wie nobel sie erklären, daß die Tage an der »lieben alten Schule« die glücklichsten ihres Lebens waren, daß der Rektor ihr Vater, die Sechste Klasse ihre schützende Mutter gewesen ist, daß die Verzükkungen des legendären Paradieses der Muslime grau und bläßlich erscheinen neben dem Glücksgefühl des in fröhlicher Dienstfertigkeit seinen älteren Kameraden aufwartenden Unterstufenschülers, dessen Herz – wie der inspirierte Odensänger es für Harrow behauptet – stets höher schlägt in späteren Zeiten, wenn Schulerinnerungen ihn begleiten. Sie schreiben Briefe aus allen Weltecken, die hochgesinnten Ehemaligen: aus dem harterkämpften Dekanatspfarrhaus, Resultat vieler Jahre voll unermüdlicher Angriffe auf die fundamentalen Prinzipien des christlichen Glaubens; aus der behaglichen Villa, Belohnung für geschäftliches Geschick und Klugheit an der Börse; aus den Gerichtszimmern und den Kasernen, von allen hohen Thronsesseln des Erfolges, und gemeinsam ist ihnen allen das schlagende Argument des Lobes. Und wir pflichten ihnen alle bei und sagen: Es gibt nichts, was sich unseren großen Public Schools vergleichen könnte, und vielleicht sind die einzigen widersprechenden Stimmen die des Vaters und der Mutter, die den Leichnam eines kleinen Kindes begraben, um dessen Hals die dunkle Spur des Stricks sich zieht. Aber sie sollen sich trösten: Im Sport war er ohnehin zu nichts zu gebrauchen, wenn auch seine Qualen kein schlechtes Spielchen waren, solange sie anhielten.

Mr. Horbury war ein alter Luptonianer; er war, in den Worten von Kanonikus Diver, »im Grunde seines Wesens ein großer Junge«, und so befahl er, daß Meyrick sofort nach seiner Rückkehr in sein Arbeitszimmer geschickt werden sollte, und er schaute mit Befriedigung und doch voll Ungeduld nach der Uhr auf seinem Schreibtisch. Ein Hungriger kann sich fast wütend nach seinem verspäteten Essen sehnen, und doch kann er im Innersten nicht umhin, sich mit dem Gedanken zu trösten, welch herrlicher Genuß die Suppe sein wird, wenn sie endlich auf den Tisch kommt. Als es sieben schlug, fuhr sich Mr. Horbury mit der Zunge leicht über die Lippen. Er stand auf und tastete vorsichtig hinter den Büchern in einem der Regalfächer. Da lag der Gegenstand, und er nahm wieder Platz. Er lauschte; es waren Schritte auf der Auffahrt zu hören. Ah! da war das erwartete Klingeln. Es kam eine kurze Pause, und dann ein Klopfen. Das Feuer glühte mit zuckender Röte, und die arme, preisgegebene Kröte stand nun zur Verfügung.

»Also, Ambrose, du mußt ein für allemal begreifen, daß man dir so etwas nicht mehr länger durchgehen läßt. Das ist das dritte Mal in diesem Semester, daß du erst nach Torschluß da bist. Du kennst die Regeln – sechs Uhr spätestens. Es ist nun zwanzig Minuten nach sieben. Was für eine Entschuldigung hast du vorzubringen? Was hast du getrieben? Warst du auf dem Sportplatz?«

»Nein, Sir.«

»Warum nicht? Du mußt doch die Erklärung gesehen haben, die die Sechste ans Schwarze Brett gehängt hat? Du weißt, was da jedem Jungen versprochen wird, der sich beim Rocker drückt? ›Eine gründliche Abreibung vor versammelter Mannschaft.‹ Ich fürchte, du wirst es am Montag nicht ganz einfach haben, wenn Graham deinen Namen an die Präfekten weitergegeben hat.«

Es herrschte eine kleine Pause. Mr. Horbury schaute ruhig und unverwandt den Jungen an, der bleich und wie im Schwindel vor ihm stand. Er war ein ziemlich dunkelhäutiger, häßlicher Fünfzehnjähriger. Sein Ausdruck war nicht ohne Intelligenz, und dieser Blick war es, der Chesson, dem Rektor, mißfallen hatte. Sein Herz schlug laut in seiner Brust, sein Atem ging würgend und stoßweise, und der Schreckensschweiß rann ihm am Körper herunter. Der Lehrer sah ihn an und schließlich sprach er wieder.

»Aber was hast du getrieben? Wo bist du gewesen?«

»Bitte, Sir, ich bin zur Abtei Selden hinübergegangen.«

»Zur Abtei Selden? Das sind ja mindestens sechs Meilen!

Warum um alles in der Welt bist du da hingegangen? Magst du altes Gemäuer?«

»Bitte, Sir, ich wollte die normannischen Bögen sehen. Es gibt eine Abbildung davon in Parkers Lexikon.«

»Oh, ich verstehe! Du bist ein Kunsthistoriker *in spe*, Ambrose! Mit einem speziellen Interesse für normannische Architektur! Wir dürfen uns wohl schon auf die Zeiten freuen, da deine Forschungen Lupton berühmt gemacht haben? Vielleicht würdest du gerne der Schule einen Vortrag über die St. Paulskathedrale halten? Und welche Position vertrittst du denn in bezug auf das Alter von Stonehenge?«

Der Sarkasmus war unbeholfen genug, aber die Autorität des Sprechers verlieh den Hieben eine bittere Schärfe. Mr. Horbury sah, daß jeder Schlag gesessen hatte, und ohne Beeinträchtigung seines unmittelbaren und innigeren Genusses beschloß er, daß solch beißender Humor ein größeres Publikum verdiente. Tatsächlich dauerte es lange, ehe Ambrose Meyrick nichts mehr von diesen peinlichen normannischen Bögen hören mußte. Die Methode war von absurder Einfachheit. »Anlässe« boten sich jeden Tag. Wenn beispielsweise der Junge einen Fehler in der grammatischen Analyse machte, war die naheliegende Entgegnung:

»Vielen Dank, Meyrick, für deine originellen neuen Einsichten zum Aorist. Wenn du vielleicht deine griechische Grammatik etwas mehr und dein hochgeschätztes Architekturlexikon etwas weniger studieren wolltest, wäre das besser. Du schreibst mir fünfhundertmal ›Aorist bedeutet: unbegrenzt.‹«

Oder es gab im Text vielleicht eine Anspielung auf die klassischen Architekturstile. Mr. Horbury fing an, der Klasse den Unterschied zwischen dem Ionischen und dem Dorischen darzulegen. Die Klasse lauschte mit halbherzig gemimtem Interesse. Plötzlich unterbrach sich der Lehrer:

»Verzeihung! Ich vergaß ja ganz, daß wir eine große Autorität in Architekturfragen unter uns haben. Sei doch so gut und belehre uns, Meyrick. Was sagt Parker dazu? Oder vielleicht hast du in der Frage eigene Theorien entwickelt? Ich weiß doch, daß du ein origineller Kopf bist, ich habe ja deine letzte Arbeit mit den lateinischen Versen vor mir gehabt und die Eigenständigkeit deiner Metrik bewundert. Übrigens muß ich dich bitten, mir fünfhundertmal zu schreiben: ›Das *e* in *venio* ist kurz.‹ Es tut mir leid, dich damit von deinen wichtigeren architektonischen Studien abzuhalten, aber ich fürchte, es muß sein.«

Und so fort, während die Klasse amüsiert aufheulte.

Doch für jetzt behielt Mr. Horbury diese Perlen noch dem zukünftigen und öffentlichen Gebrauch vor. Im Augenblick hatte er Aufregenderes zu tun. Er stieß plötzlich hervor:

»Tatsache ist, Ambrose Meyrick, daß du ein elender kleiner Poseur bist! Du bist nicht aufrichtig genug, es frank und frei herauszusagen, daß du zu feige fürs Rockertraining warst und dich in der Landschaft herumgedrückt hast auf der Suche nach allem erdenklichen Unfug. Statt dessen kommst du hier mit einer albernen Fabuliererei an – Kloster Selden und normannische Bögen! Als ob je ein Junge, der noch bei Verstand ist, von so etwas gewußt oder sich um so etwas geschert hätte! Ich hoffe, du hast den Nachmittag nicht in irgendeinem vulgären Wirtshaus verbracht! Nein, sei still! Ich will keine weiteren Lügen mehr hören! Aber was du auch gemacht hast, du hast die Vorschriften verletzt, und es muß dir beigebracht werden, daß die Vorschriften eingehalten werden müssen. Bleib so stehen!«

Mr. Horbury ging zum Bücherregal hinüber und zog den Gegenstand hervor. Er stellte sich etwas hinter Meyrick auf und eröffnete die Begegnung mit einem harten Hieb auf den rechten Arm, genau über dem Ellbogen. Dann kam der linke Arm an die Reihe, und der Lehrer spürte den Biß des Steckens in das Fleisch auf so angenehme Weise, daß er an ein Dutzend Streiche auf die beiden Arme verteilte. Dann wandte er seine Aufmerksamkeit den Schenkeln des Jungen zu und beschloß den Auftritt in orthodoxer Manier, wobei sich Meyrick über einen Stuhl beugte.

Der ganze Körper des Jungen bestand aus brennendem, stechendem Schmerz, und obwohl er während des ganzen Vorgangs keinen Laut ausgestoßen hatte, strömten ihm die Tränen die Wangen hinunter. Es war nicht die körperliche Qual, war diese auch extrem genug, vielmehr war es eine ferne Erinnerung. Er war noch fast ein kleiner Junge, und sein Vater, nun schon lange tot, zeigte ihm das Westportal einer grauen Kirche hoch auf einem Hügel und erklärte ihm genau den Unterschied zwischen Lisenen und Pilastern.

»Es nützt gar nichts, hier herumzuschniefen, Ambrose. Du hältst mich wahrscheinlich für sehr streng, aber auch wenn du es mir jetzt nicht glaubst, der Tag wird kommen, da du mir von Herzen dankst für das, was ich soeben getan habe. Möge der heutige Tag ein Wendepunkt sein in deinem Leben. Jetzt geh an deine Arbeit.«

II

Es war seltsam, doch Meyrick kehrte in späteren Jahren nie zurück, um seinem Onkel für diese massive Dosis körperlicher und seelischer Pein zu danken. Selbst im Mannesalter träumte er von Mr. Horbury und wachte auf, von kaltem Schweiß bedeckt, um dann mit einen tiefen Seufzer der frohen Erleichterung wieder einzuschlafen in dem Bewußtsein, daß er nicht länger in der Gewalt dieses »infernalischen alten Schweins« war, »dieser dreckigen, heuchlerischen, grausamen Bestie«, wie er in etwa seinen alten Lehrer nannte.

Tatsächlich hatten sich – wie einige Alt-Luptonianer bemerkten – die beiden nie richtig verstanden. Bei der Mehrheit der Jungen ging der Vizerektor als recht beliebter Lehrer durch. Er war zu seiner Zeit ein ausgezeichneter Sportler gewesen, und bis zu seinen letzten Tagen an der Schule war er ein Football-Enthusiast. Tatsächlich organisierte er eine besondere Variante dieses Spiels in Lupton, die sich höchster Beliebtheit erfreute, bis sich der Rektor widerwillig gezwungen sah, sie wieder abzuschaffen; manche sagten, weil es ihm immer gefiel, Horbury einen Wermutstropfen in den Becher zu gießen, wenn es nur möglich war – andere (und sie hatten die größere Wahrscheinlichkeit auf ihrer Seite) behaupteten, es ginge auf einen von seiten des Schularztes eingegangenen Bericht zurück, der darauf hinauslief, daß diese neue Art des Football bei den schwächeren Spielern zu einer eigenartigen Form von Herzkrankheit führte.

Wie dem auch sei, es konnte keinen Zweifel an Horburys eifriger und hingebungsvoller Anhänglichkeit an die Schule geben. Sein Vater war schon Luptonianer gewesen. Er selbst war von der Schule an die Universität gegangen, und ein, zwei Jahre nach Erwerb seines akademischen Grades war er nach Lupton zurückgekehrt, um der Schule als Lehrer zu dienen. Es hieß in Public-School-Kreisen allgemein, daß der Vizerektor ebensosehr wie Chesson, der Rektor, wenn nicht noch mehr, an dem immensen Zugewinn von Prestige und Beliebtheit beteiligt war, den die Schule zu verzeichnen hatte; und jeder dachte, daß bei Chessons Aufstieg zum Bischof Horburys Nachrücken auf seine Stelle gewiß war. Unglücklicherweise gab es jedoch gewisse undurchsichtige Interna, und es wurde ein vollkommen Fremder ernannt, ein Mann, der nichts von den berühmten Lupton-Traditionen wußte, der (so flüsterte man) schon gesagt haben sollte, daß »diese Spiel- und Sportgeschichte« nachgerade etwas übertrieben würde. Mr. Horburys Freunde reagierten wutentbrannt; und Horbury selbst, so nahm man an, war bitterlich enttäuscht. Er zog sich auf eine der wenigen anständigen Domherrenstellen zurück, die in einer Zeit landwirtschaftlicher Rezession noch übriggeblieben waren; doch die ihn am besten kannten, bezweifelten, ob seine kirchlichen Pflichten ihn hinlänglich über den Verlust des begehrten Rektoratsamtes von Lupton hinwegtrösten konnten.

Um die persönlichen Erinnerungen zu zitieren, die kurz nach seinem Tode im *Guardian* über gewissen wohlbekannten Initialen erschienen:

»Seine Freunde erschraken, als sie ihn auf seiner Pfarre wiedersahen. Er schien nicht mehr derselbe wie früher; er war, wie einige es ausdrückten, in sechs Monaten stärker gealtert als in dem Dutzend Jahre zuvor. Der alte, lustige Horbury, voll Fröhlichkeit, ein wendiger Meister des Wortspiels und des Logikgefechtes, war auf seltsame Weise ›gedämpft‹, um den glücklichen Ausdruck eines einstigen Kollegen, des Dekans von Dorchester, zu gebrauchen. Ehemalige, die sich an seinen funkelnden Witz erinnerten, an die Eifrigkeit, die er allem zuwandte, so daß die gewöhnlichste Klassenübung mehr Spaß machte als der Sport an anderen Schulen, wie einer bemerkte – sie vermißten etwas Undefinierbares an dem Manne, den sie so lange gekannt und verehrt hatten. Einer unter ihnen, der vielleicht so tief wie keiner in die *arcana* von Horburys Freundschaft vorgedrungen war (ein Privileg, das er stets zu den größten Gnaden seines Lebens rechnen wird), versuchte, ihn dadurch aufzumuntern, daß er ihm von jenem eigenartigen Gerücht berichtete, das damals durch die Presse ging: daß bedeutende Änderungen im System der Pflichtteilnahme an den Sportspielen in X., einer unserer wichtigsten Public Schools, bevorstanden. Horburys Gesicht rötete sich; das helle Licht von einst trat in seine Augen; sein Freund fand sich an das alte Schlachtroß erinnert, das noch einmal den inspirierenden Ton der Drommete vernimmt! ›Ich kann es nicht glauben‹, sagte er, und ein Zittern lag in seiner Stimme. ›Das würden sie nicht wagen. Nicht einmal Y.‹ (der Rektor von X.) ›wäre zu solch einem Schurkenstreich fähig. Ich *will* es nicht glauben.‹ Doch bald verblaßte diese Röte, und seine Apathie kehrte wieder. ›Am Ende‹, sagte er, ›darf es mich gar nicht wundern. Unsere Zeit ist wohl vorbei, und in ein paar Jahren werden sie dann in X. das Brevier durchnehmen und Domino spielen.‹

Ich fürchte, diese letzten Jahre in Wareham waren keine glücklichen. Er fühlte sich, glaube ich, im Grunde fehl am Platze, und – wenn es mir die Leser des *Guardian* nachsehen wollen – ich bezweifle, daß er sich je in seinem Chorstuhl wahrhaft zu Hause gefühlt hat. Einem unserer alten Vertrauten gestand er, daß er an der Weisheit des ganzen Kathedralsystems Zweifel hegte. ›Was‹, so fragte er in seiner alten typischen Weise, ›würde Sankt Peter sagen, wenn er dieses Gebäude betreten und das prachtvolle Fenster sehen könnte, wo er selbst mit Mitra, Chorrock und Schlüsseln abgebildet ist?‹ Und ich glaube nicht, daß er sich je in die tägliche Rezitation der Liturgie hineinfand, die in einer solchen Gemeinschaft stets mit reicher Musik und all dem Pomp des weißgewandeten Chores zelebriert wird. ›Verdünnter Papismus, verdünnter Papismus!‹ hat man ihn vor sich hinmurmeln hören, wenn die Prozession durch das Kirchenschiff zog, und vor seinem Tode hatte er, glaube ich, die Befriedigung, fühlen zu dürfen, daß viele höheren Ortes sich nach und nach seiner Meinung anschlossen.

Doch bis zum Schluß vergaß er Lupton nie. Ein, zwei

Jahre, ehe er starb, verfaßte er das herrliche Schullied: ›Auf, auf, und hinterher!‹ Es freute ihn, das weiß ich, als es im *Luptonianer* erschien, und ein berühmter Ehemaliger teilt mir Horburys Entzücken darüber mit, daß sein Lied im ›Singen‹ bereits höchst beliebt war. Vielen Ihrer Leser wird der Text vertraut sein, doch kann ich mich nicht enthalten, die erste Strophe zu zitieren:

Ja! Nun bin ich grau und alt, Wald und Hügel liegen kalt
Und ich hör das Horn nicht mehr, dessen Ruf einst kreuz und quer
Uns gelockt zur Jagd zusammen im Vereine.
Denn der Jahre lange Spur trennt mich jetzt von Feld und Flur,
Von der Zeit, da ich erfuhr Freud und Treu' und unseren Schwur,
Als wir ritten froh im hellen Sonnenscheine.
Und doch, den Wald entlang
Hör ich den fernen Klang,
Der dringt wie einst zu mir vom Tale her,
Es tönt der alte Chor
Von weitem an mein Ohr,
Und er singt mir ›Lupton, auf und hinterher!‹

Refrain

Lupton hinterher!
Das Dunkel liegt weit hinter uns, im Tag ziehn wir einher!
Der Sonne nach von hinnen,
Die Welt gilt's zu gewinnen,
Auf, Lupton, auf, Lupton! Lupton, auf und hinterher!

Ein alter Schüler sang ihm auf seinem Sterbelager diese Strophe vor, und ich glaube, daß vielleicht einige zumindest von den Lesern des *Guardian* mir einräumen werden, daß George Horbury wahrlich ›gestärkt‹ verstarb ›von den Riten der Kirche‹ – der Kirche des Großen Redlichen Bemühens.«

Solcherart war der Eindruck, den Mr. Horbury offensichtlich bei einigen seiner ältesten Freunde hinterlassen hatte – doch Meyrick blieb bis zum Schluß ein Ungläubiger. Er las die Verse im *Guardian* (den *Luptonianer* zu abonnieren weigerte er sich) und hatte nur Hohn und Spott für den ganzen Gefühlston dieser Erinnerungen und für das Gedicht ebenso.

»Ist es nicht unglaublich?« sagte er gerne. »Räumen wir einmal ein, daß der Hauptzweck unserer großen Public Schools darin liegt, stramme Normalspießer zu züchten, mit Hilfe von Rugby und Hockey und derlei Kapriolen. Immerhin erkennen sie doch an, daß es dabei ein Anhängsel zu berücksichtigen gibt – nämlich zwei große Literaturen zu lehren, zwei Literaturen, die das ganze Denken der westlichen Welt seit über zweitausend Jahren geprägt haben. Und sie bezahlen ein Vieh wie das da für den Unterrricht in diesen Literaturen – ein Schwein, das nicht genug literarisches Verständnis in sich hat, die Seele einer Laus zu retten! Schaut euch diese Verse an! Ein Viertkläßler mit etwas Anstand würde sich schämen, seinen Namen darunterzusetzen!«

Es war töricht von ihm, so zu reden. Die Leute sagten bloß, daß er offensichtlich zu den Gescheiterten gehöre, bei denen das große Public-School-System erfolglos geblieben war; das Lied wurde in den richtigen Kreisen sehr bewundert. Ein klug gedrechseltes *idem Latine* erschien kurz nach der Veröffentlichung jener Erinnerungen im *Guardian*, und man erkannte in den Initialen die eines literarisch ambitionierten Dekans.

Und an jenem Herbstabend, weit in der Vergangenheit der siebziger Jahre, verließ der Knabe Meyrick Mr. Horburys Arbeitszimmer weißglühend vor Kummer und Schmerz und Wut. Er hätte seinen Lehrer ohne die geringste Regung des Bedauerns ermorden können, nein: mit größtem Genuß. Psychologisch gesehen war seine Verfassung recht interessant, obwohl er nur ein Schuljunge war, den man soeben wegen Übertretung der Vorschriften gründlich verprügelt hatte.

Denn Tatsache war natürlich, daß Horbury – vom aufreizenden Einfluß des Rektoratssherrys und der Rektorenkonversation einmal abgesehen – keineswegs ein schlechter Bursche war. Er war für den Augenblick barbarisch grausam, aber schließlich neigen die meisten Menschen zu barbarischer Grausamkeit, wenn sie unter einer irritierten Leber und einem unhöflichen Vorgesetzten leiden müssen, insbesondere wenn sie einen Untergebenen von garantierter Hilflosigkeit in ihrer Gewalt haben. Doch alles in allem war Horbury ein durchaus anständiges Exemplar seiner Gattung – des englischen Public School-Lehrers –, und das wollte Meyrick nie zugeben. In all seinem Raisonnieren über Schulen und Lehrer steckte ein fataler Fehler: Er warf beiden vor, nicht das zu sein, was sie nie zu sein vorgegeben hatten. Um eine Metapher zu verwenden, die ihm gefallen hätte: Es war, als bekämpfe man eine schlichte alte Methodistenbaracke, weil sie so gar nicht der Kathedrale von Lincoln glich. Ein Schornstein mag kein dekorativer Gegenstand sein, aber er hat auch nie so getan, als sei er ein ragender Turm fern in der idealen Stadt des Geistes.

Doch Meyrick tadelte stets die Bethäuser, weil sie keine Kathedralen waren. Man hat ihn stundenlang tobend über nützliche und anspruchslose Kamine herziehen hören, weil sie keine Ähnlichkeit mit ätherischen Türmen hatten. Irgendwie – vielleicht als ererbte Eigenschaft, vielleicht durch den Einfluß, den der vertraute Umgang mit seinem Vater hatte – war ihm unbewußt eine Theorie vom Leben zu eigen geworden, die keinerlei Beziehung zu dessen Tatsachen hatte. Die Theorie trat in seinen späteren Jahren klar zutage, doch sie muß schon in seiner ganzen Knabenzeit als störrische, wenn auch unklare Haltung dagewesen sein. Nehmen wir beispielsweise seinen Kommentar zu den Versen des guten Canon Horbury. Er beurteilte diese, wie wir gesehen haben, nach den Regeln der Literatur als einer schönen Kunst, und fand sie nichtsnutzig. Doch hätte ihm jeder alte Luptonianer bestätigt, daß das Erlebnis, wie die ganzen sechshundert Jungen in den Refrain

»Lupton hinterher!« einfielen, eine der bewegendsten Erfahrungen des Lebens war – woraus hervorgeht, daß das Lied ungeachtet seiner vom literarischen Standpunkt aus zutage tretenden Mängel dem Zweck, für den es verfaßt ward, voll und ganz gerecht wurde. Mit anderen Worten: Es war ein ausgezeichneter Schornstein, aber Meyrick blieb bei seiner leichten und sinnlosen Übung, nachzuweisen, daß es in keiner Weise einem schlanken Kirchturm glich. Und wiederum sieht man einen noch elementareren Irrtum in jener Grundvoraussetzung, von der er ausging: daß die großen Public Schools es sich immerhin als Nebenziel setzen, Geist und Schönheit der griechischen und lateinischen Literatur zu vermitteln. Nun ist es durchaus möglich, daß in einer fernen Vergangenheit dies ein Ziel – vielleicht sogar: das Ziel – der fraglichen Anstalten gewesen war. Für die Humanisten, mag man schließen, waren Schule und Universität Orte, wo man Latein und Griechisch lernte, und zwar zu dem Zwecke, die großen Gedanken und den erhabenen Stil der alten Welt zu genießen. Man sieht diese Haltung zum Beispiel bei Rabelais. Die klassische Literatur ist ein wunderbares Abenteuer; die Klassiker begreifen lernen heißt ein geistiger Kolumbus werden, ein Entdecker neuer Meere und unbekannter Kontinente, ein Zecher neu-alten Weines in einem neu-alten Land. Für den Studierenden jener Ära hob sich ein geheimnisvolles versunkenes Atlantis wieder aus den Wogen der großen Tiefe. Diese Dinge waren es, die Meyrick (unbewußt zweifellos) in seiner Schulzeit zu finden hoffte; wegen des Fehlens dieser Dinge fuhr er in späteren Jahren fort, über das Schulsystem zu schimpfen – womit er, wie Jim in *Huckleberry Finn*, um tausend Meilen danebenlag.

Das Latein und Griechisch des modernen Unterrichts sind natürlich sehr eigenartige und interessante Traditionsüberbleibsel; sie werden nicht länger gelehrt, um die Schüler in die Lage zu versetzen, Gedanken oder Schönheit des Originals zu genießen – vielmehr um dem Schüler Zeit seines Lebens beim bloßen Gedanken an diese Lektionen Übelkeit zu verursachen. Und doch dauert das Studium der alten Sprachen fort, ein seltsames und kompliziertes Ritual, von allem Sinn und Geist verlassen. Man muß sich nur daran erinnern, wie der eigene Klassenlehrer die *Odyssee* oder die *Bakchen* behandelt hat, und dann zuschauen, wie moderne Freimaurer den mystischen Tod und die Auferstehung des Hiram Abif feiern: Die Analogie ist vollkommen, weil weder der Lehrer noch die Freimaurer den geringsten Begriff davon haben, was sie da treiben. Beide setzen seltsame und geheimnisvolle Handlungen fort, in unerbittlich konservativer Haltung.

Meyrick war ein Liebhaber alter Dinge und schätzte ganz besonders die eigenartigen zeitgenössischen Überreste der Antike, doch begriff er nie, daß er in der öden Runde aus griechischer Syntax und lateinischen Aufsätzen, elegischem Metrum und den Verba auf -mi mit dem Geheimnis der indirekten Rede und des Optativs dabei – daß er hier eines der bizarrsten und exotischsten Überbleibsel dieser Art im modernen Leben vor sich hatte. Es ist übrigens zu beachten, daß die Bedeutung des Wortes »Gelehrsamkeit« selbst sich radikal verändert hat. So weist eine wohlbekannte Autorität darauf hin, daß Burton, der Autor der *Anatomy of Melancholy*, nicht im eigentlichen Sinne ein Gelehrter gewesen sei; er gebrauchte nur seine umfassende Kenntnis der alten und modernen Literatur dazu, eines der unterhaltendsten und sonderbarsten Bücher zu schaffen, die die Welt besitzt. Wahre »Gelehrsamkeit« im modernen Sinne darf man also nicht bei den jakobäischen Übersetzern der Bibel suchen, sondern bei den viktorianischen Bearbeitern. Erstere haben aus den hebräischen und griechischen Originalen das größte der englischen Bücher geschaffen; die letzteren aber kannten sich mit der Grammatik des Aorists aus. Es ist seltsam, wenn man bedenkt, daß man unter einem Gelehrten einst einen Mann von literarischem Geschmack und literarischer Bildung verstand.

Meyrick verstand es nie, sich diese Begriffsunterschiede anzueignen, oder falls er es in späteren Jahren tat, gestand er es nie ein, sondern fuhr fort, das Bethaus zu beschimpfen, weil es, wie er behauptete, eben doch vorgab, eine Kathedrale darzustellen. So hörte man ihn fragen, warum ein gewisser Dekan, der auf die bedeutenden Verbesserungen der Bibelüberarbeiter hingewiesen hatte, sich nicht ein paar junge Akademiestudenten aus Kensington holte, damit sie ihm die schrecklich unbeholfenen Formen der Glasfenster aus dem vierzehnten Jahrhundert in seiner Kathedrale korrigierten. Er war unverbesserlich – immer war er unverbesserlich gewesen. Und so meditierte er an jenem dunklen Novemberabend in seiner Knabenzeit über die Ermordung seines wackeren Lehrers und Oheims – mindestens eine Viertelstunde.

Sein Vater, so erinnerte er sich, hatte immer von der gotischen Architektur als vom Wundervollsten und Schönsten auf der Welt gesprochen: von etwas, das man studieren und lieben und verehren sollte. Sein Vater hatte Rugby niemals auch nur erwähnt, geschweige denn als den Heilsweg gepredigt, auf dem ein englischer Junge Errettung finden muß. Insofern blieb Ambrose innerlich dabei, daß sein Besuch im Kloster Selden eher eine Belohnung verdiente als eine Abstrafung, und er nahm die grausame Ungerechtigkeit (so sah er das) seiner Prügel bitter übel.

III

Doch hatte Mr. Horbury in einem Punkt recht gehabt, wenn schon nicht in allen. Dieser Abend war ein Wendepunkt in Meyricks Leben. Er hatte die wildeste Wut seines Feindes verspürt, und er hatte sich entschlossen, nicht länger in Angst und Schrecken zu leben. Er würde nicht in den Zustand des kleinen Phipps hinabsinken, den man in einen so kläglichen Zustand hineingeprügelt, -gebeutelt und -tyrannisiert hatte, daß er in eine tiefe Ohnmacht verfiel, während der Rektor an ihm wegen »systematischer und planvoller Verlogenheit« seine Operation vollzog. Phipps wurde nicht nur ohnmächtig, sondern zeigte – wohl wegen »fundamentaler Sensibilität«, wie Dr. Johnson einmal formuliert hat – eine starke Abneigung gegen eine Rückkehr zum Bewußtsein und zu den balsamischen Tröstungen des guten alten Schuloberhauptes. Chesson war recht erschrocken, und der Schularzt, der an seinen Posten denken mußte, sagte ziemlich trocken, er denke, daß der Junge besser ein oder zwei Wochen nach Hause führe.

So kam Phipps nach Hause, in einem Zustand, daß seine Mutter bitterlich weinte und sein Vater sich fragte, ob das Public-School-System nicht doch überschätzt wurde. Der alte Hausarzt aber ging umher und tobte und fluchte über die »Schufte«, die ein zwölfjähriges Kind zu einem Nervenbündel gemacht hatten, bei dem eine »neurasthenia cerebralis« schon recht weit entwickelt war. Doch hatte Dr. Walford seine Schulerziehung an irgendeiner popligen kleinen Allerweltsschule erhalten und wußte und begriff nichts vom Ethos der großen Public Schools.

Ambrose Meyrick hatte die Laufbahn des armen Phipps mit Anteilnahme und Mitleid verfolgt. Die elende kleine Kreatur war nach sorgfältiger Handhabung durch Lehrer und Mitschüler zu einem solchen Grad neurotischer Vervollkommnung gelangt, daß man dem Jungen nur einen kleinen

Schlag auf den Rücken oder den Arm versetzen mußte, damit er sofort in Tränen ausbrach. Wann immer ihm jemand die einfachste Frage stellte, vermutete er irgendeine grausame Falle und log und wich aus und machte Ausflüchte, mit bejammernswertem Ungeschick. Obwohl man ihn etwa dreimal pro Woche an den Füßen nahm und ins Schwimmbad schmiß, damit er die edle Kunst des Schwimmens erlernte, schien er immer schmutziger zu werden. Seine Schulbücher wurden zerrissen, aus seinen Schulheften wurden Papierpfeile gefaltet; er mußte Strafarbeiten machen, weil er seine Bücher verlor, und wurde geschlagen, weil er die Hausaufgaben nicht machte, und er log und weinte nur noch mehr.

Meyrick war nie soweit hinunter geraten. Er war ein stämmiger Junge, und Phipps war immer eine schwächliche kleine Maus gewesen – doch wie er nach seiner Bestrafung aus dem Arbeitszimmer ins Schulzimmer ging, hatte er das Gefühl, daß er sich in Gefahr befand, diesen traurigen Weg zu nehmen. Er faßte den festen Entschluß, es dazu nie kommen zu lassen, und so ging er an den filzbespannten Türen vorbei in den Raum, wo die anderen Jungen mit einer Unbekümmertheit über ihren Hausaufgaben saßen, die keineswegs gespielt war.

Mr. Horbury war ein Mann von beträchtlichem privatem Vermögen und hielt nichts davon, sich in seinem Haus mit den Mühen und Problemen einer zahlreichen Schülerschaft zu belasten. Aber es gab im Alten Herrenhaus so viel leerstehende Räumlichkeiten, daß er noch drei Jungen neben seinem Neffen aufnahm. Diese drei warteten mit einem gespannten Grinsen, da es keinen Zweifel gab, was der Gegenstand des Gesprächs zwischen Meyrick und dem alten Horbury gewesen war. Aber Ambrose kam mit einem »Hallo, Leute« hereingeschlendert und setzte sich an seinen Platz, als ob nichts gewesen wäre. Dies war unerträglich.

»Hör mal, Meyrick«, begann Pelly, ein dickdreister Junge mit rotem Gesicht, »du hast ja geheult! Willst du nach Hause schreiben, hm? Ach! Das hab ich ganz vergessen, du bist ja hier zu Hause. Wieviel hat's gegeben? Ich hab dich nicht plärren hören.«

Der Junge nahm keine Notiz davon. Er holte seine Bücher heraus, als hätte niemand gesprochen.

»Kannst du nicht antworten?« fuhr der Dicke fort. »Wieviel Hiebe, du kleine Laus?«

»Zum Teufel mit dir!«

Alle drei starrten ihn einen Moment lang verstört an; sie dachten, Meyrick sei verrückt geworden. Nur einer, Bates mit dem scharfen Blick, fing an, leise vor sich hinzulachen, denn er mochte Pelly nicht. Der Dicke blähte sich noch mehr auf; seine Augen traten wütend hervor.

»Dir zeig ich's«, sagte er und ging auf Ambrose zu, der in seinem lateinischen Wörterbuch blätterte. Ambrose wartete den Angriff nicht ab; er stand ebenfalls auf und trat Pelly auf halbem Wege mit einem wütenden Schlag entgegen, der präzis auf der Nase landete. Pelly überschlug sich rückwärts und krachte zu Boden, wo er einen Augenblick lang wie betäubt liegenblieb. Er erhob sich wankend und sah sich mit fast mitleiderregender, verdutzter Miene um – denn in der Tat war ein großer Teil seiner kleinen Welt um ihn her in Scherben gegangen. Er stand mitten im Zimmer und fragte sich, was das zu bedeuten hatte – ob es denn wirklich stimmte, daß Meyrick nicht länger für ein gelegentliches stilles Vergnügen gut war? Eine schreckliche und unglaubliche Verwandlung war anscheinend in dem einstigen Drückeberger eingetreten. Pelly starrte mit wildem Blick umher, während er versuchte, das Blut zu stillen, das ihm über den Mund rann.

»Unfair geschlagen, Meyrick!« meldete sich Rawson, ein magerer Bursche, der gern kleinen Jungen den Arm umdrehte, bis sie um Gnade schrien. Die ganze tiefe Bedeutung des Vorfalls war ihm noch nicht zu Bewußtsein gekommen; er sah, ohne zu glauben, nach Art des Materialisten, der das Wunder leugnet, auch wenn es vor seinen Augen stattfindet.

»Unfairer Schlag, mein Kleiner!«

Der stille Schüler war wieder an seinen Platz zurückgegangen und dort mit seinem Wörterbuch beschäftigt. Es war ein fester, kompakter Band, irgendwann einmal mit harten Einbanddeckeln neu gebunden, und die Kante von einem solchen Deckel prallte dem unglückseligen Rawson mit ungewöhnlicher Wucht quer über die Augen. Er hob die Hände vors Gesicht und fing an, leise und trübselig zu winseln, wobei er sich auf dem Stuhl hin und her wiegte und kaum den Strom von Flüchen und Verwünschungen hörte, mit welchem sich der stille Schüler erkundigte, ob der Schlag eben ihm fair genug gewesen war.

Meyrick hob sein Wörterbuch mit einer Salve von Bemerkungen auf, die einem alten Impresario bei der Generalprobe zur Ehre gereicht hätten.

»Hört ihn euch an«, sagte Pelly schwach, fast ehrfürchtig. »Hört ihn euch an.« Aber der arme Rawson, der den Kopf in den Händen hielt und hin und her schwankte, fuhr fort, leise zu heulen, und sagte kein Wort.

Meyrick war nie unaufmerksam durchs Leben gegangen, und jetzt hatte er schlicht eine Entdeckung gemacht: daß man sich in Rom an gewisse römische Gebräuche halten muß. Der weise Bates machte mit seinen lateinischen Versen weiter und lachte leise vor sich hin. Bates war ein Zyniker. Er verachtete alle Sitten und Gebräuche der Anstalt aus Herzensgrund und ließ es sich angelegen sein, sie alle höchst skrupulös zu befolgen. Er hätte der Erfinder und Patentinhaber des »Rocker«-Spiels sein können, wäre man nach dem Eifer gegangen, mit dem er spielte. Er trug sich für jeden erdenklichen Sportwettbewerb ein, sprang weit und hoch und warf den Hammer und rannte alle möglichen Strecken, als hinge sein Leben davon ab. Einmal hörte Mr. Horbury zufällig, wie Bates etwas über »die Ehre des Hauses« sagte; das ging ihm zu Herzen. Was Cricket betraf, so spielte Bates, als wäre es sein einziger Ehrgeiz, ein erstklassiger Professional zu werden. Und er lachte über seinen lateinischen Versen, die er (wie die anderen Jungen ehrfürchtig sagten) »schrieb wie einen Brief« – ohne erst ins Unreine zu schreiben, hieß das. Denn Bates wußte, wo es in dem ganzen System, von Rugby bis Latein, »langging«, und seine Hausaufgaben wurden sehr bewundert. Er grinste an diesem Abend, teils wegen der Verwandlung Meyricks, teils wegen der Zeile, die er gerade rasch hinschrieb:

Mira loquor, coelo resonans vox funditur alto.

Im späteren Leben schrieb er rasch eine Reihe Romane hin, die wie die Journalisten sagten, weggingen »wie warme Semmeln«. Meyrick besuchte ihn, kurz nachdem sein erster Roman ins dreißigste Tausend gegangen war, und Bates las gerade verschiedene »Würdigungen« und streichelte einen Scheck und lachte vor sich hin.

»*Mira loquor, populo resonans* Scheck *funditur alto*«, sagte er. »Ich weiß doch, was Schullehrer und Klippschüler und die liebe Öffentlichkeit haben wollen, und ich sehe zu, daß sie's kriegen – *sale espèce de sacrés cochons de Nom de Dieu*!«

Der Rest der Hausaufgabenzeit verlief ganz ruhig. Pelly erholte sich nach und nach von seinem Schock und fing an, Rachepläne zu wälzen. Meyrick hatte ihn überrascht, das war alles, überlegte er. Es war nur ein dummer Zufall, und er beschloß, Meyrick zu einem Kampf herauszufordern und ihn durchzuprügeln wie noch nie in seinem Leben. Er war dick, aber er hatte seine Wut. Rawson, der tatsächlich ein grausamer Feigling und Drückeberger war, hatte sich entschieden: Er hatte genug, und von Zeit zu Zeit warf er servile und besänftigende Blicke in Meyricks Richtung.

Um halb zehn gingen alle ins Eßzimmer, wo Brot, Käse und Bier warteten. Um dreiviertel erschien Mr. Horbury mit Barett und Talar und las ein Kapitel aus dem Römerbrief vor, mit ein oder zwei äußerst breiten und gequälten Gebeten dabei. Er hielt die Jungen an, als sie auf ihre Zimmer gehen wollten.

»Was ist hier los, Pelly?« sagte er. »Deine Nase ist ganz geschwollen. Sie hat auch geblutet, wie ich sehe. Was hast du da angestellt? Und du, Rawson, wie kommt es, daß du zwei blaue Augen hast? Was hat das alles zu bedeuten?«

»Bitte, Sir, es hat heute nachmittag beim Rocker einen harten Nahkampf gegeben, und Rawson und ich sind ziemlich hergenommen worden.«

»Waren Sie dabei, Bates?«

»Nein, Sir, ich habe seit Semesteranfang auf dem Flügel gespielt. Aber alle die Jungs haben sich sehr angestrengt beim Spiel, und ich habe beim Umziehen gesehen, daß Rawson und Pelly etwas abgekriegt haben.«

»Ah! Ich verstehe. Es freut mich sehr, daß mein Haus sich so beim Spiel engagiert. Von dir, Bates, höre ich, daß du der beste Flügelmann bist, den wir je in deinem Alter gehabt haben. Gute Nacht.«

Die drei sagten: »Danke, Sir!«, als sei ihnen ihr liebster Herzenswunsch erfüllt worden, und der Lehrer hätte schwören mögen, daß Bates bei seinem Lob vor Freude errötet war. Doch hatte Bates dieses Erröten tatsächlich durch ein raffiniertes Mienenspiel anzudeuten gewußt.

Die Jungen verschwanden, und Mr. Horbury kehrte an seinen Schreibtisch zurück. Er traf gerade als Herausgeber die Auswahl für »Englische Literatur zum Gebrauche der Unterstufe«. Er fing an, von den vorbereiteten Zetteln abzulesen:

»So rollt' den ganzen Tag der Schlachtenlärm
Im Rund der Berge an der Wintersee,
Bis König Artus' Tafel, Mann für Mann,
Erschlagen lag in Lyonnesse –«

Er hielt inne und schrieb eine Ziffer neben das letzte Wort, um dann auf einen leeren Zettel mit entsprechendem Buchstaben diese Ziffer zu wiederholen und die Notiz dazuzusetzen:

Lyonnesse = die Scilly-Inseln.

Dann nahm er einen dritten Zettel und schrieb:

Wie lautete der alte Name der Scilly-Inseln?

Diese ernsten Arbeiten beschäftigten ihn bis um zwölf Uhr. Er räumte das Material für sein Buch weg, als die Uhr schlug, mixte sich feierlich sein gewohntes abendliches Glas Whisky-Soda (tagsüber rührte er nie Hochprozentiges an) und biß der einen Zigarre, die er innerhalb von vierundzwanzig Stunden rauchte, die Spitze ab. Die Stachel des Sherrys und der Konversation seines Rektors brannten nicht länger in ihm; Zeit, Arbeit und der Biß seines Stocks in Meyricks Fleisch hatten seine Seele besänftigt, und er überließ sich seinen Träumen, lehnte sich in den Sessel zurück und sah dem munteren Feuer zu.

Er dachte daran, was er tun würde, wenn ihm das Amt des Rektors zufiele. Schon gingen Gerüchte, daß Chesson den Bischofssitz von St. Dubric abgelehnt hatte, um für den von Dorchester zur Verfügung zu stehen, der im natürlichen Verlauf der Dinge bald frei werden müßte. Horbury hatte keinen Zweifel, daß das Rektorat dann an ihn ginge; er hatte einflußreiche Freunde, die ihm versicherten, daß der Vorstand keinen Augenblick zögern würde. Dann würde er der Welt vorführen, was man aus einer englischen Public School machen konnte! In fünf Jahren, so rechnete er, würde er die Schülerzahl verdoppeln. Er sah, wie wichtig bald die moderne Seite des Unterrichts und vor allem die Naturwissenschaften sein würden. Persönlich verabscheute er das vulgäre Fach, »wo's stinkt und kracht«, aber er wußte, welche Wirkung ein großes Chemielabor mit den allerbesten Geräten und unter der Leitung eines hochqualifizierten Lehrers hätte. Auch würde eine üppig ausgerüstete Turnhalle gebaut werden; eine Mechanikerwerkstatt bräuchte man und ebenso eine für das Schreinerhandwerk. Und die Leute fingen an, sich zu beklagen, daß man mit einer Public School-Erziehung in der City nichts anfangen könne – man brauchte also einen Lehrer fürs Finanzwesen, einen Experten von der Börse, der zusehen würde, daß dieser Vorwurf nicht stichhaltig war. Dann dachte er an die große Anzahl von Jungen, die aus Familien mit Grundbesitz kam. Warum sollte ein

Gentleman auf dem Lande seinem Verwalter auf Gnade und Ungnade ausgeliefert sein – auf Grund seiner Unwissenheit in allen Sachfragen gezwungen, Abrechnungen zu akzeptieren, die er nicht zu überprüfen wußte? Es war klar, daß die Verwaltung von Grund und Boden und großen Ländereien ihren Platz im Lehrplan haben müßte. Auch kam es darauf an, den bekanntesten der Einpauker, die für begehrte Laufbahnen eine sogenannte Presse betrieben, um jeden Preis an die Schule zu ziehen, damit die Jungen, die in die Armee oder in die Verwaltung wollten, sich praktisch gezwungen sahen, nach Lupton zu gehen. Schon sah er Kommentare im *Guardian* und in den *Times*, in allen Zeitungen, Kommentare, in denen der Tatsache Erwähnung getan ward, daß fünfundneunzig Prozent der erfolgreichen Kandidaten für die indische Zivilverwaltung ihre Erziehung an der »Gründung des ehrwürdigen Martin Rolle« erhalten hatten. Dabei sollten in dieser Flut von Neuerungen die alten Traditionen energischer denn je gewahrt werden. Die alten Sprachen sollten unterrichtet werden, wie das noch nie zuvor geschehen war. Jeder einzelne Lehrer in diesem Fach sollte höchste akademische Ehren genießen, und soweit möglich würde er sich für diese Arbeit berühmte Männer holen – sie sollten nicht nur gute, sondern weitbekannte Gelehrte sein. Gee, der berühmte Erforscher Kretas, der mit seinem herrlichen Buch *Daidalos, oder Das Geheimnis des Labyrinths* in Kreisen, die der gelehrten Welt ganz fernstanden, solch enormen Eindruck gemacht hatte, mußte auf jeden Fall nach Lupton kommen – und Maynard, der einige höchst bedeutende griechische Manuskripte in Ägypten entdeckt hatte, der mußte auch eine Klasse übernehmen. Dann gab es da Randall, der mit seinem *Thukydides* solchen Erfolg gehabt hatte, und Davies, den Autor von *Der Ölzweig Athenes*, einem kühnen, aber äußerst brillanten Buch, das die ganze traditionelle Theorie des Mythos umzustoßen versprach – er würde einen Lehrkörper versammeln, von dem keine Schule je auch nur zu träumen gewagt hatte! »Wir werden keine Schwierigkeiten haben, die zu bezahlen«, dachte Horbury; »unsere Schülerzahlen werden förmlich in die Höhe schnellen, das Schulgeld wird fünfhundert Pfund pro Jahr betragen – und das wird uns eher nützen als schaden.«

Er ging ins kleinste Detail. Er mußte sich den Rat von Fachleuten holen, was die Ratsamkeit einer eigenen Landwirtschaft für den Schulbedarf anging, die alle Schüler mit Fleisch, Milch, Brot, Butter und Gemüse zum Erzeugerpreis versorgte. Er hielt es für möglich; er würde sich einen Bauern aus dem schottischen Tiefland holen und ihn mit einem hübschen Gehalt zum Aufseher einsetzen, und mit einem Anteil am Gewinn. Die Schule würde in ihrer Werbung mit dem schönen Satz auftrumpfen: »Sämtliche Nahrung liefert das schuleigene Gut unter der Aufsicht von Mr. David Anderson, ehemals auf Haddanneuk, dem größten Pachthof auf den Ländereien des Herzogs von Ayr.« Das Essen würde damit besser und auch billiger sein. Luxus aber gäbe es nicht. Die Trumpfkarte des »Spartanischen« war immer das Ausspielen wert – man mußte sich als Verfechter schlichter Lebensart in einem üppigen Zeitalter darstellen, das alte strenge Programm der Public School durfte man nicht aus der Hand geben. Andererseits mußten die Jungen die Freiheit haben, aus eigener Tasche zu bezahlen, was sie wollten. Wenn ein Junge sich zum Tee *Dindonneau aux truffes* oder *Pieds de mouton à la Ste. Menehould* als Ergänzung besorgen wollte, war das seine Sache. Warum sollte die Schule nicht einer großen Londoner Firma die Lieferantenkonzession überlassen, die hübsch bezahlen würde für das Privileg, die hungrigen Jungs mit allen erdenklichen teuren Leckereien zu versorgen? Die Summe könnte man ohne weiteres sehr hoch ansetzen, denn der Besuch eines jeden konkurrierenden Geschäftes konnte sofort, mit oder ohne Begründung, den Schülern verboten werden. Auf der einen Seite des Ladenlokals *confiserie*, an der anderen Theke *charcuterie* – enorme Preise konnten bei den wohlhabenden Jungen kassiert werden, aus denen sich die Schule zusammensetzen würde. Andererseits aber würde der distinguierte Besucher – Richter, Bischof, Lord, wer immer – im Haus des Rektors essen, und zwar dasselbe, was die Jungen bekamen: Und er würde beim Aufbruch sagen, das sei die einfachste und dabei die bei weitem beste Mahlzeit gewesen, die er je gekostet hätte. Es würde einen gut abgehangenen Hammelrücken geben, und zwar geschmort und nicht im Herd gebraten, mehlige Kartoffeln und Blumenkohl; Apfelkuchen und richtigen englischen Käse, mit einem Glas des vorzüglichen Schulbiers dazu, einem ehrlichen und köstlichen Getränk, aus Hopfen und Malz in der gut eingerichteten Schulbrauerei hergestellt. Horbury wußte genug von den Eß- und Trinksitten seiner Zeit, um zu begreifen, daß eine solche Mahlzeit für neun von zehn reichen Leuten eine erlesene Seltenheit darstellt, und doch war sie »spartanisch«, völlig frei von Luxus und aller Protzigkeit.

Wieder kehrte er von Einzelheiten und winzigen Details zu großen napoleonischen Plänen zurück. Tausend Jungen à fünfhundert Pfund pro Jahr, das machte ein Einkommen von fünfhunderttausend Pfund für die Schule! Der Profit würde gigantisch sein, kolossal. Auch nach dem Ausbezahlen hoher, selbst extravaganter Gehälter für die Angestellten, nach Abzug aller Baukosten wagte er kaum, daran zu denken, eine wie große Summe Jahr um Jahr den Vorstandsmitgliedern zufiele. Die Vision nahm Züge einer solchen Pracht an, daß sie fast bedrückend wirkte; sie glich den Herrlichkeiten und Verzükkungen des Haschischtraumes, die zu groß, zu durchdringend sind, als daß ein sterbliches Herz sie ertrüge. Und doch war es kein Phantombild – kein einziger Schritt, der sich nicht als gegründet auf kühle, nüchtern geschäftliche Überlegungen nachweisen ließe. Er versuchte, seine wachsende Erregung zurückzudämmen, sich selbst zu sagen, daß er in Träumen schwelgte, doch die Tatsachen blieben störrisch. Er sah, daß es seine Rolle sein würde, in der Welt der Pädagogik dieselbe große Umwälzung herbeizuführen, welche die großen amerikanischen Kaufhäuser im Einzelhandel angerichtet hatten.

Das Prinzip war genau dasselbe: Statt hundert kleiner Läden, die vergleichsweise bescheidenen und banalen Gewinn abwarfen, hatte man nun das riesige Warenhaus, das in gigantischem Maßstab Geschäfte machte, mit stark verringerten Kosten und stark erhöhtem Profit.

Hier lag wieder ein wichtiger Hinweis. Er hatte an Amerika gedacht – und er wußte, daß hier eine unerschöpfliche Goldmine lag, die sich kein anderer pädagogischer Schatzgräber je hatte träumen lassen. Der reiche Amerikaner gierte notorischerweise nach allem Englischen, von Abendanzügen bis zu Stammbäumen. Er hatte nie daran gedacht, seinen Sohn auf eine englische Public School zu schicken, weil er dieses ganze Schulsystem für hoffnungslos veraltet hielt. Aber das neuerstandene Lupton würde sich zu den anderen Public Schools verhalten wie das modischste New Yorker Hotel zu einer Dorfwirtschaft. Und trotzdem würde der junge Millionär in der Gesellschaft von Söhnen englischer Gentlemen aufwachsen und die unvergleichliche Kultur englischer Lebensart in sich aufnehmen, während er gleichzeitig alle Vorteile moderner Ideen, moderner Wissenschaft und moderner Finanzausbildung genoß. Das Land um Lupton war noch immer relativ billig; die Schule mußte es auf Umwegen nach und nach aufkaufen – und dann erhob sich ein prächtiger, ausgedehnter Bau nach dem anderen vor seinem Blick. Er sah die Söhne der Reichen aus allen Weltecken zu der großen Schule strömen, um dort das Geheimnis der Angelsachsen zu lernen.

Chesson hatte unrecht mit seiner Idee – die er für kühn und originell hielt –, ein separates jüdisches Haus in der Schule einzurichten, wo koscher gegessen werden sollte. Der reiche Jude, der seinen Sohn auf eine englische Public School schickt, tut dies in neun von zehn Fällen genau deshalb, weil er die Verbindung seines Sohnes zum Judentum möglichst rasch der Vergessenheit anheimgeben möchte. Er hatte Chesson in diesem Zusammenhang von »unserer Christenpflicht dem Samen Israels gegenüber« reden hören. Der Mann war offensichtlich ein Blödian. Nein, je mehr Juden, desto besser, aber kein jüdisches Haus. Und auch kein übertrieben ernsthaftes Christentum, wie es Pusey und seine Anhänger wollten – eine eher allgemeine religiöse Unterweisung, ein moralischer Appell, so im Sinne eines moderaten Anglikanismus, das sollte der Glaube von Lupton sein. Was das betraf, da war Chesson ganz auf dem richtigen Weg. Er hatte sich immer konsequent gegen jeden deutlich spürbaren Einfluß der Kirche gewandt. Horbury kannte den Durchschnittsvater der wohlhabenderen Klassen in- und auswendig; er wußte, der hielt sich zwar in der Regel für einen Mann der Kirche, war es aber ganz zufrieden, seinen Söhnen Konfirmationsunterricht durch einen sich offen zu erkennen gebenden Agnostiker erteilen zu lassen. Diese Freizügigkeit durfte gewiß nicht verringert werden, wenn Lupton nun einen kosmopolitischen Charakter annahm. »Wir werden die ganzen beeindruckenden, würdevollen Beziehungen zur Staatskirche beibehalten«, sagte er sich, »und gleichzeitig werden wir völlig frei vom Makel einer übertrieben dogmatischen Unterweisung sein.« Er hatte plötzlich einen brillanten Einfall. In Kirchenkreisen hieß es allgemein, die englischen Bischöfe seien schrecklich überanstrengt, es sei beim besten Willen auch für den energischsten Mann unmöglich, die großen Diözesen wirksam zu verwalten, deren Grenzen aus dem dünn besiedelten England des Mittelalters stammten. Überall erhob man die Forderung nach Suffraganbischöfen, nach neuen Bischofssitzen. Im *Guardian* der letzten Woche hatten drei Leserbriefe zu diesem Thema gestanden, einer von einem Pfarrer seiner eigenen Diözese. Der Bischof war zuvor von jemandem mit einem offenbar rabiat ritualistischen Standpunkt darauf hingewiesen worden, daß neun von zehn Gemeinden seit seiner Ernennung vor zehn Jahren seine Mitra noch nie zu Gesicht bekommen hatten. Der Archidiakon von Melby hatte in einem hervorragenden Brief geantwortet, beißend sarkastisch und doch sehr humorvoll. Horbury wandte sich der Zeitung auf dem Tischchen neben seinem Sessel zu und schlug den Brief auf. »Zunächst einmal«, schrieb der Archidiakon, »scheint der Verfasser der Zuschrift sich nicht darüber im klaren zu sein, daß das Ethos der Diözese von Melby keine Züge von abergläubischer Priesterverehrung kennt: Die aufrechte Bevölkerung der Midlands hat, wie ich dankbar vermerke, die Lektionen der Reformation noch nicht vergessen! Sie wünscht nicht, die rein mechanische Religionsausübung des Mittelalters wiederkehren zu sehen – die stellvertretend opfernde Priesterschaft und die *ex opere operato* wirksamen Sakramente. Insofern sehen sie den Episkopat nicht ganz im selben Licht wie Ihr Abonnent, der sich unter dem Namen Senex zu Wort gemeldet hat – dieser scheint mir in einem Bischof so etwas wie einen Medizinmann zu sehen, der gewisse geheimnisvolle thaumaturgische Kräfte besitzt, die ihm aus einer (imaginären) spirituellen Überlieferungskette zuwachsen. Dies war nicht die Ansicht Hookers, noch, darf ich wohl sagen, die der wirklich repräsentativen Geistlichen der Kirche von England.

Indessen«, fuhr der Archidiakon fort, »muß man zugeben, daß die jetzige Diözese von Melby umständlich ausgedehnt und, man darf es wohl sagen, nicht zu bewältigen ist.«

Dann folgte die witzige Anekdote von Sir Boyle Roche und dem Vogel, und schließlich stieß der Archidiakon noch das Gebet aus, daß Gott es am Ende den Regenten in Kirche und Staat eingeben möchte, dem guten Amtsinhaber der Diözese einen bischöflichen Kuraten an die Seite zu stellen.

Horbury erhob sich aus seinem Sessel und schritt im Zimmer auf und ab; seine Aufregung war so groß, daß er nicht länger ruhig bleiben konnte. Die Zigarre war schon lange erloschen, und an seinem Whisky-Soda hatte er kaum genippt. Seine Augen funkelten vor Erregung. Alle Umstände schienen ihm direkt in die Hände zu spielen, die Karten der Welt waren zu seinen Gunsten gemischt! Er fühlte sich wie Bel Ami auf seiner Hochzeit. Fast fing er an, an die Vorsehung zu glauben.

Denn er war sicher, daß es zu machen war. Da herrschte nun allgemein das Gefühl, daß kein einzelner Mann mehr die

Arbeit der ganzen Diözese bewältigen konnte. Ein Suffragan war notwendig – und Lupton mußte dem neuen Bischof seinen Titel geben! Keine andere Stadt kam in Frage. Dunham war gewiß im achten Jahrhundert Bischofssitz gewesen, aber jetzt war es kaum mehr als ein Dorf, und dazu ein Dorf an einer kläglichen Nebenstrecke der Eisenbahn, während Lupton an der großen Hauptlinie des Midlandnetzes lag, mit raschen Verbindungen in alle Landesteile. Der Archidiakon, der auch im Oberhaus saß, würde zweifellos der erste Bischof von Lupton werden – und er sollte der Titularpfarrer der neuen großen Schule sein! »Geistlicher: Reverend Lord Selwyn, Lordbischof von Lupton.« Horbury stieß ein Stöhnen aus – es war zu herrlich, zu großartig. Er kannte Lord Selwyn recht gut, und zweifelte nicht, daß er einverstanden sein würde. Er war ein armer Mann, und man würde ohne Schwierigkeiten einen befriedigenden Modus finden. Der Archidiakon war genau der Richtige. Kein pedantischer Theologe, sondern ein großzügig denkender, toleranter Weltmann. Horbury fiel mit beinah ekstatischem Gefühl ein, daß er in den Vereinigten Staaten kreuz und quer äußerst erfolgreich Vorträge gehalten hatte. Die amerikanische Presse war entzückt gewesen, und die First Congregational Church of Chicago hatte Selwyn angefleht, ihrem Ruf zu folgen, zu predigen, was er nur wollte, und ein Honorar von fünfundzwanzigtausend Dollar pro Jahr einzuschieben. Und andererseits, was konnte die schärfste Orthodoxie sich Besseres wünschen als einen Schulgeistlichen, der nicht nur Bischof, sondern ein Peer des Königreichs war? Wundervoll! Hier hatte man die drei Fliegen – liberale Großzügigkeit, Orthodoxie und Ehrfurcht vor dem Oberhaus – mit sicherem Hieb auf einen Streich.

Der Schulsport? Die Spiele? Die sollten in all ihrer Herrlichkeit weiterbestehen, oder besser: in noch weit rühmlicherem Maße. Cricket und Hockey, Tennis und Fives würden alle gefördert werden; mehr noch, Lupton sollte die einzige Schule mit eigenem Tennisplatz sein. Das noble *jeu de paume*, das Spiel der Könige, die aristokratischste aller Sportarten sollte in Lupton ein würdiges Heim bekommen. Champions würde man ausbilden! Es würde englische und französische Trainer geben, die sich mit den jüngsten Entwicklungen im *chemin de fer*-Aufschlag auskannten. »Über einen halben Yard, denke ich«, sagte Horbury bei sich; »da müssen Sie sich anstrengen, um das zu schlagen.«

Doch sein größtes Vertrauen setzte er ins Rocker. Das war die in Lupton gespielte Variante des Football, auf ihre Weise so einzigartig wie das »Wall Game« in Eton. Manche Leute haben gemeint, der Name sei eine Zusammenziehung von *rugby* und *soccer*, doch tatsächlich leitete er sich von dem Terrain her, wo die Einwohner von Lupton in alten Zeiten dem Spiel nachgingen. Wie an vielen anderen Orten war der Football hier ursprünglich eine bloße Entschuldigung für Kämpfe zwischen zwei Stadtgemeinden gewesen – St. Michael's und St. Paul's-in-the-Fields. Jedes Jahr am Gründonnerstag waren die Stadtbewohner, Jung und Alt, auf den Anger hinausgezogen und hatten dort ihre Auseinandersetzungen mit beträchtlicher Gewalttätigkeit ausgetragen. Die Wiese war ödes, unebenes Land; ein tiefer, träger Fluß mit Namen Wand querte eine Ecke des Grundes, und in der Mitte lagen Steinbrüche und scharfe Kalksteinfelsen. Deshalb hieß das Footballspiel in den alten Tagen in der Stadt *playing rocks*, denn es galt in der Tat als exzellenter Spielzug, einen Gegner über den Rand des Steinbruchs auf die Felsen drunten zu schleudern, und noch im Jahre 1830 brach sich ein gewisser Jonas Simpson von St. Michael auf diese Weise das Rückgrat. Da jedoch am selben Tage ein Junge von St. Paul im Wand ertrank, galt das Spiel als unentschieden. Von den Besonderheiten dieses altenglischen Sports hatte die Schule ihr Spiel abgeleitet. Den Anger hatte man natürlich schon lange den Stadtbürgern gestohlen und überbaut, aber die Jungen hatten eigenartigerweise die Tradition seiner lokalen Besonderheiten bewahrt, in einer Art Footballritual. Denn außer mit den beiden Toren war das Spielfeld auch noch mit einer Reihe niedriger weißer

Pfähle bezeichnet: die markierten den Verlauf eines unsichtbaren Baches, und zwischen diesen Pflöcken war es rechtens, einen Gegner am Hals zu packen und ihn zu würgen, bis er blau anlief – der beste Ersatz für das Ertränken, den die Planer der revidierten Spielfassung finden konnten. Und inmitten des Feldes markierten wiederum zwei höhere Pfähle die Lage des Steinbruchs, und dazwischen konnte man ohne Grund zur Beschwerde in den Bauch geschlagen oder getreten werden, als mildere Variante des alten Sturzes auf die Felsen. Es gab noch manch andere derartige Einrichtungen im Rocker, und Horbury hielt fest an seiner Ansicht, daß es die bei weitem männlichste Fassung des Football war. Für diesen reizvollen Sport plante er nun weltweiten Ruhm. Rocker sollte gespielt werden, wo immer die englische Flagge wehte, in Ost und West, in Nord und Süd, von Hongkong bis British Columbia – in Kanada und Neuseeland sollten die Τεμένια dieses erhabenen Ritus stehen, und der Reisende, der das magische Feld abgesteckt sah (die zwei Tore, die Linie von Pflöcken, die den »Bach« bezeichnete, die beiden Pfähle der »Kluft«), würde englisches Gebiet so sicher wie am Union Jack erkennen. Die Fachausdrücke des Rocker würden ein Teil des großen angelsächsischen Erbes werden, die ganze Welt sollte vom »Einschlag« und der »Wumme«, den »Wetzern« und den »Rammern« erfahren. Es würde Arbeit brauchen, aber es war zu machen: Artikel in den Zeitschriften und in der Tagespresse, vielleicht ein Roman über das Leben an der Schule – man müßte einen neuen *Tom Brown* verfassen. Die Midlands und der Norden müßten erkennen, daß hier Geld zu machen war, und der Rest wäre dann einfach.

Eines beunruhigte Horbury etwas. Seine Gedanken waren erfüllt von den neuen, herrlichen Gebäuden, die errichtet werden sollten, doch war ihm klar, daß alte Architektur immer noch für etwas stand, und unglücklicherweise hatte Lupton nur sehr wenig aufzuweisen, was wirklich alt war. Vor vierzig Jahren hatte Stanley, der erste Reformer unter den Schulrektoren, die alte Schule abreißen lassen. Es gab noch

Stiche davon: ein Fachwerkhaus aus dem fünfzehnten Jahrhundert, mit krummem Dachfirst und einem überkragenden Obergeschoß; matte Bleiglasfenster und ein graugewölbtes Vordach über der Eingangstür – eine häßliche alte Scheuer hatte Stanley es genannt. Man wandte sich an Scott, und der baute das gegenwärtige Schulgebäude, eine opulente Anlage in rotem Backstein: französisches dreizehntes Jahrhundert mit venezianischen Details. Es wurde allgemein bewundert. Doch Horbury bedauerte es sehr, daß die alte Schule zerstört war; zum ersten Mal wurde ihm klar, daß sie eine wertvolle Attraktion dargestellt hätte. Und Dowsing, der auf Stanley folgte, hatte wiederum den Kreuzgang weggehauen – nur noch eine Seite der Galerie stand, und die war mit Brettern zugenagelt und diente als Gärtnerschuppen. Horbury wußte nicht so recht, was er von der Zerstörung des Kreuzes halten sollte, das früher in der Mitte des Innenhofes gestanden hatte. Zweifellos war Dowsing im Recht, wenn er es als Ausdruck abergläubischer Haltung betrachtet hatte – immerhin hätte man es als Kuriosität stehen lassen können, die man Besuchern zeigte, so wie die Instrumente einstiger Grausamkeit, Streckbett und Eiserne Jungfrau, aufbewahrt und staunenden Besuchern gezeigt werden. Es bestand keine wirkliche Gefahr einer abergläubischen Verehrung des Kreuzes; das Kreuz war in der Tat so harmlos wie Axt und Richtblock im Tower in London. Dowsing hatte etwas ruiniert, was ein wichtiges Hilfsmittel bei der intensiven Nutzung der Schule hätte sein können.

Aber die Verluste waren vielleicht nicht irreparabel. Das alte Schulgebäude war dahin und konnte nicht mehr zurückgeholt werden, aber der Kreuzgang ließe sich restaurieren, und das Kreuz ebenso. Horbury wußte, daß das Monument vor dem Charing-Cross-Bahnhof von vielen für ein genuines altes Stück gehalten wurde – warum sollte man sich nicht von einem kompetenten Fachmann ein Kreuz bauen lassen? Nicht wie das alte selbstverständlich – dieses »gar schöne Kreutz mit unserer Lieben Frauen Sankt Marien und Sankt Johann«, und darunter den Plätzen der Heiligen und der Engel, das kam niemals in Frage. Aber etwas irgendwie unklar Gotisches, mit vielen Königen und Königinnen (die man sich als historische Gönner der Schule vorstellen konnte), und obendrauf ein kleines gußeisernes Kreuz: Das konnte niemanden irritieren und würde bei neun von zehn Leuten als echter Überrest des Mittelalters durchgehen. Man konnte es aus weichem Stein anfertigen und ein paar Jahre lang verwittern lassen, und dann würde der unsichtbare Film eines schützenden Lacks Steinmetzarbeiten und Bildwerke bewahren, die bereits ehrwürdig verfallen wirkten. Es war nicht nötig, irgendwelche präzisen Angaben zu machen, die Eltern und die Öffentlichkeit mochten ihre eigenen Schlüsse ziehen.

Horbury ließ nichts aus. Er baute in seinen Gedanken einen gigantischen Plan auf, und jede Einzelheit schien ihm der Aufmerksamkeit wert, während er gleichzeitig nie die Gesamtwirkung aus dem Blick verlor. Er glaubte fest an die Perfektion des Details – es durfte keine Schwachpunkte geben. Er dachte sich, daß man eine Schullegende erfinden müßte. Die reale Geschichte war nicht ganz das, was er brauchte, wenn sie sich vielleicht auch in eine dekorative Version der Frühzeit von Lupton einarbeiten ließ. Man könnte den *textus receptus* der Gründung Martin Rolles benutzen – die Stiftung von Ländereien im Jahr 1430, um eine Schule zu erbauen und zu erhalten, wo hundert Knaben Lesen und Schreiben lernen und zehn arme Scholaren und sechs Priester für die Seele des Gründers beten sollten. Das war soweit ganz gut, aber man könnte andeuten, daß Martin Rolle tatsächlich eine Schule altsächsischen Ursprungs neu begründete und mit einem neuen Stiftungskapital ausstattete, die wahrscheinlich auf König Alfred persönlich zurückging, der sie in Luppa's Tun eingerichtet hatte. Und dann – wer könnte mit Gewißheit bestreiten, daß Shakespeare in Lupton gewesen war? Seinen berühmten Schuljungen, »der mit Bündel / und glattem Morgenantlitz, wie die Schnecke / ungern zur Schule kriecht« –, mochte der Dichter den nicht bei einem Spaziergang am Ufer des Wand beobachtet haben? Viele berühmte Männer konnten theoretisch in Lupton zur Schule gegangen sein; es würde nicht schwer fallen, eine plausible Liste von solchen anzulegen. Das mußte vorsichtig und sorgfältig geschehen, mit Formulierungen wie »Es gehört zu den traditionellen Überlieferungen in Lupton, daß Sir Walter Raleigh hier einen Teil seiner Schulbildung empfing«, oder etwa: »Eine frühere Generation von Luptonianern erinnerte sich noch an die Initialen ›W. S., S. on A.‹, die tief in das Kamingesims der alten Schule eingekerbt waren, welches leider nunmehr abgetragen ist.« Geschichtsforscher würden lachen? Möglich, aber wer scherte sich um Geschichtsforscher! Für den Durchschnittsbürger kam das »Charing« in »Charing Cross« von *chère reine*, und das gefiel ihm prächtig – und Horbury beabsichtigte, sich an den Durchschnittsbürger zu wenden. Obwohl er Schullehrer war, führte er kein zurückgezogenes Leben, und er hatte die Welt von seinem ruhigen Studierzimmer aus genügend studiert, um die immense Bedeutung von einem Quentchen Scharlatanerie bei allen Vorhaben zu begreifen, die den Menschen Eindruck machen sollen. Es war ein tödlicher Fehler, anzunehmen, daß etwas Erfolg haben könnte, das aus reiner Scharlatanerie bestand – dauerhaften Erfolg jedenfalls; ein noch tödlicherer Fehler, anzunehmen, daß etwas ganz ohne Scharlatanerie sich je hübsch auszahlen würde. Der durchschnittliche englische Gaumen würde den Geschmack einer Aioli-Mayonnaise schaudernd ablehnen, ließ sich aber von jenem *petit point d'ail* verzaubern, der das lediglich gute Essen zur triumphalen Vollkommenheit führt. Und das Wort »Knoblauch« brauchte man vor den Gästen gar nicht zu erwähnen. Lupton würde gewiß nicht insgesamt aus Knoblauch zubereitet werden – es sollte das unvergleichlich beste pädagogische Gericht sein, das man je aufgetischt hatte, mit unerreichten und unerreichbaren Zutaten. Doch König Alfreds Gründung einer Schule in Luppa's Tun und jenes »W. S., S. on A.«, das tief in das Kamingesims des verschwundenen alten Schulhauses eingeritzt war – diese Legenden und andere, ähnliche, würden ihm den letzten Schmelz verleihen, *le petit point d'ail*.

Es war ein großartiger Entwurf, herrlich und wunderbar, und das Erstaunlichste daran war es, daß er mit Gewißheit zu verwirklichen war. Es gab keine Schwachstelle von Anfang bis Schluß. Das Kuratorium würde ihn ernennen – das wußte er aus sicherer Quelle, und es konnte sich nur um ein, zwei Jahre handeln, vielleicht nur um ein, zwei Monate, bis diese ganze goldenstrahlende Vision sich in harte, unumstößliche Tatsächlichkeit verwandelt hatte! Er trank seinen Whisky-Soda aus; der Inhalt des Glases war nun schal und trübe, aber ihm war er Nektar, weil er gewürzt war mit seiner Ekstase.

Er runzelte mit einem Mal die Stirn, während er nach oben auf sein Zimmer ging. Eine unangenehme Erinnerung hatte sich einen Augenblick lang in seine erstaunlichen Phantasien gedrängt, doch verwarf er den Gedanken so rasch, wie er aufgetaucht war. Das war alles vorbei, es konnten unmöglich irgendwelche Schwierigkeiten aus dieser Richtung drohen; und so schlief er ein, den Kopf voller Bilder, und sah Lupton als den Mittelpunkt der ganzen Welt, wie Jerusalem auf den alten Landkarten.

Ein Erforscher der tiefen mystischen Zusammenhänge hat ein eigenartiges Element von Komik bei der Lenkung der menschlichen Angelegenheiten entdeckt – und gewiß liegt ein gewisser Humor darin, daß in eben dieser Nacht, in der Horbury das herrliche Lupton der Zukunft erbaute, der Palast seiner Träume und seines Lebens auf immer zu Staub und bitterem Nichts zertrümmert wurde. Doch so war es. Das furchtbare Urteil war feierlich ausgesprochen worden, das elende Kanonikat in Wareham wurde ihm als Verhängnis zugewiesen. Phantastisch waren die Elemente und Kräfte, die in diesen großen Urteilsspruch eingingen: kratzend roher Maisalkohol, als Sherry verkleidet, die Impertinenz (oder was eben so erschien) eines älteren Pädagogen, eine gesottene Hammelkeule, ein schwieriger und ungehorsamer Junge und – noch jemand.

II. TEIL

I

Er stand in einem wilden, öden Land. Etwas daran schien fern vertraut: Die Landschaft hob und senkte sich in eintönigen, müden Bodenwellen, in weitem Umkreis bräunlichen Ackerlandes und grauer Wiesen, umfaßt von einem dämmerigen Horizont ohne Verheißung und Hoffnung, düster wie eine Gefängnismauer. Die unendliche Melancholie eines Herbstabends lastete brütend auf der ganzen Welt, und den Himmel verbargen fahlschwarze Wolken.

All dies rief ihm eine entlegene Erinnerung zurück, und doch wußte er, daß er zum ersten Mal über diese traurige Ebene hinsah. Es lag ein tiefes, schweres Schweigen über allem, ein Schweigen, das nicht einmal das Wehen eines Blattes unterbrach. Die Bäume schienen seltsam geformt, und seltsam waren die zwerghaften Dornbüsche, die hie und da das überwucherte, zerrissene Feld besetzten, auf dem er stand. Ein schmaler Weg zu seinen Füßen wanderte, von den Dornsträuchern begrenzt, nach links in das ungewisse Zwielicht davon; er hatte etwas unklar Geheimnisvolles, als müßte man auf ihm in eine mystische Zone gelangen, wo alle irdischen Dinge für immer vergessen und verschollen sind.

Er setzte sich unter den kahlen, verkrümmten Zweigen eines großen Baumes nieder und sah zu, wie das trübselige Land dunkler wurde und immer dunkler; halb unbewußt fragte er sich, wo er war und was ihn an diesen Ort gebracht hatte, wobei er sich schwach auf Geschichten von ähnlichen Abenteuern besann. Ein Mann ging eines Tags an einer wohlbekannten Mauer vorüber, und als er eine bisher unbemerkte Tür öffnete, fand er sich in einer neuen Welt ungeahnter und wunderbarer Erlebnisse. Ein anderer schoß einen Pfeil weiter als irgendeiner seiner Freunde und freite die Elfin. Aber – dies war nicht das Elfenreich, dies waren eher die traurigen Felder und unglücklichen Gräber der Unterwelt als die Stätten endloser Freuden und unsterblichen Entzückens. Und doch lag in allem, was er sah, das Versprechen eines großen Erstaunens.

Nur eines war ihm klar. Er wußte, daß er Ambrose war, daß man ihn von großen, unaussprechlichen Freuden vertrieben hatte in ein elendes Exil, in die Verbannung. Er war von einem fernen, fernen Ort auf verborgenem Wege gekommen, und die Dunkelheit hatte ihn umschlossen, und man hatte ihm bitteren Trank und tödliche Speise gegeben, und alle Freude ward ihm verborgen. Das war alles, woran er sich erinnern konnte, und nun streifte er verirrt umher, er wußte nicht wie noch warum, in diesem wilden, traurigen Land, und die Nacht senkte sich herab.

Plötzlich ertönte es wie ein Ruf weit weg in der Schattenstille, und die Dornsträucher begannen in einem schrillen Wind zu rascheln, der sich mit dem Einbruch der Nacht erhob. Auf diesen Schrei hin rissen die schweren Wolken auf und zerstreuten sich, rasch über den Himmel jagend, und der reine Himmel erschien, an dem die letzte Rosenröte des Sonnenuntergangs erstarb, und dort glänzte das Silberlicht des Abendsterns. Ambroses Herz wurde von diesem Licht emporgezogen, wie er aufschaute; er sah, daß der Stern größer und größer wurde; er kam durch die Lüfte auf ihn zu; seine Strahlen drangen ihm in die Seele wie ein silberner Trompetenstoß. Ein Meer weißen Glanzes floß über ihn: Er wohnte im Inneren des Sterns.

Es war nur für einen Augenblick; er saß immer noch unter dem Baum mit den krummen Zweigen. Aber der Himmel war nun klar und von einem großen Frieden erfüllt; der Wind hatte sich gelegt, und ein glücklicheres Licht schien über die weite Ebene. Ambrose war durstig, und da sah er, daß neben dem Baum eine Quelle lag, halb verborgen von den Schlingen der Wurzeln, die sich darüber wölbten. Das Wasser war still und glänzend, als sei es ein Spiegel aus schwarzem Marmor, und der Rand war mit einem großen Stein bezeichnet, in den die Lettern gehauen waren:

Er stand auf, beugte sich über die Quelle, senkte seine Lippen hinunter, er trank, und seine Seele und sein Leib wurden wie mit einer Flut von Freude angefüllt. Nun wußte er, daß er durch alle Tage seines Exils einen schweren, müden Körper voll Pein und Kummer geschleppt hatte. Er hatte Schmerzen in jedem Glied, Qualen in jedem Knochen mitgeschleift; mühsam hatte er seine Füße über den Boden gezerrt, langsam, müde, wie einer, der in Ketten geht. Nur schwache, zerrissene Phantome, elende Gestalten und krumme Bilder der Welt hatten seine Augen gesehen, denn sie waren getrübt von Krankheit, verdunkelt vom Nahen des Todes. Jetzt in der Tat schaute er klar den leuchtenden Umriß unsterblicher Dinge! Er trank tiefe Züge des dunklen, glitzernden Wassers, er trank, wie es schien, das Licht der gespiegelten Sterne, und er wurde von Leben erfüllt. Jede Sehne, jeder Muskel, jede Partikel des dem Tod anheimgegebenen Fleisches erschauerte und erwachte in der Kommunion dieses Quellwassers. Alle Nerven und Adern freuten sich in ihm; all sein Wesen beflügelte sich mit Entzücken, und wie einer seiner Finger den anderen berührte, als er sich noch über die Quelle gebeugt hielt, durchrann und durchschoß ein Zucken köstlichen Genusses seinen ganzen Leib. Sein Herz pochte vor einer Seligkeit, die unerträglich war; Sinne und Intelligenz, Seele und Geist waren wie zu einer einzigen weißen Flamme der Hingerissenheit sublimiert. Und die ganze Zeit war ihm bewußt, daß dies nur die geringsten unter den geringsten Freuden des Königreiches waren, nur das Überlaufen, die Rinnsälchen am Rande der großen überirdischen Trinkschale. Er sah ohne Erstaunen, daß der Himmel, obwohl die Sonne nun untergegangen war, sich zu röten und zu erhellen begann wie vom Nordlicht. Es war nicht länger Abend, nicht länger eine Zeit, die vom Vorrücken der Nacht und ihres Dunkels gezeichnet war. Ohne Zweifel war die Dunkelheit in sterblichen Stunden vergangen, während er einen unendlichen Augenblick lang unsterbliches Getränk gekostet hatte, und vielleicht hieß ein Tropfen dieses Wassers ewiges Leben. Aber jetzt dämmerte der Tag. Er hörte die Worte:

> Dies venit, dies Tua,
> In quo reflorent omnia.

Sie wurden in seinem Herzen gesprochen, und er sah, daß alles zu einem großen Fest bereitet wurde. Über allem lag die gespannte Stille der Erwartung, und wie er schaute, wußte er, daß er sich nicht länger in der müden Welt des bräunlichen Ackerlands und der grauen Wiesen befand, bei den wilden kahlen Bäumen und seltsam verkrüppelten Dornsträuchern. Er war an einem Hang unter dem Rand eines großen Waldes; drunten im Tal rauschte leise ein Bach unter den Blättern silberner Weiden, und weit hinten im Osten hob sich die Riesenwand eines runden Berges gelassen in den Himmel. Überall um ihn her lag die grüne Welt des Laubes; Gerüche der Sommernacht, tief im mystischen Innern des Waldes, der Geruch vieler Blumen und der kühle Atem des rauschenden Bachs vermengten sich in seiner Nase. Die Welt hellte sich zum weißen Morgen hin auf, und dann, als das Licht klar wurde, erblühten die rosenfarbenen Wolken am Himmel, und wie als Antwort schien die Erde mit rosenroten Funken und mit einem Flammenglitzern aufzuglühen. Der ganze Osten wurde ein Rosengarten, rote Blüten lebendigen Lichtes standen über dem Berg, und wie die Sonnenstrahlen den Erdkreis erhellten, begann aus einer Baumkrone im Walde hervor der Gesang eines Vogels. Nun waren die Kadenzen einer letzten, triumphierenden Ekstase zu hören, der Gesang der Befreiung, ein hoheitliches *In exitu*; die Melodie frohlockender Triller, unermüdliche und frohe Wiederholung sich sehnender Chöre, die die Herankunft der großen Feier prophezeiten und die große Antiphone sangen.

Wie sich das Lied in die Höhe erhob, so erhoben sich plötzlich vor ihm die Mauern und Türme einer großen Kirche auf einem hohen Berg. Sie lag in weiter Ferne, und doch sah er, als wäre sie nahebei, all die subtilen, wunderbaren Bildwerke, die an ihren Mauern ausgehauen waren. Das große Westportal war ein Wunder: Alle Blumen und alle Blätter, alle Formen von Schilf und Farn drängten sich an den Kapitellen, und in den Rundbogen droben zeigte eine Wölbung über der anderen alle Tiere, die Gott geschaffen hat. Er sah die Fensterrose, ein Labyrinth aus zartem Maßwerk, sah die hohen Spitzbögen der lichten Halle, die herrlichen Strebepfeiler, die wie Engel das heilige Haus umstanden und deren Fialen wie ein Hain von Bäumen ragten. Und hoch über dem großen, weitgewölbten Dach reckte sich der Turm empor, golden im Licht. Die Glocken läuteten zum Fest; er hörte von drinnen den rollenden, anschwellenden Triumph der Orgel:

O pius o bonus o placidus sonus hymnus eorum.

Er wußte nicht, wie es gekommen war, daß er seinen Platz in der großen Prozession eingenommen hatte, daß auch er, umgeben von Ministranten in Weiß, seinen Teil an den nicht enden wollenden Litaneien übernahm. Er wußte nicht, durch welche seltsame Landschaft sie in ihrer leidenschaftlichen bewunderungswürdigen Ordnung zogen, ihren Bannern folgend und den Symbolen, die hoch vor ihnen erglänzten. Aber dieses Land lag immerwährend – so schien es – in klarer, stiller Luft, bekrönt von goldenem Sonnenlicht, und ebenso war es mit jenen, die große Wachsfackeln trugen, seltsam schön verziert mit goldenen und zinnoberroten Ornamenten. Die leise Flamme dieser Kerzen brannte stetig in der Stille des Sonnenlichts, und die glitzernden silbernen Räucherschiffchen schwenkten im Steigen und Sinken eine blasse Wolke in die Luft. Man hielt dann und wann vor Altären am Wegesrand an, um für unaussprechliche Erbarmung zu danken, und dann zog die selige Schar rasch weiter, ihrem unbekannten Ziel in den bläulich fernen Bergen entgegen, die hinter der Ebene aufragten. Um ihn waren Gesichter und Gestalten von ehrfurchterregender Schönheit; er sah jene, in deren Augen die niemals ersterbenden Lampen des Himmels schienen, um deren Häupter das goldene Haar stand wie eine Aureole; und dort kamen jene, die über dem gegürteten weißen Gewand bunte Kleider trugen, und wenn sie ausschritten, regte es sich wie sanfte Flammen um ihre Füße.

Der große weiße Aufzug war verschwunden, und er war allein. Er folgte einem geheimen Pfad, der sich durch die Dikkichte eines tiefen Waldes wand. Vorüber an einsamen Teichen mit regloser Wasserfläche, an großen Eichen – Welten grünen Laubes –, an Quellen und Wasserströmen, an den sprudelnd im Moos entspringenden Bächen vorüber folgte er diesem verborgenen Weg, nun emporsteigend, dann abwärts gehend, aber insgesamt stets weiter hinauf wandernd und sich, wie er wußte, immer weiter von allen Behausungen der Menschen entfernend. Durch die grünen Zweige sah er das leuchtende Meer; er sah das Land der Alten Heiligen, all den Grund und Boden, den die Menschen ihnen um Gottes willen übereignet hatten, er sah ihre Kirchen und es schien ihm, als könnte er ganz schwach den Klang des Läutens ihrer heiligen Glocken hören. Dann endlich, als er die Alte Straße überquert hatte und vorüber war an der Blitzschlaglichtung und am Brunnen des Fischers, fand er zwischen Wald und Berg eine sehr alte und kleine Kapelle, und nun hörte er die Glocke des Heiligen deutlich läuten – mit so süßem Klang, als sei es der Gesang der Engel. Drinnen war es ganz dunkel, und Schweigen herrschte. Er kniete nieder und konnte kaum erkennen, daß die Kapelle von einer Trennwand, die sich bis zu dem rundgewölbten Dach erhob, zweigeteilt wurde. Formen glitzerten, als seien goldene Figuren auf diese Wand gemalt, und durch die Fugen der Balken strömten feine Nadeln eines weißglühenden Glanzes, als liege dahinter ein Licht, größer als die Sonne am Mittag. Und das Fleisch begann zu erzittern, denn der ganze Ort war erfüllt von den Farben des Paradieses, und er hörte den Klang der Heiligen Glocke, und der Chor, herrlicher als die Zaubervögel von Rhiannon, verkündete:

Ruhm und Ehre dem Überwinder des Todes:
Der Quelle des nimmer endenden Lebens!

Neunmal sangen sie diesen Choral, und dann füllte sich der ganze Raum mit blendendem Licht. Denn eine Tür in der Trennwand hatte sich geöffnet, und hervor trat ein alter Mann, ganz in leuchtendem Weiß, auf dessen Haupt eine goldene Krone war. Vor ihm ging einer, der die Glocke läutete, zu beiden Seiten kamen junge Männer mit Fackeln, und in seinen Händen trug er das Mysterium der Mysterien, umhüllt von Schleiern von Gold und allen Farben, damit keiner es erkennen möge; und so trat er vor die Wand, und das Licht des Himmels brach hervor aus dem, was er hielt. Dann ging er durch eine Tür auf der anderen Seite wieder hinein, und die Heiligen Dinge waren wieder verborgen.

Und Ambrose hörte von innen eine furchtbare Stimme mit den Worten:

Arges Weh und großer Kummer über ihn, denn er hat das Erhabene Geheimnis gesehen und war nicht würdig, und hat erblickt den Geheimen Glanz, der verborgen ist vor den Heiligen Engeln.

II

»Die Dichtung ist die einzige Möglichkeit, das zu sagen, was allein wert ist, gesagt zu werden.« Dies war ein Axiom, das in späteren Jahren Ambrose Meyricks Freunde häufig anzuhören gezwungen waren. Er fuhr dann gerne fort, indem er ausführte, er gebrauche das Wort Dichtung im umfassendsten Sinne und beziehe alle mystische und symbolische Prosa ein, alle Werke der Malerei und Bildhauerei, die es verdienten, Kunst zu heißen, alle große Architektur und alle wahre Musik. Er meinte damit, darf man annehmen, daß die Mysterien sich nur durch Symbole vermitteln lassen; unglücklicherweise machte er nicht immer ganz deutlich, daß dies der Standpunkt war, den er vertreten wollte, so daß es manchmal zu Verstimmungen kam – wie etwa im Falle des naturwissenschaftlich orientierten Herrn, den man einmal zu Meyrick mitgebracht hatte und der zeitig wieder aufbrach und dabei deutlich hörbar sarkastisch fragte, ob »Ihr schlauer Freund« vielleicht vorhabe, die Biologie in Verse zu bringen und dem Euklid eine Bachsche Orgelfuge zu unterlegen.

Doch war das Große Axiom (wie er es nannte) die Rechtfertigung, die er für die Aufzeichnungen vorbrachte, auf denen der vorhergegangene Abschnitt beruht.

»Natürlich«, sagte er dann, »ist die Symbolik unzulänglich; aber das ist eben der Mangel jeglicher Sprache, wenn man sich einmal über das Einmaleins und die Börsenkurse hinauswagt. Die Unzulänglichkeit des Ausdrucks ist nur ein kleiner Teil der großen Menschheitstragödie. Nur ein Dummkopf würde je annehmen, daß es ihm gelungen ist, den Inhalt seiner Gedanken vollkommen, ohne ein Zuviel oder Zuwenig, auszudrücken.«

»Wiederum«, fuhr er fort, »wäre die Symbolik wahrscheinlich auch für sehr viele Leute ganz irreführend. Aber was soll man tun? Ich glaube, viele ehrenwerte Leute finden Turner verrückt und Dickens langweilig. Und wenn schon die Großen oft scheitern, welche Hoffnung gibt es für die Geringen? Wir können nicht alle – nun: beliebte Romanciers unserer Zeit sein.«

Natürlich entstanden die fraglichen Aufzeichnungen viele Jahre nach dem Ereignis, dessen sie gedenken; sie waren die Übersetzung, die der erwachsene Mann von all den wunderbaren und unaussprechlichen Gefühlen des Jungen anfertigte. Und, wie Meyrick es formuliert, es werden dabei viele »Wörter« (oder Symbole) gebraucht, die dem Fünfzehnjährigen unbekannt waren.

»Und trotzdem«, sagte er, »sind sie eben die besten, die ich finden kann.«

Wie gesagt war das Alte Herrenhaus ein großes, geräumiges Anwesen, man hätte ohne weiteres noch Platz für ein halbes Dutzend weiterer Jungen gefunden, wenn der Vizerektor sich mit ihnen hätte abgeben wollen. So war es ein Vorzug, bei Horbury zu wohnen, und es gab in der Regel irgendeinen persönlichen Grund für die Aufnahme in das Haus. Pelly zum Beispiel war der Sohn eines alten Freundes; Bates ein entfernter Vetter; und Rawsons Vater war das Oberhaupt einer kleinen Grammar School im Norden, mit welcher gewisse Horbury-Ahnen in Verbindung gestanden hatten. Das Alte Herrenhaus war ein schönes, großzügiges Gebäude aus dem siebzehnten Jahrhundert; es hatte eine feierliche Fassade aus rotem, vor Alter mild verblaßtem Backstein, Reihe über Reihe hoher schmaler nischenloser Fenster, und ein steiles Dach mit roten Ziegeln. Über der Eingangstür war ein seltsam reichgeschnitztes hölzernes Vordach, und drinnen gab es eine Menge prächtig gearbeiteter Täfelungen und ferner einige schöne Kamingesimse, die wohl im Klassizismus hinzugefügt worden waren. Horbury hatte die Meriten dieses soliden und behaglichen Gebäudes erkannt und es vor Jahren zu günstigen Bedingungen erworben. Die Schule war selbst in jener Zeit schon rasch gewachsen, und er wußte, daß man bald neue Häuser zur Unterbringung der Schüler brauchen würde.

Falls er Lupton verließ, könnte er das Alte Herrenhaus leicht vermieten – er hätte die Pacht geradezu verauktionieren können–, und die Miete würde ihm seine Investition ständig zu fünfzig Prozent verzinsen. Viele der Räume waren groß, viel größer, als es den Bedürfnissen der Jungen entsprach, und mit geringfügigen Kosten ließen sich Trennwände einziehen und die neun oder zehn verfügbaren Zimmer in Räume für zwanzig oder gar fünfundzwanzig Jungen verwandeln. Die Natur hatte den Vizerektor mit einer in allen Dingen sorgfältig planenden Vernunft begabt, in den großen wie den kleinen; es ist nur gerecht, zu bemerken, daß er seine Erwartungen mehr als erfüllt fand, als er Lupton verließ, um nach Wareham zu ziehen. Bis auf den heutigen Tag bezieht Charles Horbury, sein Neffe, ein hoher Regierungsbeamter, hübsche Einkünfte aus dieser klugen Anlage seines Onkels, und das Haus beherbergt umstandslos seine fünfundzwanzig Jungen. Rainy, der das Haus von Horbury übernahm, war ein kluger Kopf und kam auf einen hervorragenden Plan, wie sich die Kosten neuer Fenster in den unterteilten Räumen vermeiden ließen. Nach sorgfältiger Überlegung ließ er die hölzernen Zwischenwände vier Zoll unterhalb der Decke enden, so daß jeweils das Zimmer mit einem Fenster das fensterlose miterhellte – und, wie Rainy manchen Eltern erklärte, ein gleichmäßig diffuses Licht war im Grunde viel besser für die Augen als das direkte.

In den alten Tagen, als man aus Ambrose Meyrick einen Mann machte, »klapperten« die vier Jungen sozusagen in dem großen hallenden Haus herum. Sie waren in den verschiedensten Winkeln verstreut, entfernt voneinander, und anscheinend getrennt von allen anderen. Meyricks Zimmer war das entlegenste von allen, doch auch das gemütlichste im Winter, da es über der Küche lag, ganz links im Hause. Dieser Trakt, der von der Straße aus durch die Äste einer großen Zeder verborgen wurde, war ein nachträglicher Einfall, ein georgianischer Anbau in grauem Backstein, der sich nur zwei Stockwerke hoch erhob, und in einem von den drei oder vier möblierten Zimmern über der Küche und den Wirtschaftsräumen schlief Ambrose. Er wünschte sich, seine Tage so ruhig und zurückgezogen verbringen zu können wie seine Nächte. Er liebte die Schatten, die auch an den hellsten Sommermorgen um sein Bett lagen – denn das Zederngeäst war dicht, und man hatte den Efeu über die Fensterscheiben wuchern lassen, so daß das Licht schwach und grün eindrang, gefiltert von den dunklen Zweigen und den Efeuranken.

Hier also hauste er nach zehn Uhr jeden Abend in behaglicher Sicherheit. Hin und wieder machte Mr. Horbury nächtliche Überraschungsbesuche, um zu kontrollieren, daß alle Lichter aus waren, doch glücklicherweise gaben die Treppenstufen am Ende des Ganges, alt und schlecht gezimmert, wie sie waren, eine Reihe pistolenschußlauter Knackgeräusche von sich, wenn sich der leiseste Fuß auf sie setzte. Es war insofern einfach, hörte man das erste dieser Geräusche, die Kerze in der geheimen kleinen Laterne zu löschen (die man sorgsam so hielt, daß kein Lichtschein unter der Tür sichtbar wurde) und die Laterne unter dem Bettzeug zu verbergen. Man machte den Finger naß und klemmte den Docht aus, so daß kein Geruch von der erlöschenden Flamme entstand, und der Schieber der Laterne wurde zugezogen, daß es keine verdächtigen Talgspuren auf den Laken gab. Es funktionierte unfehlbar; und die Visitationen des alten Horbury, die selten genug waren, schreckten Ambrose nicht.

So saß er in jener Nacht, als das Gift des Stocks noch in seinem Leib kochte, wenn es auch seinen Geist nicht mehr verstörte, noch eine Weile – anstatt den Vorschriften gemäß sofort zu Bett zu gehen – auf seinem Koffer und suchte eine zuverlässige Spur in einem Labyrinth seltsamer Ideen und Gedanken. Er zog sich aus und hüllte seinen schmerzenden Körper in die Bettdecke, und schließlich blies er die offizielle Paraffinlampe aus und zündete seine Kerze an, bereit, sie beim ersten warnenden Knarren der Treppe wieder zu verdunkeln und ins Bett zu hüpfen.

Seltsam genug waren seine ersten Überlegungen. Er dachte sich, wie leid es ihm tat, Pelly diesen wilden Schlag versetzt und Rawsons Augenlicht mit den harten Einbanddeckeln des Wörterbuchs gefährdet zu haben! Das war exzentrisch, denn er hatte von diesen beiden jungen Ganoven über zwei Jahre lang alles nur mögliche Unangenehme erduldet. Pelly war keineswegs ein bösartiger Junge: Er war dumm und dickfleischig, außen wie innen, und das große System der Public School verwandelte ihn in angemessenem Tempo und mit den angemessenen Schritten in einen jener wackeren Durchschnittsspießer, über die Meyrick später herzuziehen pflegte. Pelly ist wahrscheinlich (sein weiterer Werdegang wurde nicht verfolgt) in die Armee eingetreten, wo er den friedlicheren und ernsthafter veranlagten Subalternoffizieren die Hölle heiß machte. In Indien hielt er mit großem Erfolg seine Stellung gegen einen Gebirgsstamm, der mit Musketen aus dem siebzehnten Jahrhundert und recht barbarischen Messern bewaffnet war; er war wohl bei jener »Conference of the Powers« anwesend, von der Mr. Kipling so schön berichtet. Zum Hauptmann befördert, kämpfte er mit hervorragender Tapferkeit in Südafrika, wo er das Viktoriakreuz für die Rettung eines Gemeinen unter Einsatz des eigenen Lebens erhielt, und am Ende führte er seine Truppe in einen Hinterhalt, den ein alter Farmer gelegt hatte – ein Kaninchen von durchschnittlicher Intelligenz hätte die Falle gerochen und gemieden.

Um Rawson tut es einem leid, aber man kann beim besten Willen nicht viel Gutes von ihm berichten, wenn er auch wegen seines Taktgefühls gerühmt wurde. Er wurde Hauskaplan des Bischofs von Dorchester, dessen Tochter Emily er ehelichte.

Doch in jenen alten Tagen war kaum ein Unterschied zwischen den beiden, von Meyricks Standpunkt aus betrachtet. Jeder hatte eine unbedingt teuflische Raffiniertheit in der Kunst des Ärgerns an den Tag gelegt, in all den Verhöhnungen und Belästigungen und dem »Triezen«, wie es der Schuljunge kennt und versteht, und gerade waren sie dabei, zu aktiveren Maßnahmen überzugehen. Meyrick hatte alles sanftmütig erduldet, er hatte freundliche und manchmal seltsam altväterische Antworten auf die endlosen Bemerkungen gegeben, die ihn verletzen und vor irgendwelchen anderen Jungen bloßstellen sollten. Er hatte nur mit einem milden »Wieso machst du denn so was, Pelly?« reagiert, als dieser Tapfere ihm auf den Kopf geschlagen hatte. »Weil ich Feiglinge und Drückeberger hasse!« hatte Pelly erwidert und Meyrick hatte nichts mehr gesagt. Rawson wählte sich eine kleinwüchsigere Sorte von Opfern, wenn es um körperliche Quälereien ging, aber er hatte sich eine höchst beleidigende Geschichte über Meyrick ausgedacht und diese überall an der Schule herumerzählt, wo alle sie glaubten. Mit einem Wort, die beiden hatten alles darangesetzt, ihn in einen Zustand vollkommenen Elends zu treiben, und nun tat es ihm leid, daß er dem einen eins auf die Nase gegeben, den anderen mit seinem Wörterbuch bombardiert hatte!

Tatsache war, daß diese Langmut nicht nur Feigheit gewesen war, es ist in der Tat zweifelhaft, ob er überhaupt im eigentlichen Sinn ein Feigling war. Er verbrachte alle seine Tage in Angst, das ist wahr, doch ängstigte ihn nicht die Beleidigung, sondern die Absicht dahinter, die Bosheit, deren äußeres Zeichen die Beleidigung war oder der Schlag. Die Angst vor einem tollen Bullen ist ganz verschieden von dem Entsetzen, mit dem die meisten Leute eine Viper betrachten; letztere Empfindung war es, die Meyricks Leben zu einer solchen Last machte. Und dazu kam noch eine seltsame Gefühlsnuance: Das war der intensive Haß, den er wider den bloßen Gedanken empfand, es einem Gegner »einmal zu zeigen«, bei der Vorstellung, den Feind zu besiegen und niederzuschlagen. Er war ein viel klügerer, scharfzüngigerer Junge als Rawson und Pelly – er hätte immer und immer wieder vernichtende Antworten geben können, aber er hielt den Mund, weil er all solche Siege verabscheute. Und diese alte Empfindung beherrschte alle seine Gedanken und Gefühle – er mochte es nicht, wenn er in der Klasse aufrückte, er mochte es nicht, beim Sport zu gewinnen: nicht aus irgendeiner erworbenen

Tugend, sondern weil dies eben seinem Wesen entsprach. Poe hätte Meyricks Gefühle begriffen; aber der Verfasser von »Der Dämon des Perversen« ist auch so tief in die innersten Geheimnisse des Menschenwesens vorgedrungen, daß die gesamte gut angelsächsische Literaturkritik übereingekommen ist, ihn als einen vollkommen »inhumanen« Autor abzulehnen.

Bei Meyrick war diese Gemütsverfassung unter allen Provokationen nur stärker geworden; je mehr man ihn verletzte, desto weiter schrak er vor dem Gedanken zurück, sich seinerseits mit einer Verletzung zu rächen. In starkem Maße blieb ihm dieses Gefühl in späteren Jahren erhalten. Er brach aus seiner Wohnung auf und wollte sich etwas frische Luft bei einer Fahrt droben auf dem Omnibus verschaffen, und er ging lieber wieder friedlich zu Fuß nach Hause, als sich auf einen Kampf mit der wütenden Menge einzulassen. Es war nicht so sehr, daß er die körperliche Berührung scheute – er hatte Angst, einen Sitz zu bekommen! Ganz unbefangen sagte er, daß die Leute, die sich gezielt vordrängten – im buchstäblichen wie im übertragenen Sinne – ihn immer an die hungrigen kleinen Ferkel erinnerten, die um den größten Anteil im Trog kämpften, doch schien er der Ansicht, daß dies zwar völlig natürlich bei kleinen Schweinen war, zutiefst unnatürlich jedoch bei den kleinen Menschenwesen. In seiner frühen Jugend aber hatte er diese geheime Philosophie bis zum Äußersten getrieben; er hatte sozusagen bewußt die Rolle des Feiglings, des Drückebergers übernommen – er hatte es sich angelegen sein lassen (wenn auch gewiß ohne bewußtes religiöses Motiv, sondern einem inneren Befehl gehorchend), sich zu verhalten wie ein Mitglied der Urchristengemeinde, wie ein religiöser Mensch, auf einer großen Public School! *Ama nesciri et pro nihilo aestimari*. Diese Maxime trug er sicherlich im Herzen, wenn er sie auch nie gehört hatte; doch wenn er die ganze Welt abgesucht hätte, so hätte er vielleicht keinen Ort gefunden, der für sein Experiment ungeeigneter war als diese Schule, wo vielmehr die nachlässigen Prinzipien eines liberalen Christentums so unterrichtet wurden, daß Presse, Öffentlichkeit und Elternschaft hochzufrieden waren.

Und er saß auf seinem Zimmer und war bekümmert darüber, wie er seine Disziplin gebrochen hatte. Immerhin, er hatte etwas tun müssen – er war gezwungen, an diesem Ort zu bleiben, und er wollte nicht auf das Niveau des kläglichen kleinen Phipps herunterkommen, der am Ende eher einem wimmernden räudigen Kätzchen glich als einem menschlichen Wesen. Man hatte kein Recht dazu, aus sich selbst einen verstörten Idioten machen zu lassen, also mußte das Prinzip durchbrochen werden – doch nur äußerlich, innerlich niemals! Dazu war er fest entschlossen, und er fühlte sich bei der Erinnerung bestärkt, daß er keinen Zorn im Herzen getragen hatte. Die Anwesenheit von Pelly und Rawson war ihm zuwider, gewiß, aber nur in der Art und Weise, wie manchen Menschen die Gegenwart einer Katze, einer Maus, einer Küchenschabe zuwider ist – als die unangenehmer Wesen, die auch nichts dafür können, daß sie unangenehme Wesen sind. Doch sein Hieb gegen Pelly, sein Wurf gegen Rawson und seine Ausführungen (die auf sorgfältigen Studien an den Ufern des Lupton-Birmingham-Kanals beruhten) – all das war nur Mittel zum Zweck gewesen, nämlich die Sicherung von Ruhe und Frieden für die Zukunft. Er würde sich nicht von diesem infernalischen Schulsystem umbringen lassen, weder so wie Phipps mit seinem melancholischen Schicksal, noch so wie die anderen – deren Schicksal noch melancholischer stimmte, weil es leichter ist, sich von einer Nervenkrise zu erholen als von einer Überdosis stupider Heuchelei, die Seele und Geist ganz durchsetzt hat. Aus tiefstem Herzen schwor er all den furchtbaren Andachtsparolen der Schule ab, ihrem fingierten Enthusiasmus, ihrem »Ethos«, ihrem »Wesen«, der ganzen »loyalen Zusammenarbeit – Lehrer und Schüler ziehen an einem Strang zum Wohl der ganzen Schule« – all den lächerlichen fetischisierten Gebräuchen und absurden Regeln, gemeinsam von jungen Blödköpfen und alten Schuften ersonnen. Aber dieser Widerstand sollte eine Zeitlang insgeheim und nicht offen stattfinden; es würde nicht mehr Prügeleien geben als absolut notwendig.

Und zu einem entschloß er sich: Er würde alles aus der Schule herausholen, was möglich war; er würde arbeiten wie ein Besessener und sich alles Latein und Griechisch und Französisch aneignen, was zu haben war, trotz der Lehrmethoden mit ihrer schwachsinnigen Pedanterie. Die Schularbeiten mußten gemacht werden, damit man nicht in Schwierigkeiten kam, aber nachts hier in diesem Zimmer würde er die Sprachen wahrhaftig erlernen, mit denen man in den Unterrichtsstunden ziellos herumspielte, da die halbe Zeit darauf verschwendet wurde, erschlichene ciceronianische Prosa zu schreiben, bei der es Cicero schlecht geworden wäre, und Verse von solcher barbarischen Häßlichkeit, daß Vergil gekotzt hätte. Dann Französisch, unterrichtet vor allem anhand von pompösem Firlefanz aus dem achtzehnten Jahrhundert, mit auswendigzulernenden unregelmäßigen Verben und babylonischem Nonsens über das Partizip Perfekt und vielen anderen elenden Formeln und Regeln, so daß die ganze Sprache wirkte wie ein langweilig ödes Puzzle aus einer prähistorischen Ausgrabung. Das war nicht das Französisch, das er wollte – immerhin konnte er tagsüber unregelmäßige Verben aufschreiben und nachts die Sprache lernen. Er fragte sich, ob wohl irgendwelche unglücklichen französischen Jungen Englisch anhand des *Rambler*, der Predigten von Blair und von Youngs *Night Thoughts* lernen mußten. Denn er besaß gewisse verstreute Informationen über die englische Literatur, die sich für einen Jungen auf einer Public School nicht gehören. So fuhr er mit seiner stummen Tirade fort: Man ist mit fünfzehn nicht allzu abgeklärt. Es ist vielleicht schon richtig, daß das Französisch des durchschnittlichen englischen Schuljungen nur dazu taugt, Mitleid und Entsetzen zu erregen; es mag auch sein, daß niemand außer späteren Dekanen und Schullehrern auch nur die Formeln und Heiligen Lehren (die vom Mysterium des Optativs etwa und die Doktrin des *dum*) der beiden großen alten Literaturen von der Schule mitnimmt. Zweifellos ließe sich vieles über die Kenntnisse sagen, die der normale Abgänger der Public School über Literatur und Geschichte seines eigenen Landes hat; unendliche Komik ließe sich seinen Ansichten und Fertigkeiten in der großen Wissenschaft, der Theologie, abgewinnen – aber sagen wir allemal: *floreat!*

Meyrick wandte sich von seinen Reflexionen über die Weisheit seiner Lehrer intimeren Anliegen zu. Einige Hiebe jenes kräftigen Stocks brannten immer noch fürchterlich, denn Geschick oder Glück hatten Mr. Horburys Hand geleitet, so daß es ihm hier und dort gelungen war, zweimal dieselbe Stelle zu treffen, und speziell ein Striemen am linken Arm hatte das Fleisch, violett verfärbt, so aufschwellen lassen, daß es aussah, als wolle es aufplatzen. Nicht länger mit Wut, sondern mit einer Art Hingerissenheit spürte er den beißenden Schmerz; er betrachtete die häßlichen Spuren der üblen Laune des Vizerektors wie ein Ehrenkleid. Denn er wußte nichts von dem schlechten Sherry, nichts von der Tischkonversation des Rektors; er wußte nur: Als Pelly ganz ebenso spät heimgekommen war, war die Sache mit hundert Zeilen Strafarbeit abgetan, und so blieb er dabei, sich als Märtyrer einer großen Sache zu sehen, jener berühmten »normannischen Bögen«, der Sache des geliebten toten Enthusiasten, seines Vaters, der die Gotik und alle anderen schönen »unpraktischen« Sachen mit unerschöpflicher Leidenschaft verehrte. Sobald Ambrose gehen konnte, fingen seine Pilgerschaften zu verborgenen mystischen Altären an: Sein Vater hatte ihn durch einsame Landschaften zu Orten geführt, die vielleicht er allein nur kannte, und dort, bei den verfallenen Mauern, am glatten Hügelrund, hatte er die Geschichte der verschollenen Zeit erzählt, der Zeit der »Alten Heiligen«.

III

Um dieses heiligen und wunderbaren Wissens willen, sagte er zu sich, war er geschlagen worden, war sein ganzer Leib mit roten und violetten Striemen übersät. Er erinnerte sich an den oft wiederholten Ausruf seines Vaters: »Cythrawl Sais!« Er verstand, daß mit diesem Ausdruck nicht die Engländer *qua* Engländer verdammt wurden, sondern der Anglosaxonismus – die Macht jenes Glaubens, der Manchester errichtet hat, der »Geschäfte tätigt«, der die vulgären Freikirchen erfindet, das repräsentative Regierungssystem, die Zusätze in den Lebensmitteln, die endlosen Vorstädte und die Public School. Das war, seinem Vater zufolge, das Glaubensbekenntnis des »Fürsten dieser Welt«, der Glaube, der zum bequemen Leben führte, zum Erfolg, einem satten Bankkonto, dem Lob der Öffentlichkeit, den spürbaren, berührbaren Siegespreisen für den, der es zu etwas gebracht hat. Und er hieß seinen kleinen Jungen, der alles hörte und so gut wie nichts begriff, davor fliehen, diesen Glauben hassen und dagegen ankämpfen wie gegen den Teufel, »und«, fügte er oft hinzu, »es ist der einzige Teufel, dem du wohl je begegnen wirst.«

Der kleine Ambrose hatte nicht viel von all dem verstanden, und wenn man ihn gefragt hätte – selbst im Alter von fünfzehn Jahren –, was das alles zu bedeuten hatte, so hätte er wahrscheinlich geantwortet, daß es um einen großen Kampf zwischen den normannischen Bögen und Mr. Horbury ging, um ein Armageddon, wo die Abtei Selden gegen das Rugby focht. Tatsächlich ist es zweifelhaft, ob der alte Nicholas Meyrick eine sehr viel klarere Antwort hätte geben können, da er alles vergaß, was sich für die andere Seite hätte sagen lassen. Er vergaß, daß der Anglosaxonismus (abgesehen von den Vereinigten Staaten von Amerika) im allgemeinen für Gleichheit vor dem Gesetz sorgt, daß Aufstände im Staate (von »Arbeiter«-Bewegungen natürlich abgesehen) eher ein keltisches

Laster sind als ein angelsächsisches; daß die Strafe des Verbrennens bei lebendigem Leibe unter Angelsachsen unbekannt ist (falls nicht sehr zwingende Gründe vorliegen); daß die Engländer feste Arbeitsverträge an die Stelle der altmodischen Schrecknisse der Sklaverei gesetzt haben; daß die englische Justiz die schuldigen Reichen ebenso aufs Haupt schlägt wie die schuldigen Armen; daß die Menschen nicht mehr mit rasch wirkenden, geheimen Mitteln vergiftet werden, obwohl gelegentlich eine ziemlich ungesunde Nahrung verkauft werden mag. Tatsächlich sagte der alte Meyrick seinem Pfarrer einmal, er betrachte ein Bordell als einen Ort der Heiligkeit, verglichen mit einer modernen Fabrik, und er fing gerade an, einige interessante Geschichten von den Drei Anmutigen Kurtisanen der Insel Britannien zu erzählen, als der Pfarrer entsetzt sein Heil in der Flucht suchte – er war aus Sydenham. Und das alles war eine hübsche Vorbereitung auf Lupton.

Ein wunderbares Frohlocken, eine selige Ekstase stiegen in Ambroses Herz empor, als er sich selbst versicherte, daß er ein Zeuge – wenn auch ein geringer – des alten Glaubens war, des Glaubens an geheime, schöne, verborgene Mysterien, im Gegensatz zum Glauben an Rugby und Hockey und zum »Gedanken an die Schule als Inspiration im späteren Leben« – dies der Text, über den der Rektor vorigen Sonntag gepredigt hatte. Er entblößte seine Arme und küßte das violett geschwollene Fleisch und betete, daß es immer so sein möchte, daß er an Leib und Geist und Seele immer geschlagen, verhöhnt und lächerlich gemacht werden sollte, um der heiligen Dinge willen. Daß er immer auf seiten der Verachteten und Erfolglosen stehen möchte, daß sein Leben immer im Schatten liegen sollte – im Schatten der Geheimnisse.

Er dachte an den Ort, an dem er sich befand, an die fürchterliche Schule, die fürchterliche Stadt, die müden Bodenwellen der bräunlichen Midlands, umschlossen von dem trüben, hoffnungslosen Horizont; und seine Seele besuchte die Hügel und Wälder und Täler der Elfen im Westen. Er erinnerte sich, wie vor langer Zeit sein Vater ihn früh geweckt hatte, in der staunenden Stille eines Sommermorgens. Die ganze Welt war still, die Luft reglos; all die magischen Gerüche der Nacht hoben sich aus der Erde, und als die beiden über den Rasen gingen, brach der zauberische Gesang eines Vogels das Schweigen, dessen Töne sich aus einem Dornbusch am Tor erhoben. Ein hoher weißer Dunst hüllte den Himmel, und daß die Sonne aufgegangen war, wußten sie nur wegen des Aufhellens dieses Schleiers, wegen des silbernen Erglänzens der Wälder und Wiesen und des Wassers in dem freudigen Bach. Sie überquerten die Straße und überquerten drunten in der Wiese den Bach auf dem alten, ächzenden Steg, und dann fingen sie an, den steilen Hang emporzugehen, den man vom Fenster aus sehen konnte, und als der Kamm des Hügels überwunden war, fand sich der kleine Junge in einem unbekannten Land: Er schaute in tiefe, stumme Täler, von rinnenden Strömen durchrieselt; er sah stille Wälder in der traumhaften Luft dieses Morgens; er sah gewundene Wege in noch höhere Regionen hinaufsteigen. Sein Vater führte ihn weiter, bis sie zu einer einsamen Anhöhe kamen – sie waren kaum zwei Meilen gegangen, aber Ambrose erschien es eine Reise in eine andere Welt –, und zeigte ihm gewisse unregelmäßige Umrisse in den Wiesen.

Und Nicholas Meyrick murmelte:

»Die Klause von Iltyd liegt am Strand,
Die neunte Welle netzt ihren Altar,
Ein schöner Schrein liegt im Lande Morgans.

Die Klause von Dewi liegt in der Stadt der Legionen,
Neun Altäre schulden ihr Gehorsam,
Vor allen anderen berühmt ist der Chor, der um sie singt.

Die Klause von Cybi ist der Schatz von Gwent,
Neun Hügel sind ihre fortwährenden Wächter,
Neun Lieder kommen dem Andenken des Heiligen zu.«

»Schau«, sagte er, »da sind die neun Hügel.« Er zeigte sie dem Jungen und erzählte ihm von dem Heiligen und seiner heiligen Glocke, von der es heißt, sie sei übers Meer von Zyon hergefahren und in den Severn geschwommen und dann in den Usk und dann in den Soar und dann in den Canthwr, und so sah eines Tages der Heilige, als er neben dem kleinen Bach einherging, der mit seinen Windungen den Hügel beinahe umschlang, die Glocke, »die aus einem Metall gemacht war, das kein Mensch begreifen konnte«, unter den Erlen treiben und hörte sie rufen:

»Sant, Sant, Sant,
Ich komme von Zyon
Zu Sant Cybi! Sant!«

»Und so süß war der Ton dieser Glocke«, fuhr Ambroses Vater fort, »daß es hieß, er sei wie die Freude der Engel *ym Mharadwys* und die Glocke müsse nicht vom irdischen, sondern vom himmlischen und herrlichen Zyon gekommen sein.«

Und da standen sie im weißen Morgen, auf der unebenen Fläche, die den Ort bezeichnete, wo einst der Heilige zum Opfer geläutet hatte, wo die erquickenden Worte gesprochen wurden nach der Ordnung der alten Messe der Briten.

»Und dann kam die gelbe Hexe der Pestilenz, welche die Leiber der Cymri zerstörte, dann die rote Hexe von Rom, die ihre Seelen in die Irre gehen ließ, und zuletzt die schwarze Hexe von Genf, die Leib und Seele schnell zur Hölle schickt. Keine Ehre haben nunmehr die Heiligen.«

Dann wandten sie sich wieder heimwärts, und den ganzen Weg lang dachte Ambrose, er höre die Glocke, wie sie von Zyon über die große Wassertiefe fuhr und laut rief: »Sant! Sant! Sant!« Und der Laut schien aus dem glashellen Wasser des kleinen Flüßchens widerzuhallen, wie es über die glänzenden Steine schäumte und rauschte auf seinem Weg um jene einsamen Hügel.

So gingen sie auf seltsame Pilgerfahrten durch das geliebte

Land, weiter und weiter von zu Hause weg, wie der Junge älter wurde. Sie besuchten tiefe Brunnen im Herzen der Wälder, wo ein paar zerbrochene Mauersteine vielleicht der letzte Rest einer Einsiedelei waren. »Ffynnon Ilar Bysgottwr – der Brunnen von Sankt Ilar dem Fischer«, erklärte Nicholas Meyrick, und dann folgte die Geschichte von Ilar, von dem niemand wußte, woher er kam und wer seine Eltern waren. König Alan fand ihn als kleines Kind auf einem Stein in einem Fluß in Armorica und errettete ihn. Und seitdem fand man jeden Tag auf dem Stein im Fluß, wo das Kind gelegen hatte, einen großen glänzenden Fisch liegen, und von diesem Fisch ward Ilar genährt. Und so kam er mit einer großen Menge von Heiligen nach Britannien und durchwanderte das ganze Land.

»So kam Sant Ilar endlich in diesen Wald, den die Leute nun St. Hilary's Wood nennen, weil sie Ilar ganz und gar vergessen haben. Er war sehr müde von der Wanderschaft, und der Tag wahr sehr heiß; so hielt er an diesem Brunnen an und begann zu trinken. Und da auf diesem großen Stein sah er den glänzenden Fisch, und so blieb er und erbaute einen Altar und eine Kirche aus Weidenzweigen und brachte das Opfer nicht nur für die Lebenden und Toten dar, sondern für all die wilden Tiere der Wälder und der Flüsse.

Und wenn dieser heilige Mann Ilar seine heilige Glocke läutete und mit dem Opfer begann, kamen nicht nur der Fürst und seine Knechte, sondern alle Kreaturen des Waldes. Da konnte man unter den Haselzweigen den Hasen sehen, der doch so rasch vor den Menschen flieht, wie er leise herankam und sich niederwarf und sehr weinte wegen der Leidensgeschichte des Sohnes Mariens. Und neben dem Hasen klagten das Wiesel und die Wildkatze nach Art reuiger Sünder, und Wölfe und Lämmer verehrten zusammen das Hierurgische Werk des Heiligen. Und die Menschen haben Tränen aus den Augen giftiger Schlangen strömen sehen, wenn Ilar Agios mit lauter Stimme ›Kuriluson‹ sprach – da die Schlange wohl weiß, daß durch ihre Sünde der ganzen Welt Kummer geschah. Und zu der Zeit des heiligen Offiziums, da es notwendig ist, daß vielmalige Hallelujas gesungen werden und laut ertönen, wußte der Heilige nicht, was er tun sollte, denn noch war niemand an jenem Ort in der Kunst des Gesanges unterrichtet. Da geschah ein großes Wunder, denn von allen Zweigen des Waldes, aus jedem Strauch und von jedem grünen Baum erklangen Hallelujas in zauberischer, lange währender Harmonie; nie hat der Bischof von Rom in seiner Kirche so schön singen hören, wie man es hörte in diesem Wald. Denn die Nachtigall und Drossel und Amsel und Grasmücke und all ihre Gesellen versammelten sich allesamt und sangen zum Ruhm des Herrn, ein jedes seinen eigenen Ton und doch gemeinsam in einer Melodie von allgewaltiger Süße. Solcherart war die Messe des Fischers. Und das war nicht alles, denn eines Tages, als der Heilige neben dem Brunnen betete, bemerkte er, daß eine Biene um sein Haupt herumflog und herum und laut summte dabei, doch ihn nicht zu stechen suchte. Um es kurz zu machen, die Biene flog vor Ilar her und führte ihn zu einem hohlen Baum nicht weit entfernt, und sogleich flog ein Bienenschwarm heraus und ließ einen großen Vorrat an Wachs zurück. Dies war ihr Geschenk an den Höchsten, denn aus diesem Wachs machte Sant Ilar gar schöne Kerzen, um sie beim Opfer brennen zu lassen; und von der Zeit an ist die Biene heilig, denn ihr Wachs gibt Licht, zu scheinen auf die Gaben.«

Das war ein Teil der Geschichte, die Ambroses Vater ihm vorlas; und sie gingen noch einmal, den Heiligen Brunnen anzusehen. Er betrachtete die paar zerbrochenen und ungefügen Steine, die noch übrig waren und ihn von anderen gewöhnlichen Brunnen unterschieden; und da in dem tiefen grünen Wald, an jenem Sommernachmittag unter den sich verflechtenden Zweigen schien es ihm, als hörte er den seltsamen Klang der Glocke des Heiligen, als sähe er die Waldtiere durch das Dickicht eilen, damit sie zum Meßopfer zurechtkamen. Das Wiesel schlug sich an die kleine Brust wegen seiner Sünden, die großen Tränen rollten über das sanfte Gesicht des Hasen, die Nattern weinten im Staub, und der ganze Chor der Vögel sang: »Alleluya, Alleluya, Alleluya!«

Einmal fuhren sie weit weg vom Wern nach Westen, bis sie zu dem Großen Berg kamen, wie die Leute die Erhebung nannten. Nachdem sie die Landstraße verlassen hatten, ging es ein schmales Sträßchen entlang, und das führte sie mit vielen Windungen zu einem Ausläufer des Berges, wo Pferd und Wagen in einem einsamen Wirtshaus untergestellt wurden. Dann begannen sie den mühsamen Aufstieg zu Fuß, überquerten viele glänzende, heitere Bäche, die kalt aus dem Kalkstein hervorbrachen, stiegen höher und höher, durch das feuchte Land, wo die seltene Orchidee unter den Binsen wächst, durch Haseldickichte, durch Wiesen, die immer wilder wurden, je höher sie kamen, und der große Wind wehte von der hohen Wölbung des Gipfels droben herunter. Sie wandten sich um, und das ganze leuchtende Land lag aufgerollt vor ihnen; die weißen Häuser leuchteten hell im Sonnenschein, und dort, weit weg, waren die gelbe See und die beiden Inseln und die Küste dahinter.

Nicholas Meyrick deutete auf ein Büschel Bäume auf einem weit entfernten Berg und sagte zu seinem Sohn, dahinter liege der Wern verborgen; und dann fingen sie wieder an, höherzusteigen, bis sie endlich an die Grenze kamen, wo Wiesen und Hecken endeten, und über ihnen lag nur noch die wilde Berglandschaft. Und an diesem Grenzrand lag ein altes Bauernhaus mit starken Mauern, in den Fels eingefügt, vor dem Wind ein wenig geschützt durch eine Reihe krummer Buchen. Die Mauern des Hauses waren leuchtend weiß, und am Vorbau vor der Eingangstür stand ein mit hellen gelben Blüten bedeckter Strauch. Mr. Meyrick klopfte an die eichene Tür, die schwarz gestrichen und mit schweren Nägeln beschlagen war. Ein alter Mann in bäuerischer Kleidung öffnete, und Ambrose bemerkte, daß sein Vater zu ihm mit etwas wie Ehrfurcht in der Stimme sprach, als sei er eine sehr bedeutende Person. Sie setzten sich in einem langgestreckten Zimmer hin, das durch das dicke, grünliche Glas in dem tief ausgehauenen Fenster nur schwach erleuchtet wurde, und der alte Bauer stellte dann einen großen Krug Bier vor sie hin. Sie tranken beide kräftig, und Mr. Meyrick sagte:

»Seid Ihr nicht so ziemlich der letzte, Mr. Cradock, der noch sein eigenes Bier braut?«

»Wohl, ich bin der allerletzte von allen. Denen gefällt der Dreck, den die Brauerei herschickt, besser als *cwrw dda.*«

»Der ganzen Welt gefällt Dreck besser als gutes Getränk, heutzutage.«

»Da habt Ihr recht, Sir. Die alten Tage und das alte Leben von unseren Vätern, das ist dahin. Da war sso ein Hund von einem Prediger drunten in der Kirche vor ein, zwei Wochen und hat gesagt – sie haben's mir erzählt –, ssie würden alle in der Hölle brraten, wenn sie nicht sofort anfangen täten, Ginger-Ale zu trinken. Ja, so sieht's aus! Und ich hab gehört, daß der gesagt hat, ein Mann käm besser durch seinen Arbeitstag mit diesem Läusezeug im Bauch als mit gutem Bier. Habt Ihrr schon jemalss von sso einem Lügenmaul gehört?«

Der alte Mann war voller Zorn beim Gedanken an diese Blasphemien und Torheiten; seine S-Laute zischten ihm durch die Zähne, sein R rollte mit wilder Betonung. Mr. Meyrick nickte zustimmend zu seiner Entrüstung.

»Wir haben das, was wir verdienen«, sagte er. »Falsche Prediger, schlechtes Getränk, das Gerede von Narren den ganzen Tag lang – selbst auf dem Berg. Wie ist es wohl, was glaubt Ihr, in London?«

Es wurde still in dem langen, dunklen Raum. Sie konnten das Geräusch des Windes in den Buchen hören, und Ambrose sah, wie er die Zweige hin und her warf, und er dachte, wie es hier in Winternächten sein mochte, hoch auf dem Großen Berg, wenn die Stürme vom Meer heranfegten oder aus den Einöden des Nordens herunter, wenn die Speere des Regens wie der Angriff einer ganzen Armee prasselten und die Winde um die Mauern heulten.

»Können wir es sehen?« fragte Mr. Meyrick plötzlich.

»Ich hab wohl gedacht, daß Ihr deswegen gekommen seid. Es gibt nur noch ganz wenige, die sich erinnern.«

Er ging hinaus, und als er zurückkam, trug er einen Schlüsselbund. Dann öffnete er eine Türe im Zimmer und warnte den »jungen Herrn«, sich vorzusehen mit den Stufen. Ambrose konnte in der Tat kaum den Weg erkennen. Sein Vater führte ihn eine kurze Treppe mit unregelmäßigen Steinstufen hinunter, und sie standen in einem Raum, der zuerst vollkommen dunkel schien, denn das einzige Licht kam von einem schmalen Fenster hoch in der Mauer, und vor dessen Glas waren schwere Eisenstäbe.

Cradock zündete zwei hohe Kerzen aus gelbem Wachs an, die in Messingleuchtern auf einem Tisch standen; und als die Flammen klar brannten, sah Ambrose, daß er eine Art Schränkchen öffnete, das in die dicke Mauer eingelassen war. Dessen Tür war eine dicke Bohle aus massiver Eiche, drei oder vier Zoll stark – wie man beim Öffnen sehen konnte –, und aus dem dunklen Inneren nahm der Bauer einen eisernen Kasten und stellte ihn vorsichtig auf den Boden, wobei ihm Mr. Meyrick half. Es waren starke Männer, doch sie schwankten unter dem Gewicht des Kastens; das Eisen schien so dick wie die Tür des Schrankes, aus dem er geholt worden war, und das schwere, sehr alte Schloß gab mit kreischendem Knirschen vor dem Schlüssel nach. Drinnen lag ein weiterer Kasten aus einem rötlichen Metall, der wiederum eine Kassette aus altersschwarzem Holz enthielt – und aus dieser hob der Bauer mit ehrfürchtigen Händen eine verhüllte, prachtvolle Schale und stellte sie auf den Tisch zwischen die beiden Kerzen. Es war ein pokalförmiges Gefäß von wunderbarster Arbeit, das sich auf einem kurzen Fuß erhob. Alle Farbtöne der Welt vermengten sich in ihm, alle Edelsteine aller Weltteile schienen daraus zu erglänzen, und der Schaft und der Fuß waren mit Emaillearbeit gefaßt, die in merkwürdigen magischen Farben leuchtete und wieder verblaßte, glühte mit roten Feuern und blasser Pracht, mit dem Blau des fernen Himmels, dem Grün der zauberischen

Meere und dem silbernen Glanz des Abendsterns. Doch noch bevor Ambrose es länger als einen Augenblick betrachtet hatte, hörte er den alten Mann in reinem Walisisch, nicht länger in gebrochenem Englisch, mit tönender, singender Stimme sprechen:

»Lasset uns niederfallen und das wundervolle und verehrungswürdige Werk Gottes des Allerhöchsten rühmen.«

Worauf sein Vater antwortete:

»Agyos, Agyos, Agyos! Mächtig und herrlich ist Gott der Allerhöchste, in all seinen Werken und all seinem wunderbarlichen Wirken. Kuriluson, Kuriluson, Kuriluson.«

Sie knieten nieder vor dem Gefäß, Cradock in der Mitte und Ambrose und sein Vater zu beiden Seiten. Die heilige Schale glänzte vor den Augen des Jungen, und er sah deutlich ihr Geheimnis und ihre Schönheit. Die gesamte Oberfläche war ein Wunderwerk zartester ineinander verschlungener Linien von Gold und Silber, Kupfer und Bronze, von allen möglichen Metallen und Legierungen; und diese sich verschlingenden Muster schienen mit ihrem Glanz und mit der Seltsamkeit ihrer Bilder und Ornamente das Auge zu verzaubern und den Blick wie in ein verwunschenes Labyrinth zu bannen. Und nicht nur den Blick, denn der Geist selbst des Betrachters wurde hingerissen und in jene ferne, strahlende Welt entrückt, der die heilige Magie der Schale entströmte. Unter den Edelsteinen, mit denen das Wunderstück besetzt war, sah man einen großen Kristall, der vom reinen Licht des Mondes erstrahlte; an seinen Rändern hing es wie leichtes, sich kräuselndes Gewölk, aber in der Mitte stand ein glühendweißes Feuer, und wie Ambrose hinsah, dachte er, daß aus dem Herzen dieses Juwels sich unaufhörlich ein Strom glitzernder Sterne ergieße, die seine Augen mit ihrer nicht endenden Bewegung und ihrem Funkeln blendeten. Seinen Körper durchrann eine plötzliche unaussprechliche Verzükkung, er atmete rasch und keuchend; eine Seligkeit erfüllte ihn ganz, als die drei gekrönten Gestalten in ihrer goldenleuchtenden Ordnung vorüberzogen. Dann wurde der verschlungene Zauber des Gefäßes zu einem klingenden Wald aus goldenen und bronzenen und silbernen Bäumen; von allen Seiten ertönten das helle Rufen der heiligen Glocken und der frohlockende Gesang der Zaubervögel; er hörte nicht länger die leise psalmodierenden Stimmen von Cradock und seinem Vater, die einander in den Formen einer alten Liturgie antworteten. Dann stand er an einer wilden Meeresküste; es war dunkle Nacht, und ein schriller Wind sang um die scharfen Zacken der Klippen und sprach mit den tiefen Stimmen der wogenden See. Ein weißer Mond, vierzehn Tage alt, erschien einen Augenblick lang im Riß zwischen zwei weiten schwarzen Wolken, und der Lichtstrahl zeigte die ganze wilde Ödnis des Strands auf – Felsenklippen, die sich zu Bergen erhoben, zu unglaublichen gezinnten Höhen, auf deren Fuß die zischende Gischt einprügelte, die aus dem hohl hallenden Meer herangetrieben wurde. Dann erblickte Ambrose oben auf der höchsten dieser ungeheuren Höhen Mauern und Türme, Spitzen und Zinnen, die an die Sterne reichen mußten; und inmitten dieser großen Burg wuchtete sich die Kuppel einer ragenden Kirche empor, und all ihre Fenster strahlten von einem so weißen und herrlichen Licht, daß es schien, als wäre jede Scheibe ein Diamant. Und er hörte die Stimmen einer lobpreisenden Menge wie den Schall goldener Trompeten und den unablässigen Chor der Engel. Und er wußte, daß dieser Ort der Erhabene Immerwährende Chor war, Corarbennic, in dessen Geheimnis das sterbliche Fleisch kaum eintreten darf. Doch in seiner Vision lag er atemlos da, auf dem Boden vor der glänzenden Mauer des Heiligtums, während die Schatten der Liturgie sich vollzogen, und es schien ihm, daß er für einen Bruchteil von Zeit in unerträglichem Licht das Geheimnis der Geheimnisse verhüllt an sich vorüberziehen sah und das Abbild des Getöteten und Auferstandenen.

Eine kleine Weile wurde der Traum unterbrochen. Er hörte seinen Vater leise singen.

»Gogoniant y Tâd ac y Mab ac yr Yspryd Glân.«

Und der alte Mann antwortete:

»Agya Trias eleeson ymas.«

Dann verlor sich sein Geist wieder in den strahlenden Tiefen des Kristalls, und er sah die Schiffe der Heiligen ohne Ruder und Segel auf der zauberischen See fahren, auf der Suche nach der gläsernen Insel. Die ganze Schar der seligen Heiligen Britanniens segelte mit bei diesem Abenteuer; beim Aufgang und Untergang der Sonne, des Nachts und am Tage hielten sie ihr erleuchtetes Antlitz geradeaus gerichtet, und Ambrose glaubte, daß sie endlich eine helle Küste im ersterbenden Licht einer roten Sonne sahen und den Duft der tiefen Apfelhaine von Avalon rochen und die Gerüche des Paradieses.

Als er endlich unter die irdischen Dinge zurückkehrte, stand er neben seinem Vater; während Cradock ehrfürchtig die Schale in glänzende Tücher einhüllte und dabei auf Walisisch sagte:

»Dauere fort in Frieden, o heiliges und göttliches Gefäß des Herrn. Von nun an weiß ich nicht, ob ich zu Dir zurückkehren werde oder nicht, doch möge der Herr es mir zuteil werden lassen, daß ich Dich in der Kirche des Erstgeborenen sehe, der da ist im Himmel, auf dem Altar des Opfers von Ewigkeit zu Ewigkeit.«

Ambrose ging die Stufen hinauf und hinaus in den Sonnenschein auf dem Berghang; die Verwirrung sonderbarer Träume hing wie ein farbiger Nebel um ihn. Er sah die alten weißen Mauern, die gelben Blüten neben der Haustür; droben die wilde hohe Bergwand und unten all das geliebte Land von Gwent, glücklich in der Sommerluft, mit all den Wäldern und Wiesen, den dahinrollenden Hügeln und dem Meeresstrand, reich in seinem goldenen Frieden. Neben ihm entströmte der Erde das kalte Wasser, und hoch in den Lüften sang eine Lerche triumphierend. Der Bergwind war voll Leben und Heiterkeit, und das Rascheln und Sichregen der Wälder, das Aufblinken und Glitzern der Blätter ließen einen denken, daß die Bäume mit allen anderen Kreaturen an diesem Tage froh waren. Und in der dunklen Kammer hinter den vielen Schlössern, unter Holz und Eisen, in goldene, gleißende Tücher gehüllt, lag verborgen die herrliche, entsetzliche Schale, der Spiegel wunderbarer Visionen, Tor und Portal des geistigen Raumes.

Sein Vater erklärte ihm einen Teil dessen, was er gesehen hatte. Er erzählte ihm, das Gefäß sei die heilige Schale von Sant Teilo, die jener, wie man sagte, im Zustand des Paradieses vom Herrn empfangen hatte, und wenn Teilo die Messe las und jene Schale als Kelch gebrauchte, war der Chor der Engel sichtbarlich anwesend; er erzählte, daß es ein Gefäß der Mirakel und Geheimnisse war, Visionen schenkte und himmlische Gnaden.

»Doch was immer du tust«, sagte er, »sprich zu niemand von dem, was du heute gesehen hast, denn wenn du das tust, wird das Mysterium verlacht und verspottet werden. Weißt du auch, daß dein Onkel und deine Tante in Lupton sagen würden, wir seien alle zusammen verrückt? Das kommt, weil sie Narren sind, und in diesen Zeiten sind die meisten Leute Narren, und zwar boshafte – wie du selbst herausfinden wirst, ehe du sehr viel älter bist. Also denk immer daran, daß du die Geheimnisse hüten mußt, die du gesehen hast; und wenn du's nicht tust, wird es dir leid tun.«

Mr. Meyrick sagte seinem Sohn, weshalb der alte Cradock mit Respekt zu behandeln war – in der Tat mit Ehrfurcht.

»Er ist so, wie er aussieht«, sagte er, »ein alter Bauer mit einem kleinen Stück Land hier oben am Berg – und wie du gehört hast, ist sein Englisch nicht besser als das irgendeines Bauern in der Gegend. Und verglichen mit Cradock ist der Herzog von Norfolk ein Parvenü. Er gehört zum Stamm von Teilo dem Heiligen, er ist der letzte, in direkter Linie, von den Bewahrern des heiligen Gefäßes, die ihr Amt vom Vater auf den Sohn vererbt haben. Seine Familie hat diese gesegnete Reliquie dreizehnhundert Jahre lang bewahrt. Nochmals: Denke daran, du hast heute hier auf diesem Berg große Wunder gesehen, von denen du schweigen mußt.«

Armer Ambrose! Er mußte später leiden, weil er die Anweisung seines Vaters vergaß. Bald nach seiner Ankunft in Lupton erstaunte einer der Jungen seine Freunde mit einer üppigen Beschreibung der Kronjuwelen, die er während der Weihnachtsferien besichtigt hatte. Alles war zutiefst beeindruckt, und der kleine Meyrick, der gerne seinerseits etwas Angenehmes beitragen wollte, begann von der wunderbaren Schale zu erzählen, die er einmal in einem alten Bauernhaus gesehen hatte. Vielleicht war sein Bericht nicht überzeugend, denn die Jungen schrien vor Lachen bei seiner Beschreibung. Ein älterer Schüler, der Aufsicht hatte, kam vorbei und wollte wissen, was da so komisch war, und als er die Geschichte erzählt bekommen hatte, gab er Ambrose eine Kopfnuß, diesem verteufelten kleinen Lügner. Das war eine gute Lektion, und sie war Ambrose von großem Nutzen, als schließlich einer der Lehrer, der irgendwie von der Sache gehört hatte, ihn in ausgesuchtester pädagogischer Manier vor der ganzen Klasse zu seiner wunderbaren Phantasie beglückwünschte.

»Ich erkenne in dir den Romanschriftsteller *in spe*, Meyrick!« sagte dieser subtile Kopf. »Besant und Rice können sich verstecken, wenn du einmal anfängst. Ich nehme an, du treibst im Augenblick gerade Charakterstudien? Geh nicht zu hart mit uns ins Gericht, ich bitte dich.« (Zu der entzückten Klasse:) »Wir müssen sehr vorsichtig sein, nicht wahr, wie wir uns aufführen? Ihr kennt doch die Geschichte von den Bauern, ›da macht sich so ein Schuft Notizen‹ ...« usw. usf.

Doch Meyrick hielt den Mund. Er sagte dem Lehrer nicht, daß er ein Vieh, ein Narr und ein Feigling war, da er herausgefunden hatte, daß man die Wahrheit wie viele andere Kostbarkeiten vor der profanen Welt verbergen muß. Eine späte Rache ereilte den törichten Schulmeister. Viele Jahre später dinierte er in einem Restaurant in London und hatte das ganze Abendessen hindurch die Damen seiner Gesellschaft entzückt durch die kluge Mischung von grober Unverschämtheit und vulgärem Spott, mit der er einen der Kellner behandelt hatte, einen demütig ausschauenden kleinen Italiener. Der Lehrer war bester Laune, daß seiner Persiflage ein derartiger Erfolg beschieden war; seine Stimme wurde lauter und lauter und das Beleidigende seiner Rede fast übernatürlich penetrant. Und dann bekam er eine schwere Steingutschüssel, sechs Wachteln, einige kleine Zwiebeln und eine Ladung würzigen, aber brühheißen Bratensaft voll ins Gesicht. Der kleine Kellner war aus Neapel.

Die Nachtstunden vergingen, während Ambrose in seinem Zimmer im Alten Herrenhaus saß, vieler wunderbarer Erinnerungen gedachte und seine Träume von den Mysterien träumte, vom Lande Gwent und vom Land seiner Vision, eben wie sein Onkel, nur einige Yards entfernt in einem anderen Raum des Hauses, verzückt die Welt seiner Phantasie ausschritt und das neue Lupton wie eine Braut aus dem Himmel der Schulrektoren herabschweben sah. Ambrose aber dachte an den Großen Berg, an die geheimen Täler, die Sanktuarien und Orte der Heiligen, an die kunstreich behauenen Steine einsamer Kirchen zwischen Hügeln und Wäldern. Es kam ihm das Fragment eines alten Gedichtes in den Sinn, das er liebte:

»Im Dunkel des Alters laß mein Gedächtnis nicht verlöschen,
Laß mich nicht vergessen, das geliebte Land von Gwent zu besingen.
Wenn man mich einkerkert an tiefem Ort, in einem Pestverlies,
Bin ich doch immer frei, gedenke ich des Sonnenscheins auf Mynydd Maen.
Dort habe ich dem Gesang der Lerche gelauscht, meine Seele stieg mit dem Lied des kleinen Vogels empor;
Die großen weißen Wolken waren die Schiffe meiner Seele und segelten in den Hafen des Allmächtigen.

Ebensolche Ehre gebührt dem Ort des Großen Berges,
Geschmückt mit dem Rauschen vieler Wasser –
Schön ist der Schatten seiner Haselgesträuche,
Ein Schatz ist bewahrt dort, den ich nicht besingen will,
Herrlich ist er und zutiefst verborgen.
Käme Teilo zurück, käme das Glück zurück zu den
Cymri, Sollten Dewi und Dyfrig ihm zur Messe dienen –
dann würde ein großes Wunder offenbar.
O gesegnetes und wundervolles Werk, dann wäre mein
Entzücken wie das Entzücken der Engel:
Lieber sähe ich dieses Meßopfer, als daß ich die Lippen
der schwarzhaarigen Gwenllian küßte.
Mein geliebtes Land Gwent, *o quam dilecta tabernacula*!
Deine Flüsse sind wie die köstlichen goldenen Ströme
des Paradieses,
Deine Hügel sind wie der Berg Zyon –
Lieber ein Grab auf Twyn Barlwm als ein Thron im
Palast der Sachsen in Caer-Ludd.«

Und dann, der Logik des Kontrastes folgend, dachte er an die erste Strophe des großen Schulliedes »Rocker«, eines der frühesten unter den vielen Gedichten, die der Onkel dem Ruhme der lieben alten Schule geweiht hatte:

»Schon einstmals, das habe ich oft gelesen,
Ist ein Spiel hier in Lupton bekannt gewesen,
Ein Spiel so eigen und ungewöhnlich!
Ein Sport mit ruhmreicher Tradition,
Den kannte man damals in Lupton schon,
Als die Stadt berühmt war durch Bischof und König!
Dieses Spiel ist euch allen gar wohlbekannt,
Und schon damals wurde es ›Rocker‹ genannt.

Refrain:
Gib acht auf den ›Bach‹, sonst fällst du hinein!
Gib acht auf die ›Kluft‹, sonst prellt dich der Stein!

So geht unser Sport,
So spielt man ihn dort,
Einst und immer so fort,
Das ist unser Sport,
So spielt man ihn dort in Lupton, in Lupton und
überall.«

Indem er an die beiden Lieder dachte, machte er das Licht aus und versank müde in einen tiefen Schlaf.

IV

Der britische Schuljunge – den diejenigen, die ihn zum Gegenstand eingehenderer Erörterung machen, mit so liebevoller Nostalgie schildern – gilt weder als besonders aufmerksam noch als besonders phantasievoll. Oder vielleicht sollte man besser sagen: Seine Fähigkeit, sich aufmerksam mit etwas zu beschäftigen, ist so hochspezialisiert (auf ein Gebiet, das im wesentlichen von Cricket und Football begrenzt wird), daß sie schließlich außerhalb dieser Grenze kaum mehr arbeitet; während es zu den Hauptaufgaben des Schulsystems gehört, jegliche Kräfte der Phantasie, die einer zunächst besessen haben mag, abzutöten, zu zerstören, zu verstümmeln und auszulöschen. Würde dies nicht so gründlich besorgt, wäre sowohl eine konservative wie eine liberale Regierung unmöglich, das Unterhaus selbst müßte sich auflösen, der *Episcopus (var. Anglicanus)* würde den Weg der Dronte gehen, und die hohe Kunst des »sich schon irgendwie Durchwurstelns« (wohl das herrlichste Juwel in Englands Krone, König Johann von den Baronen abgerungen) wäre bald versunken und vergessen. Und da all solche Folgen gewiß unerträglich wären, haben die großen Public Schools ein überaus gründliches System zur Abtötung des Phantasietoxins entwickelt, und es sind bisher nur wenige Fälle bekannt geworden, wo es versagt hat.

Immerhin gibt es gewisse Tatsachen, die selbst die stursten Schwachköpfe, die beschränktesten Spießer am Ende wahrzunehmen gezwungen sind, und eine ganze Anzahl von Jungen begann sich zu wundern, »was denn mit Meyrick los war«, als sie ihn am Sonntagmorgen beim Gottesdienst sahen. Die Nachricht von seiner erstaunlichen Gewalttätigkeit – körperlich wie verbal – am Abend zuvor hatte sich noch nicht allgemein verbreitet. Bates kümmerte sich zwar darum, hatte aber noch nicht viel Zeit gehabt; und die Antworten von Pelly und Rawson auf Nachfragen wegen blauer Augen und einer kartoffelförmig aufgequollenen Nase waren mürrisch und irreführend. Später, als die Geschichte erzählt wurde, als Bates, der die Vorfälle ins Sagenhafte steigerte, berichtet hatte, wie Pelly in einer Lache seines Blutes lag, wie Rawson schrie, als plagten ihn die Qualen der Verdammten, wie Meyrick Flüche brüllte – alle höchst originell und alle fürchterlich – und eine Viertelstunde lang damit nicht aufhörte: da war die Schule befriedigt, denn es war kein Wunder, daß Meyrick nach Bestehen eines solchen Abenteuers etwas eigenartig aussah. Der einstige Duckmäuser hatte Courage bekommen; seine verzückte Miene war begreiflich. Wäre es möglich gewesen, daß ein englischer Schuljunge Franziskus von Assisi begegnete, wäre er wahrscheinlich zu dem Schluß gekommen, daß der Heilige soeben beim Cricket 200 Punkte hingelegt haben dürfte.

Doch Ambrose ging in ein seltsames Licht gehüllt einher; er war in noch nie erträumte Welten eingelassen worden, und von der ersten Sonnenhelle an, als er morgens in seinem Zimmer im Alten Herrenhaus erwachte, war es die materielle Welt um ihn, die Mauern aus Stein und Ziegeln, das Erdreich, der Himmel selbst und die Leute, die redeten und sich bewegten und zu leben schienen: waren es alle diese Dinge, die Visionen glichen, wesenlosen Formen, eigenartigen, gebrochenen Illusionen seines Hirns. Um halb acht polterte der alte Toby, das Faktotum des Herrenhauses, an seine Tür und ließ die geputzten Schuhe wie üblich krachend auf die Dielen fallen. Er erwachte, setzte sich im Bett auf, starrte umher. Aber was war das? Die vier Wände, mit einer törichten fleckigen Tapete, hellblau und hellbraun, beklebt, die weiße Zimmerdecke, die nackten Bodenbretter mit dem schmalen Läufer neben dem Bett – von all diesem wußte er nichts. Er war nicht entsetzt, da ihm klar war: All dies existierte nicht, es war eine dreidimensional wirkende Phantasie, die zufällig augenblicklich in seinem Bewußtsein erschien. Selbst der große schwarze Holzkoffer, in dem seine Bücher lagen (darunter der von Horbury verachtete Parker), kam ihm unwirklich vor;

und der ahornfurnierte Waschtisch und die Kommode, der weiße Wasserkrug mit dem blauen Querstreifen, sie zeigten sich ganz offen als Phantome. Es erinnerte ihn an einen Trick, mit dem er manchmal gespielt hatte: Man wählte sorgfältig seinen Standort, kniff ein Auge zu, und siehe! ein schäbiger kleiner Schuppen konnte den Blick auf einen hohen Berg verdecken. So drangen diese Wände und Objekte als Illusionen in die wahrhafte Vision vor, die er schaute. Dieser gelbe Waschtisch, der aus dem leuchtenden Brunnen des Unsterblichen emporstieg, die fleckigen Wände an Stelle der großen Mysterien, eine Kommode im magischen Rosengarten – es schien wie ein bizarrer Scherz, und er lachte laut vor sich hin, als er denken mußte, daß er es allein wußte, daß jeder andere sagen würde: »Das ist ein weißer Wasserkrug mit einem blauen Streifen«, während er, nur er das Wunder und die Herrlichkeit des heiligen Gefäßes sah mit seinen leuchtenden Metallen, den Myriaden von sich verschlingenden Linien, den wundervollen Bildern und den Farbnuancen des Gebirges und der Sterne, des grünen Waldes und des zauberischen Meeres, wo in sicherem Hafen die Schiffe ankern, die auf die Fahrt nach Avalon warten.

Denn er war gewiß in seinem Glauben, daß er die irdische Verkörperung und das Sakrament des ewigen himmlischen Geheimnisses gefunden hatte.

Er lächelte wieder, mit dem seltsamen Lächeln eines Engels auf einem alten italienischen Bild, als ihm das Eigenartige seiner Lage ganz aufging – und das Erleichternde der merkwürdigen Komik, die ein Entzücken unterbrach, das sonst unerträglich hätte werden können. Er sollte also ein wunderliches Versteckspiel treiben, sollte so tun, als ob. Die fleckigen Wände beispielsweise waren nicht wirklich da, aber er sollte sich verhalten, als seien sie massive Wirklichkeit. Gleich würde er aufstehen und eine seltsame Pantomime aufführen: sich waschen, sich anziehen, in die frischgewichsten Schuhe steigen und hinuntergehen, um dort an verschiedenen Abrakadabra-Ritualen teilzunehmen, die man Frühstück, Gottesdienst und Mittagessen nannte, in Gesellschaft von Erscheinungen, denen er alle Ehren wirklicher Wesen erweisen würde. Und diese charmante Phantasmagorie würde sich einen Tag um den anderen wiederholen, und er allein kannte das Geheimnis. Und welche Wonne würde es sein, beim Rocker kräftig »mitzumachen«! Es war ihm, als seien die scheinbar feste Erde, die liebe alte Schule und das Rockerspiel selbst alle nur da, um der Intensität seiner Lust zu dienen – sie waren das Dunkel, das den Lichtschein sichtbar machte, die Materie, in der sich die Form manifestierte. Für den Augenblick verschloß er im geheimsten Ort seiner Seele die wahre Welt, in die er geleitet worden war, und beim Anziehen summte er sein Lieblingsschullied vor sich hin, »Mach dir nichts draus!«

»Ruft der Schiedsrichter beim zweiten Cricketschlag ›Aus!‹,
Kriegst du keinen Schuß über die Linie hinaus,
Fehlt dir zu jedem Satz der entscheidende Schlag,
Umspielt dich der Gegner den ganzen Tag,
Verschlägst du trotz allem den letzten Ball,
Kommst du kurz vor dem Tor doch noch zu Fall,
Mach dir, mach dir, mach dir nichts draus!
Laß dich im Kampf niemals unterkriegen!
Mach dir nichts draus!
Nur Feige und Schwache unterliegen!
Mach dir nichts draus!«

Ambrose begriff nicht, wie Kolumbus einen so dummen Fehler hatte machen können. Irgendwie hätte er es fertigbringen müssen, sich seiner Mannschaft zu entledigen; er hätte allein zurückkehren sollen, mit einer kläglichen Geschichte von seinem Mißerfolg, und hätte den Rest seiner Tage als der traurige Scharlatan zubringen sollen, der die Welt mit seinen tollen Schrullen von einem Kontinent jenseits der Wasser des Atlantischen Ozeans genarrt hatte. Wenn ihm die Weisheit geschenkt gewesen wäre, so zu handeln – welch wunderbare

Freuden hätte er genossen! Man hätte mit Fingern auf ihn gezeigt, wenn er in seinem schäbigen Mantel durch die Straßen gegangen wäre; die Knaben hätten Lieder über ihn und seinen Wahnsinn gesungen; die Großen hätten verächtlich gelacht, wenn er vorüberging. Und er hätte in seinem Herzen die ganze weite ferne Welt des Westens geschaut, die reichen Inseln hinter der tosenden Brandung, eine ganze Weltenhälfte fremder Regionen und seltsamer Völker; er hätte gewußt, daß er allein ihr Geheimnis besaß. Ambrose aber wußte, daß er selber am Ende eine noch größere Freude sein eigen nannte: denn die Welt, die er entdeckt hatte, lag nicht weit über dem Meer, sondern in ihm.

Pelly starrte das ganze Frühstück lang in wütendem Schweigen vor sich hin; er war davon überzeugt, daß der pure Zufall jenen betäubenden Schlag gelenkt hatte, und brütete über Plänen umfassender, beispielhafter Rache. Ihm fiel nichts Besonderes an Meyrick auf, und es wäre ihm auch gleichgültig gewesen, wenn er in seinen Augen das Abbild der Elfen erblickt hätte. Rawson andererseits war voll liebenswürdiger Höflichkeit und Kameraderie; nach jedem zweiten Wort hieß es »mein Alter« oder »mein Lieber«. Doch war er keineswegs unintelligent, und so sah er, während er Meyrick verstohlen beobachtete, daß an ihm etwas ganz Ungewohntes und Unbegreifliches war. Unbekannte Lichter brannten und glänzten in seinen Augen – wovon waren sie Spiegelungen? Man wußte es nicht; der Gesichtsausdruck hatte sich auf merkwürdige Weise verändert, er begriff es nicht. Meyrick war immer ein recht häßlicher, störrisch dreinschauender Bursche gewesen; sein schwarzes Haar und irgend etwas Ungewöhnliches in den Linien seiner Züge gaben ihm ein exotisches, fast orientalisches Aussehen – daher hatte eine Geschichte Rawsons mit der Pointe, daß Meyricks Mutter ein Niggerweib in ärmlichen Umständen und von dubioser Moral gewesen war, ganz plausibel auf die Schülerschaft gewirkt.

Jetzt aber schien das grimmig Verschlossene der harten Züge verschwunden, das Gesicht leuchtete wie vom Licht einer Flamme – doch einer Flamme welchen Feuers? Rawson, der seine Eindrücke nicht in solche Begriffe gebracht hätte, zog seine eigenen Schlüsse rasch genug und teilte die Ergebnisse nach dem Gottesdienst Pelly mit.

»Hör mal, mein Lieber«, sagte er, »ist dir der kleine Meyrick beim Frühstück aufgefallen?«

Pelly verfluchte Meyrick schlicht und kündigte an, er würde ihm in Kürze die schärfsten Prügel verpassen, die er je im Leben bekommen hätte.

»Versuch das bloß nicht«, sagte Rawson, »ich hab ihn die ganze Zeit im Auge gehabt. Er hat nicht gesehen, daß ich ihm auf die Schliche komme. Der ist durchgedreht, er ist richtig gefährlich. Würde mich nicht wundern, wenn er nächste Woche schon mit einer Zwangsjacke in der Anstalt sitzt. Mein alter Herr hat viel mit Verrückten zu tun gehabt, er sagt, an den Augen kann man's immer erkennen. Ich schwör's dir, Meyrick ist total wahnsinnig.«

»Ach Quatsch!« sagte Pelly. »Was verstehst du denn davon!«

»Na, paß nur gut auf, mein Alter, sag nicht, ich hätte dich nicht gewarnt. Du weißt doch wohl, daß so ein Verrückter die Kraft von drei gewöhnlichen Männern hat? Das einzige Mittel ist, sie niederzuringen und ihnen die Rippen zu brechen. Aber da braucht man mindestens ein halbes Dutzend Leute.«

»Ach, halt's Maul!«

Also sagte Rawson nichts mehr, war sich aber weiterhin sicher, daß seine Diagnose auf Grund von Ambroses Symptomen korrekt war. Er wartete mit entsetzter Lust auf die Katastrophe und fragte sich, ob Meyrick wohl damit beginnen würde, dem alten Horbury die Kehle mit dem eigenen Rasiermesser durchzuschneiden, oder ob er sich eher nachts in Pellys Zimmer schleichen und ihn in Stücke reißen würde – eine Tat, die er als Wahnsinniger natürlich mit Leichtigkeit vollbringen konnte. Tatsächlich ereignete sich weder das eine noch das andere. Pelly, ein Junge von unbezähmbarem britischem Heldenmut, schlug Ambrose ein, zwei Tage später vor einer großen Menge von Jungen ins Gesicht und bekam als Erwiderung einen so fürchterlichen Hieb unters linke Ohr, daß ein förmlicher Kampf à la *Tom Brown's Schooldays* nicht mehr in Frage kam.

Pelly ging zu Boden und blieb dort einige Zeit bewußtlos liegen; die anderen Jungen beschlossen, daß man Meyrick besser sich selbst überließe. Er war vielleicht verrückt, aber jedenfalls schlug er hart zu. Pelly, ein im Grunde vernünftiger Mensch, entschied, daß Meyrick einfach zu gut war für ihn. Er begriff das nicht ganz – er hatte den unklaren Verdacht, daß seltsame Kräfte im Spiel waren, doch mit so etwas hatte er nichts zu schaffen. Er war glatt zu Boden gegangen, und das war's dann.

Bates hatte aufgeschaut, als Ambrose am Sonntagmorgen ins Eßzimmer kam. Er sah das leuchtende Gesicht, den hingerissenen Blick, und er hatte sich im stillen gewundert, da er die Gegenwart von etwas erkannte, was all seine Berechnungen hinter sich ließ.

Inzwischen ging der Sonntag in Lupton seinen gewöhnlichen Gang. Um elf Uhr war die Kirche voller Jungen. Beinahe sechshundert waren versammelt, die größeren im Frack, mit hohen spitzen Kragen, daß sie aussahen wie junge Gladstones. Die Jüngeren trugen breite flache Kragen und hatten kurze, eckig geschnittene Joppen an, etwa wie die baskische Tracht. Jung und Alt hatten das Haar extrem kurz geschnitten, was allen ein schneidiges, aber höchst kugelköpfiges Aussehen verlieh. Die Lehrer in Talar, Überwurf und Kapuze hatten das Chorgestühl besetzt. Mr. Horbury, der Vizerektor, hielt in wallendem Chorhemd das Morgengebet, und der Rektor hatte eine Art Thron neben dem Altar inne.

Die Kirche war nicht gerade ein inspirierendes Stück Architektur. Sie entstammte dem vierzehnten Jahrhundert, gewiß, doch einem um 1840 umgestalteten vierzehnten Jahrhundert, das, wie zu befürchten steht, von den Umgestaltern schändlich verraten worden war. Das Maßwerk der Fenster war kärglich und flach, die Wölbungen der Pfeiler und Bögen höchst mangelhaft, der Chor auf absurde Weise seiner Proportionen beraubt, und die Kiefernholzbänke und Kiefernholzchorstühle sahen klebrig aus. Ein Glasfenster erinnerte an die Alten Luptonianer, die im Krimkrieg gefallen waren. Man fragte sich, was die Samariterin am Brunnen wohl mit Lupton oder der Krim zu tun haben mochte. Und die Farben waren wie die von höchst vulgären, billigen Bonbons.

Der Gottesdienst hatte ein flottes Tempo. Die Gebete, die Liturgie mit ihren Versikeln und Antwortstrophen und die Psalmen wurden gesprochen, wobei der den Gottesdienst Leitende ebenso wie die Gemeinde eher drängte als innehielt – oft ging es in der Tat so geschwind, daß zwei oder drei Wörter am Ende eines Verses und zwei oder drei am Anfang des nächsten im verworrenen Geräusch einander widerstreitender Stimmen untergingen. Doch das *Venite* und das *Te Deum* und das *Benedictus* wurden für die munteren Anglikaner mit großem Elan heruntergerattert; zuweilen tutete die Orgel, zuweilen blökte sie sanft, wie eine Herde Schafe. Gelegentlich hätte man schwören mögen, daß die Musik von Kinderblechflöten sich einem ins Ohr stahl, und dann wieder, wenn der Organist mit einem Mal alle seine Mittel einsetzte, schienen eine Heilsarmeekapelle und eine Gasexplosion zu wetteifern. Ein bekannter Aristokrat, der solchen Gottesdiensten in Lupton beigewohnt hatte, soll einmal mit Bezug auf diese Erfahrung gesagt haben: »Ritualist bin ich, weiß Gott, bestimmt keiner, aber ich muß doch zugeben, ich mag einen strammen Gottesdienst.«

Die Predigt aber war es vor allem, welche diese Kirche zum Ort so vieler Erinnerungen machte. Die Ehemaligen sagen – und man muß annehmen, daß sie das ganz ernst meinen –, daß die hochgewachsene, würdevolle Gestalt des Rektors, wie er hoch über ihnen allen steht, wobei seine scharlachrote Kapuze einen leuchtenden Farbklecks gegen die schäbiggrünlichen Wände abgibt, in allen Winkeln des Planeten für sie ein Leitstern gewesen ist, bei allen möglichen Schwierigkeiten und Versuchungen.

Einer schreibt, daß er sich mitten in einem komplizierten und gefährlichen Coup an der Börse an eine Predigt von Dr. Chesson erinnert hat, die im Druck dann den Titel trug »Ich kämpfe den guten Kampf.«

»Ihr gebraucht unter euch eine Redewendung, die ich häufig höre«, sagte der Rektor. »Sie lautet: ›Sauber spielen!‹, und ich möchte hier und heute sagen, daß ihr es vielleicht nicht wißt – daß vielleicht diese Worte oft halb im Scherz gesprochen werden –, daß sie aber trotzdem eure moderne, jungenhafte Version dieser alten, erhabenen Botschaft sind, die ich soeben verlesen habe.

›Den guten Kampf kämpfen.‹ – ›Sauber spielen.‹ Erinnert euch dieser Worte in den Stürmen und Schlachten, den Ängsten und Sorgen, die möglicherweise – nein, ganz gewiß – vor euch liegen« usw. usf.

»Nachdem die Krise vorüber war«, schrieb der Börsianer, »war ich dankbar dafür, daß ich mich dieser Worte tatsächlich erinnert hatte!«

»Diese Stimme, die hell klang wie eine Trompete auf dem Schlachtfeld und uns alle mahnend erinnerte daran, daß Erfolg der Siegespreis der zähen Anstrengung ist –«, schreibt ein wohlbekannter Journalist.

»Ich dachte daran, was der Rektor uns einmal über das ›Immer am Ball Bleiben‹ gesagt hat«, sagt ein junger Soldat, der berichtet, wie er knapp einem gefährlichen Feind entronnen ist, »also hab ich mich an meinen Befehl gehalten.«

Ambrose saß an jenem Sonntagmorgen auf seinem Platz und genoß begeistert die ganze Würze dieser Szene, wobei ihn innerlich das Gelächter schüttelte, daß dies hier ebenfalls vorgab, ein religiöser Ritus zu sein. Der Gesang beim *Te Deum* hatte eine ziellose, kesse Lustigkeit, die es ihm schwermachte, sein Lachen zu unterdrücken, und als er in den Choral »Schön sind Deine Hallen droben« einstimmte, lag ein eigenartiges Stocken in seiner Stimme, bei dem der Junge neben ihm beunruhigt von einem Fuß auf den anderen trat.

Die Predigt aber!

Man findet sie auf Seite 125 der *Luptoner Predigten*. Sie beschäftigt sich mit dem Bibelwort von dem Licht, das man nicht unter den Scheffel stellen soll; die Jungen wurden belehrt, worin das Sündhafte einer solchen Handlung wahrhaft zu sehen ist.

»Ich könnte mir denken«, sagte der Rektor, »daß viele der Älteren unter euch sich schon gefragt haben, wovon, von welcher Sünde, hier eigentlich die Rede ist. Ihr habt vielleicht sorgfältig in eurem griechischen Neuen Testament nachgelesen und versucht, euch eine Situation vorzustellen, die dem entspricht, was in diesem Gleichnis ausgedrückt werden soll – und es würde mich nicht überraschen, wenn ihr mir sagen würdet, daß euch das nicht gelungen ist.

Wer käme überhaupt auf einen solchen Gedanken? Was für ein Mensch tut das? fragt ihr einander vielleicht. Es erstaunte mich nicht, wenn ihr gestehen müßtet, daß euch dies als unlösbare Frage erscheint.

Ja! Euch unlösbar. Denn ihr seid englische Jungen, die Söhne englischer Gentlemen, denen jegliche Atmosphäre von Heimlichtuerei, von Subtilität, von Verstohlenheit unbekannt ist; die eine solche Atmosphäre mit Verachtung von sich weisen würden. Ihr kommt aus Familien, wo es keine dunklen Schatten gibt, keine Winkel, in die man nicht schauen darf. Eure Verwandten und Freunde gehören nicht zu denen, die ihre Gaben vor dem Tageslicht verbergen. Manche von euch haben vielleicht schon das Privileg gehabt, der Rede eines jener großen Staatsmänner zu lauschen, welche die Geschicke unseres weitverzweigten Imperiums lenken. Ihr werdet zweifellos bemerkt haben, daß es in der Welt der Politik keine falsche, vorgetäuschte Bescheidenheit gibt, kein gespieltes Zögern, von bedeutenden Leistungen zu reden. Ihr seid allesamt Glieder dieser großen Gemeinschaft, auf die wir alle so stolz sind – die, wie wir wissen, die große Inspiration unseres Lebens ist, die uns leitende Kraft. Hier, werdet ihr sagen, gibt es kein verborgenes Licht, denn der Stil der englischen Public School ist, Gott sei es gedankt! Offenheit, männliche Geradheit, gesunder Wetteifer – jeder versucht, zum Besten des Ganzen sein Bestes zu geben. Bei unseren Studien und in unseren Wettspielen versucht jeder, die anderen zu übertreffen, den Preis zu gewinnen. Wir kämpfen um irdische Kronen, da wir glauben, daß dieser Kampf schließlich und endlich die beste Übung ist für den Erwerb jener Krone, welche da unsterblich ist! Soll ein Mann sagen, er liebet Gott, den er nicht gesehen hat, und liebte nicht seinen Bruder, den er gesehen *hat*? Lasset euer Licht leuchten vor den Menschen. Seid sicher, daß wir nie den Himmel gewinnen werden, wenn wir die Erde geringachten.

Doch schilt Jesus den, der sein Licht unter den Scheffel stellt. Was will uns die Schrift damit sagen? Welche Botschaft für uns Heutige ist hier zu finden?

Ihr sollt es erfahren.

Vor einigen Jahren befand ich mich während unserer Sommerferien auf einer Wanderung durch eine gebirgige Gegend im Norden Englands. Der Himmel war von leuchtendem Blau, die Sonne verströmte – sozusagen – ein Evangelium der Fröhlichkeit auf die Erde. Als der Tag zur Neige ging, betrat ich ein friedliches, schönes Tal zwischen den Hügeln, als mir vom Wind drei dumpfe Glockenschläge entgegengetragen wurden. Dann herrschte Schweigen. Wieder kamen drei Schläge, und dann drang zum dritten Mal dieser trübselige Klang an mein Ohr. Ich ging weiter in Richtung des Geräusches und fragte mich, woher es kam und was es wohl bedeuten mochte; und bald sah ich vor mir einen großen Gebäudekomplex, von einer düsteren hohen Mauer umgeben.

Es war ein römisch-katholisches Kloster. Die Glocke läutete das sogenannte Angelus.

Ich verschaffte mir Zutritt zu diesem Ort und sprach mit einigen der unseligen Mönche. Es würde euch in Erstaunen setzen, wenn ich die Namen einiger dieser verblendeten Männer nennen wollte, die sich in diesem Gefängnis eingeschlossen haben. Es reicht hin, wenn ich sage, daß sich unter ihnen ein Soldat befand, der sich auf dem Schlachtfeld ausgezeichnet hatte, ein Künstler, ein Staatsmann und ein Arzt von bedeutendem Ruf.

Begreift ihr nun? Ach! Es wird ein Tag kommen – und ihr wißt wohl, wie man diesen Tag nennt –, da diesen unglücklichen Männern die Frage vorgelegt wird, weshalb sie ihr Licht unter den Scheffel gestellt haben.

›Wo‹, wird man sie fragen, ›war dein Schwert in der Stunde, da deinem Vaterland Gefahr drohte?‹

›Wo ist dein Gemälde geblieben, die Heiligung deiner Kunst im Dienste der Moral und der Humanität, als die Pforten der großen Ausstellungshalle sich weit geöffnet haben?‹

›Wo war deine große Beredsamkeit, die Überzeugungskraft deiner Stimme, als der Parteienkampf aufs schärfste tobte?‹

›Wo war deine gottbegnadete heilende Hand, als einer aus königlichem Blut ohnmächtig auf dem Lager schwerer – fast tödlicher – Krankheit siechte?‹

Und welche Antwort können da jene wohl geben, die leichtfertig ihr Licht unter den Scheffel gestellt haben? Bedenket« usw. usf.

Dann sangen die ganzen sechshundert Jungen »O Paradies! O Paradies!« mit einer Inbrunst und Hingabe, die unwiderstehlich waren. Die Orgel donnerte, bis die häßlichen Glasfenster bebten und klapperten, und der Gottesdienst war vorbei.

V

Beinahe die letzten Worte, die Ambrose nach seinem wunderbaren Erwachen gehört hatte, waren seltsam genug, obwohl er damals kaum Notiz von ihnen nahm, da sie unter leidenschaftlichen Umarmungen ausgesprochen wurden, zwischen weichen Küssen auf sein armes geschlagenes Fleisch. Wenn ihm später diese Worte wieder einfielen, so machten sie keinen besonders großen Eindruck auf ihn, obwohl sie wohl den meisten Leuten von ernsterer Bedeutung erschienen wären als vieles andere, was in dieser Nacht gesagt wurde. Die Sätze lauteten folgendermaßen:

»Der grausame, der gemeine Kerl! Dieses Vieh! Es soll ihm noch leid tun sein ganzes Leben, und jeder Hieb soll ein Kummer sein für ihn. Mein Lieber! Ich verspreche dir, er soll zehnfach bezahlen für heute nacht! Sein Herz soll ihm weh tun dafür, bis es aufhört zu schlagen.«

Es kann kaum ein Zweifel daran bestehen, daß dieses Versprechen in jeder Silbe getreu gehalten wurde. Niemand wußte, wie es kam, daß üble Gerüchte über Mr. Horbury sich in Lupton zu verbreiten begannen, doch von diesem selben Tag an setzte die Vollstreckung des Urteils ein. Am Abend nahm der Vizerektor, der einen Besuch bei einem Freund in der Stadt machte, eine Abkürzung durch gewisse dunkle, schwach erleuchtete Straßen, und plötzlich hörte er zu seinem Entsetzen seinen Namen mit lautem Geschrei genannt, verbunden mit einer höchst abstoßenden Anschuldigung. Es wurde ihm schwach ums Herz; aus seinem Gesicht, er spürte es, war das Blut gewichen; und dann rannte er auf die Gasse zu, aus der die Stimme anscheinend gedrungen war.

Es war nichts dort. Der elende schmale Gang, der von einem Slum in den anderen führte, lag öde und lichtlos zwischen niedrigen Mauern und verfallenen kleinen Gärten. Horbury rannte, so rasch er konnte, ans andre Ende, doch es war nichts zu machen. Ein paar Frauen tratschten vor ihren Türen, ein paar Männer schoben sich müßig vorbei, auf dem Weg zur Bierkneipe an der Ecke – das war alles. Er fragte eine der Frauen, ob sie irgend jemanden vorbeirennen gesehen habe, und sie verneinte das, höflich genug, und doch schien es ihm, als habe sie ihn schnell höhnisch angegrinst.

Er drehte sich um und ging nach Hause. Er war nicht in der Stimmung, Besuche zu machen. Es dauerte einige Zeit, bis er sich so weit gefaßt hatte, daß er sich zureden konnte, der Vorfall sei zwar unangenehm, doch von keinerlei Bedeutung. Doch von diesem Tag an zogen sich die Netze zusammen, und sein Schicksal war besiegelt.

Persönlich erlitt er keine weiteren Belästigungen und vergaß bald das unangenehme Erlebnis in dem Seitensträßchen. Doch scheint es gewiß, daß von diesem Sonntag an eine Wolke übler Nachrede den Vizerektor auf all seinen Wegen beschattete. Niemand sagte irgend etwas Definitives, aber jeder schien von irgendeiner unappetitlichen Sache zu wissen, wenn Horburys Name fiel. Die Leute sahen einander merkwürdig an, und man wechselte das Thema.

Einer der jüngeren Lehrer spielte im Gespräch mit einem Kollegen in der Tat auf Horbury unter dem Namen Xanthias Phokeus an. Der andere Lehrer, ein Mann mittleren Alters, zog die Brauen hoch und schüttelte stumm den Kopf. Es ist unstrittig, daß diese gemurmelten Verleumdungen verschiedener Art waren, doch, wie gesagt, alles war unbestimmt, ungreifbar wie ein geheimer Ansteckungsstoff – und ebenso tödlich für die weltliche Gesundheit des Lehrers.

Die schreckliche Bezichtigung, die aus der Gasse hervorgeschrien worden war, fand bei einigen Glauben; andere pflichteten dem jungen Lehrer bei; ein paar wußten von einer fürchterlichen Geschichte mit einem schwachsinnigen Mädchen in einem entlegenen Dorf in Derbyshire. Und die Hartnäckigkeit, mit der sich all diese Fabeln hielten, war seltsam.

Vier Jahre dauerte es, bis Dr. theol. Henry Vibart Chesson den Bischofsthron von St. Guthmund zu Dorchester bestieg, und diese ganzen vier Jahre hindurch sprudelte die Quelle böser Andeutungen unablässig. Man kann zweifeln, ob der Glaube an die Wahrheit dieser Skandalgerüchte wirklich verbreitet und gefestigt war, und möglicherweise wurden sie hauptsächlich von böswilligen Leuten ausgesprochen und weitergetragen, die Horbury nicht leiden konnten, ihn in ihrem Innersten aber keiner schlimmeren Sünden für schuldig hielten als der Aufgeblasenheit und Arroganz. Dies ist wahrscheinlich.

Natürlich waren die Verhandlungen des Schulkuratoriums absolut vertraulich, und daß der Vorsitzende, der Marquis of Dunham, etwas von Caesars Gattin, die auch über den Verdacht des Verdachtes erhaben sein muß, gesagt haben soll, ist nur eine Anekdote. Es ist offensichtlich, daß die Presse in London nicht das Geringste von der seltsamen Racheverschwörung ahnte, da zwei der führenden Tageszeitungen die Ernennung des Vizerektors zum neuen Leiter der Schule als bereits feststehende Tatsache nahmen und ihm tatsächlich eine Amtsperiode von phänomenalem Erfolg vorhersagten. Und dann bekam Millward, ein Absolvent von Winchester, von dem es hieß, er sei in gewissen pädagogischen Hinsichten nicht *ganz* der Richtige, ein *kleines* bißchen ein Jesuit – dann bekam er die Stelle, und die Leute sagten, da müsse doch irgendwo eine Schraube locker sein! Und Horbury war überwältigt und fing langsam zu sterben an.

Das Merkwürdige war, daß er den Feind, von jenem Sonntagabend abgesehen, nie zu Gesicht bekam; er hatte nie den Verdacht, daß es einen Feind gab. Und was den Zwischenfall in der Seitenstraße anging, so dachte er nach einiger Überlegung nur noch mit Verachtung daran. Das war nur irgendein besoffenes Vieh aus der Stadt, das ihn vom Sehen kannte und ihn kränken wollte, wie das bei besoffenem Vieh eben geht.

Und sonst war nichts. Die gute Gesellschaft von Lupton war viel zu vorsichtig, als daß sie mit ihren mißtrauischen Mutmaßungen herausgerückt wäre. Eine Anzeige wegen Verleumdung bedeutete jedenfalls einen entsetzlichen Skandal und könnte unangenehme Folgen für die Verleumder haben. Außerdem wollte es niemand mit Horbury verderben, bei dem man ein rachsüchtiges Temperament vermutete – und man ahnte in Lupton noch nichts davon, daß die umlaufenden Gerüchte am Ende den Vizerektor um seine Chance bringen würden, die Schule zu leiten. Jeder Weiterträger von Klatsch und Tratsch hörte sozusagen momentan nur sein eigenes Gemurmel. Er wußte nicht, daß das gleichzeitige Murmeln einer großen Anzahl von Leuten einen häßlichen Lärm von beträchtlicher Lautstärke ergibt.

Es stimmt, einige der Lehrer waren etwas kühl. Es fehlte ihnen die gesellschaftlich wichtige Gabe, ihre Gefühle zu verhüllen, und unwillkürlich ließen sie einen Mangel an Herzlichkeit erkennen. Doch Horbury, der das merkte, führte es auf Neid und Unzufriedenheit zurück und beschloß, daß die Machtvollkommenheit, mit der ihn das Kuratorium ausstatten würde, in bezug auf die fraglichen Lehrer nicht umsonst sein sollte.

Im übrigen hat C. L. Wood, der später Rektor von Marcester war und vor einigen Jahren in Ägypten gestorben ist, einen seltsamen Bericht hinterlassen, der sich teilweise auf die erwähnten Lehrer bezieht und vielleicht ein wenig Licht wirft auf die merkwürdige Geschichte von Horburys Ruin.

Wood war ein alter Luptonianer. Er war zu seiner Zeit ein mächtiger Athlet, und seine Rekorde im Weitsprung und im Werfen des Cricketballs sind bis zum heutigen Tag in Lupton nicht überboten worden. Er war einer der ersten Schüler gewesen, die ins Alte Herrenhaus aufgenommen wurden. Diese frühe Beziehung zwischen Horbury und ihm setzte sich im späteren Verlauf seines Lebens fort, und Wood wohnte zu dem Zeitpunkt, als die Entscheidung des Kuratoriums unmittelbar bevorstand, gerade bei seinem einstigen Lehrer. Tatsächlich nimmt man an, daß Horbury ihm eine Art inoffizielle, doch trotzdem wichtige Stellung in seinem neuen Schulmodell angeboten hatte; Wood gestand schließlich einmal beim Port, das Ganze sei so gemeint gewesen, daß er eine

Art »Nachrichtendienst« für den Rektor hätte sein sollen. Er schien sich nicht ganz klar über den genauen Umfang seiner in Aussicht genommenen Pflichten gewesen zu sein. Doch dürfen wir schließen, daß sie höchst vertraulicher Natur gewesen wären, denn Wood hat sich seine Erinnerungen an jenen fatalen Morgen etwa wie folgt notiert:

»Nie hatte ich Horbury bei besserer Laune gesehen. Tatsächlich erinnere ich mich daran, daß ich dachte, er wirke jünger denn je – jünger als in den alten Tagen, da er ein Juniorlehrer war und ich in der Dritten. Natürlich war er stets voll Energie; die beiden Begriffe ›Horbury‹ und ›Energie‹ waren gar nicht zu trennen, und ich brachte ihn oft zum Lachen, indem ich drohte, dieses Begriffspaar in die neue Auflage meines Büchleins *Lateinische und englische Synonyme* aufzunehmen. Es spielte keine Rolle, ob er die Fünfte unterrichtete, einen Klassikertext für seine Jungen vorbereitete oder Rocker spielte – man mußte sich einfach an der lebhaften, überströmenden Energie des Mannes freuen. Und vielleicht ist dies der Grund dafür, daß Faulenzer und Drückeberger ihn stets so verabscheuten, wie es der Fall war.

Doch während dieser letzten Tage in Lupton war mir seine Vitalität als geradezu übermenschlich erschienen. Wie alle Welt weiß, galt seine Nachfolge im Rektorat als gesichert, und er war, natürlicher- und angemessenerweise, ganz erfüllt von der großen Aufgabe, die er vor sich liegen glaubte. Hier ist nicht der Ort, die Vorzüge oder Nachteile jenes Planes zu diskutieren, der viele Jahre lang in seinem Gehirn gereift war.

Einige wenige, die meiner Meinung nach nur sehr unvollständig über den Gegenstand informiert sein können, haben Horburys Ansichten zur modernen Public School als ›revolutionär‹ geschmäht. Revolutionär waren sie gewiß – in der Weise, in der eine Expreßlokomotive verglichen mit einem Ochsenkarren revolutionär ist. Doch jene, die glauben, der selige Kanonikus Horbury wäre den guten Seiten der Public-School-Tradition mit Gleichgültigkeit gegenübergestanden, wußten wenig von dem Mann, wie er in Wirklichkeit war.

Jedoch, ob seine Pläne nun gut oder schlecht gewesen sein mögen, sie waren jedenfalls von weitreichender Bedeutung, und am ersten Abend meines Besuchs hielt er mich bis zwei Uhr morgens bei sich fest, während er seine Ideen erläuterte, deren Verwirklichung er in einigen Fällen, wie er freundlicherweise sagte, mir anzuvertrauen gedachte. Er zeigte mir die Stapel von Aufzeichnungen, die sich angesammelt hatten – Hunderte von Seiten über all die verschiedenen Abteilungen der großen Organisation, die er leiten oder besser schaffen wollte; Blätter über Blätter mit langen Zahlenreihen, Bündel von Kostenvoranschlägen, die er in Auftrag gegeben hatte, um sofort zum Handeln bereit zu sein.

Nichts war vernachlässigt worden. Ich erinnere mich an eine Notiz, daß es wünschenswert wäre, ein ›Luptoner Gesangbuch‹ für den Gottesdienst zusammenzustellen, an eine andere über die Frage, wie man einen botanischen Garten anzulegen hätte, damit man im Botanikunterricht vom ›grünen Leben‹, wie er es wunderschön ausdrückte, lernen konnte anstatt aus dürren Druckzeilen und schwächlichen Holzschnitten. Dann sah ich – auf dem ›Botanikblatt‹, glaube ich – ein hastig hingekritzeltes Notat, das auf weitere Ausführungen und Überlegungen wartete: ›Sollten wir Hindustani unterrichten? An Tucker schreiben wegen Mulvi Achmed Khan.‹

Ich verzage bei dem Gedanken, dem Leser auch nur einen entfernten Begriff von der Ausgedehntheit und dem Detailreichtum dieser wundervollen Aufzeichnungen geben zu sollen. Ich erinnere mich, daß ich zu Horbury sagte, er könne offenbar das Mikroskop und das Teleskop gleichzeitig benutzen. Er lachte fröhlich und sagte mir, ich solle nur warten, bis er richtig an die Arbeit ginge. ›Sie werden Ihren Teil daran auch abbekommen, das kann ich Ihnen versprechen‹, fügte er hinzu. Seine gute Laune war frappierend und ansteckend. Er war ein glänzender Causeur, und hie und da erzählte er mir zwischen seinen Reden über das Neue Lupton, das er nun aus den Plänen in die Wirklichkeit führen würde, wunderbare Geschichten, die ich hier niederzuschreiben nicht das Herz habe. *Tu ne quaesieris.* Ich habe oft an jene Zeilen gedacht, wenn ich mich an Horburys intensiv durchlebtes Glücksgefühl erinnere, an die nervöse Energie, die ihm die Wartezeit von ein, zwei Tagen fast unerträglich machte. Sein Hirn und seine Finger juckten sozusagen nach der großen Arbeit, die vor ihm lag. Er erinnerte mich an eine mächtige Armee, die nur auf den Blick ihres Generals wartet, um mit unwiderstehlicher Kraft vorwärtszustürmen.

Es gab keine winzigste Spur einer Vorahnung. Tatsächlich hätte es mich höchlichst erstaunt, wenn ich etwas Derartiges an ihm wahrgenommen hätte. Er sagte zwar zu mir, daß er seit einiger Zeit den Verdacht habe, es gebe irgendeine gegen ihn intrigierende Clique. ›A. und X., B. und Y., M. und N. und wahrscheinlich Z. sind dabei‹, sagte er und nannte verschiedene Lehrer. ›Die sind eifersüchtig, nehme ich an, und möchten mir alles so schwer machen wie nur möglich. Aber es sind alles Feiglinge, und ich bezweifle, daß irgendeiner – M. vielleicht ausgenommen – es im Ernstfall an Gehorsam oder, besser gesagt: an Unterwürfigkeit fehlen lassen würde. Ich werde jedoch mit allen kurzen Prozeß machen.‹ Und er teilte mir seine Absicht mit, die Schule von diesen unzufriedenen Elementen zu befreien. ›Das Kuratorium wird sich hinter mich stellen, das weiß ich‹, fügte er hinzu, ›aber wir müssen versuchen, alle unnötigen Reibungen zu vermeiden‹, und er erklärte mir einen Plan, um die fraglichen Lehrer zu eliminieren. ›Wir können keine halbherzigen Offiziere brauchen auf unserem Schiff‹, so formulierte er es, und ich pflichtete ihm herzlich bei.

Vielleicht hat er die Macht jener Opposition unterschätzt, von der er so leichthin sprach; vielleicht hat er die Situation insgesamt falsch beurteilt. Gewiß betrachtete er die Ernennung als schon vollzogen, und dies war natürlich oder schien doch die Überzeugung aller, die Lupton und Horbury kannten.

Ich werde nie den Tag vergessen, an dem die Nachricht kam. Horbury nahm ein herzhaftes Frühstück zu sich, sah dabei seine Post durch, machte sich Notizen, sprach von seinen Plänen. Nach einem Weilchen ließ ich ihn allein. Ich war selbst recht aufgeregt und schlenderte im schönen Garten des Alten Herrenhauses auf und ab, wobei ich mich fragte, ob ich wohl einen Vorgesetzten zufriedenstellen könnte, der, selbst der Inbegriff von Energie, naturgemäß ebensolche Qualitäten von seinen Untergebenen erwarten würde. Nach einer Stunde gesellte ich mich wieder im Arbeitszimmer zu ihm, wo er so geschäftig war wie stets – ›eingeschneit‹, wie er sagte, unter Stapeln von Papieren und Briefschaften.

Er nickte leutselig und deutete auf einen Stuhl, und einige Augenblicke später kam eine Dienstbotin mit einem Brief. Den hatte sie eben in der Diele gefunden, erklärte sie. Ich hatte ein Buch zur Hand genommen und las darin. Ich bemerkte nichts, bis ein Laut, den ich nur als ein Stöhnen tiefster Qual bezeichnen kann, mich erstaunt – besser: erschrokken – aufsehen ließ und ich zu meinem Entsetzen meinen alten Freund gespenstisch bleich sah, mit ins Leere starrenden Augen und mit einem Gesichtsausdruck, der zu den fürchterlichsten gehört – nein, der der fürchterlichste *war*, den ich je gesehen habe. Ich kann diesen Ausdruck nicht beschreiben. Es war eine Agonie aus Trauer und Verzweiflung, ein Blick des wildesten Erstaunens, ein Schrecken wie bei drohendem fürchterlichem Tod, und dabei der wütendste, brennendste Zorn, den ich je in den Zügen eines Menschen gelesen habe. Er hielt einen Brief zerknüllt in seiner Hand. Ich hatte Angst, etwas zu sagen oder mich zu rühren.

Volle fünf Minuten dauerte es, ehe er die Selbstbeherrschung wiedererlangte, und dies mit einer Anstrengung, die in sich selbst furchtbar anzusehen war, so hart war der Kampf. Er erklärte mir mit einer Stimme, die unter dem empfangenen Schlag stockte und zitterte, daß er sehr schlechte Nachrichten bekommen habe – daß eine große Summe Geldes, die für seine Projekte absolut notwendig war, von einer gewissenlosen Person veruntreut worden sei; daß er nicht wisse, was er tun solle. Er sank in seinen Sessel; in einigen wenigen Minuten war er zum alten Mann geworden.

Er schien nicht irritiert oder auch nur überrascht, als ihm später an diesem Tag ein Telegramm mitteilte, daß er sein Lebensziel nicht erreicht hatte – daß ein anderer sein geliebtes Lupton regieren sollte. Er murmelte etwas vor sich hin wie: Das tue nun nichts mehr zur Sache. Er richtete sich nach diesem Hieb nicht mehr auf.«

Dies ist ein Auszug aus *George Horbury: Eine Erinnerung*. Dr. Wood verfaßte diesen Text zum Gebrauch einiger weniger Freunde und ließ ihn privat in einer Auflage von hundertundfünfzig Exemplaren drucken. Der Autor dachte sich, wie er in seinem kurzen Vorwort erklärt, daß er durch die Beschränkung des Verkaufs auf einen kleinen Kreis derer, die Horbury entweder persönlich kannten oder an seiner Arbeit besonders interessiert waren, in der Lage sein würde, sich etwas intimer mit Angelegenheiten auseinanderzusetzen, die in einem Buch für die breite Öffentlichkeit kaum behandelt werden konnten.

Der oben mitgeteilte Auszug aus dieser Schrift ist in doppelter Hinsicht interessant. Einmal zeigt er, daß Horbury sich keineswegs dessen bewußt gewesen war, was in den vier Jahren vor Chessons Ausscheiden vor sich ging, und daß er die wenigen leisen Omina, die sich ihm gezeigt hatten, ganz falsch interpretiert hatte. Er war entschlossen, ein oder zwei trotzige Wachtposten abzulösen, während seine ganze Burg in ihrem Fundament durch und durch unterminiert war! Der zweite Punkt ist noch eigenartiger. Man kann Woods Erzählung entnehmen, daß der fürchterliche Schock, den er beschreibt, von einem Brief ausgelöst wurde, der einige Stunden vor der telegraphischen Nachricht von der Entscheidung des Kuratoriums anlangte. »Später an diesem Tag«, heißt es in den Erinnerungen; tatsächlich begann die entscheidende Sitzung des Luptoner Kuratoriums – in Marshall's Hotel in der Albemarle Street – um halb zwölf und endete erst um drei Viertel zwei. Es ist kaum wahrscheinlich, daß die Nachricht von dem Ergebnis das Alte Herrenhaus vor Viertel drei erreichen konnte – und den in der Diele gefundenen Brief muß Horbury schon vor zehn Uhr gelesen haben. Das Frühstück fand im Alten Herrenhaus wie stets um acht statt.

C. L. Wood sagt: »Nach einer Stunde gesellte ich mich wieder zu ihm«, und der Brief wurde dann »einige Augenblicke später« hereingebracht. Später, als das fatale Telegramm ankam, hält Woods Aufsatz fest, daß der unselige Mann nicht einmal mehr überrascht war. Es scheint sich beinahe zwangsläufig aus diesen Tatsachen zu ergeben, daß Horbury das ganze Ausmaß seiner Katastrophe schon aus dem Brief erfuhr, denn es hat sich herausgestellt, daß die Angaben des Vizerektors zu dessen Inhalt von Anfang bis Ende falsch waren. Horburys kluge und glückliche Geldanlagen befanden sich sämtlich in den makellosen Händen der Herren Witham, Venables, Davenport & Witham (Raymond Building, Gray's Inn), zu deren Theorie und Praxis des bürgerlichen Rechts das Veruntreuen von Geldern nicht gehört – und tatsächlich empfing ja der Neffe, Charles Horbury, beim Tod seines Onkels ein hübsches Vermögen: achtzigtausend Pfund direkt und dazu das Alte Herrenhaus und einige wertvolle Grundrenten im neuen Teil von Lupton. Es ist so sicher, wie nur irgend etwas sicher sein kann, daß George Horbury niemals auch nur einen Penny durch Veruntreuung – oder auf irgendeine andere Weise – verloren hat.

Man kann also seine Schlüsse ziehen, was der wahre Inhalt dieses schrecklichen Briefes war. Freilich läßt sich kaum vermuten, ob der Absender die ganze Geschichte erzählt hat – man weiß beispielsweise nicht, ob Meyricks Name erwähnt wurde oder nicht, ob irgend etwas die Gedanken des Lesenden zurücklenkte zu jenem dunklen Novemberabend, als er den bleichen Jungen mit so wilder Grausamkeit prügelte. Doch ergibt sich aus Dr. Woods Beschreibung des unglücklichen Mannes, wie vollkommen unerwartet der zerschmetternde Hieb war, der ihn getroffen hatte. Es war ein Blitz aus heiterstem Himmel, und mit diesem plötzlichen, fürchterlichen Einschlagen zerfiel sein ganzes Leben und lag in Trümmern, tot und entsetzlich.

»Er richtete sich nach diesem Hieb nicht mehr auf.« Er lebte nicht mehr weiter, könnte man sagen, wenn man ein unablässig sich drehendes Rad aus Qual und Wut und bitterer und nutzloser Reue nicht Leben nennen will. Es war kein Mann mehr, nur eine leere Hülle voller Brand und Galle, die nach Wareham ging; doch war er wohl nicht der erste unter den Klippoth, der zum Kanonikus gemacht ward.

Da wir nicht genau wissen können, was oder wieviel der Brief ihm mitteilte, ist es auch nicht möglich, zu sagen, ob ihm das Ungewöhnliche – man möchte fast sagen: das Exzentrische – an der Inszenierung des Strafgerichts über ihn aufging. *Nec deus intersit*, gewiß – aber ein Prinzip läßt sich auch überstrapazieren, und die Kritik könnte darauf hinweisen, daß man zwar rächende *dei ex machina* von der Bühne verbannen sollte, daß es aber doch heißt, ins andere Extrem zu verfallen, wenn man die große Katastrophe durch schlechten Sherry, einen irritierenden Vorgesetzten, gekochten Hammel, einen schwierigen Schuljungen und ein Dienstmädchen herbeiführt. Und doch waren dies die Instrumente, und wir müssen zu dem Schluß kommen, daß wir nicht ganz begreifen, wie das Universum verwaltet wird. Dieser Schluß ist gefährlich, da er uns – wenn wir nicht sehr vorsichtig sind – in die schlimmsten Irrtümer des finsteren Mittelalters zurückfallen läßt.

Es ergibt sich natürlich die Frage, wie wahr oder lügenhaft die verschiedenen Gerüchte waren, die eine so ungeheuerliche Wirkung hatten. Die schlimmsten waren Lügen, daran kann kaum ein Zweifel bestehen – und was den Rest betrifft, so darf man andeuten, daß die Anspielung des jungen Lehrers auf Xanthias Phokeus nicht weit am Ziel vorbeiging. Mrs. Horbury war seit einigen Jahren tot, und man muß befürchten, daß es Episoden zwischen dem Vizerektor und Nelly Foran gegeben hat, welche die öffentliche Meinung verurteilt hätte. Schwierig wäre es sicher, die ganze Geschichte zu erzählen, aber der Rachefuror des Mädchens läßt einen vermuten, daß sie den Gepeinigten nicht nur für das

Ambrose Angetane, sondern auch für einen ihr selbst zugefügten tiefen Schmerz bezahlen ließ.

Doch ehe alle diese Dinge an ihr Ende kamen, mußte Ambrose Meyrick in Wundern und Verzückungen leben, sich in viele Mysterien einweihen lassen und die Bedeutung jener Stimme entdecken, die in ihm zu sprechen schien und ihn anklagte, daß er als Unwürdiger in das Geheimnis eindringen wollte, das verborgen ist vor den Seligen Engeln.

III. TEIL

I

Eines von Ambrose Meyricks Lieblingsbüchern war ein Kursbuch der Eisenbahn. Viele Stunden verbrachte er beim Studium dieser komplizierten Seiten voller Zahlen, notierte sich auf einem Zettel Ankunfts- und Abfahrtszeiten und folgte den Windungen und Kreuzungen bestimmter Linien auf der Landkarte. Auf diese Weise war er endlich auf die beste und rascheste Reiseroute in sein Heimatland gekommen, das er seit fünf Jahren nicht mehr gesehen hatte. Sein Vater war gestorben, als er zehn war.

Nachdem er seine Route gefunden hatte, kam er mit dem Sieben-Uhr-dreißig-Zug nach Birmingham um neun Uhr fünfunddreißig ebendort an; der Zehn-Uhr-zwanzig-Zug in den Westen war eine hervorragende Verbindung, und noch vor ein Uhr würde er die große Gipfelwölbung von Mynydd Mawr sehen. Die Regungen seiner Phantasie führten ihn oft auf eine Brücke, die etwa eine Meile außerhalb von Lupton die Bahnlinie querte. Nach Osten und Westen liefen die Geleise in gerader Linie und schienen der Weisheit Euklids spotten zu wollen. Er wandte sich vom Osten ab und blickte nach Westen, und wenn ein roter Zug in dieser Richtung vorbeifuhr, lehnte er sich über die Brüstung und sah hinterher, bis der letzte dahinsausende Wagen in der Ferne verschwunden war. Er stellte sich vor, er säße in diesem Zug, und dachte an die Freude, die er empfinden würde, die Lust bei jeder Umdrehung der Räder, jedem Pfiff der Lokomotive, wenn mit der raschen rhythmischen Geschwindigkeit seine Flucht weg von der fürchterlichen Schule und dem fürchterlichen Ort stattfände.

Ein Jahr um das andere ging vorbei, und er hatte das alte Land seiner Väter noch immer nicht wiedergesehen. Er blieb während der Schulferien allein in dem großen leeren Haus, unter Aufsicht des Personals – einen Sommer ausgenommen, als Mr. Horbury ihn zu einer Base schickte, die in Yarmouth wohnte.

In das zweite Jahr nach dem Tod seines Vaters fiel ein Sommer entsetzlicher Hitze. Tag um Tag war der Himmel ein glastendes Feuer, und in diesen verhaßten Midlands, fern vom Atem der See und vom Gebirgswind, wurde die Erde in Glut gebacken und sprang rissig auf und stank zum Himmel. Ein bräunlicher Rauch stieg mit dem schwachen, Übelkeit erregenden Geruch einer Ziegelbrennerei vom Boden auf, und die Hecken sanken in Hitze und Staub ohnmächtig zusammen. Ambroses Körper und seine Seele dürsteten voll Verlangen nach den Hügeln und Hainen; sein Herz schrie in ihm nach den Wasserteichen im Schatten des Waldes, und in den Ohren klang ihm ständig das Rinnen, das Tropfen und Plätschern des kalten Wassers aus den grauen Felsen am großen Bergeshang. Und er sah vor sich das schreckliche Land, das Gott zweifellos für die Industriellen erschaffen hat, um sie vorzubereiten auf ihren ewigen Wohnsitz, er sah, wie seine müden Bodenwellen unter dem gleißenden Himmel brannten, wie die Fabrikschornsteine von Lupton ihren stickigen Qualm spieen, sah die schäbigen ziegelroten Häuserzeilen, wo jedes kleine Höllengäßchen seinen eigenen Gestank hatte, die langweilige Landstraße, die im eigenen Staub erstickte. Als Fluß gab es den Wand, der wie schwarzes Öl zwischen schwarzen Ufern dahinglitt; hier dampfte er, wo kochende Gifte aus der Fabrikmauer herausgekotzt wurden, dort glitzerte er vom regenbogenfarbenen Schaum, den die Trutzburg irgendeines anderen Schuftes erbrach. Und an Stelle der Waldteiche konnte er die dunkelgrüne Flüssigkeit in den Tanks der Schwefelsäurefabrik betrachten, die unweit von der Stadt lag. Lupton war im Aufstieg begriffen.

Sein Körper war geschwächt von der brennenden Hitze und von der abstoßenden Unreinheit in allem, was ihn umgab, und seine Seele war krank vor Einsamkeit, Freundlosigkeit und unaussprechlicher Sehnsucht. Er hatte sich schon das Kursbuch erobert und die Brücke über die Eisenbahnlinie entdeckt, und nun lehnte er Tag um Tag über der Brüstung und schaute, wie die brennenden Geleise gen Westen verschwanden, hinein in den heißen, dichten Dunst, der über dem ganzen Land hing. Und die Züge fuhren fort, hin in Richtung seines Sehnsuchtsortes, und er fragte sich, ob er die innig geliebte Landschaft je wieder sehen würde, die Nachtigall im stillen weißen Morgen im Ring der grünen Hügel hören. Die Erinnerung an seinen Vater, an die alten Glückstage, an das graue Haus in dem schweigsamen Tal schwoll in seinem Herzen auf, und er weinte bittere Tränen, so vollkommen verlassen und elend schien ihm sein Leben.

Es geschah gegen Ende dieses furchtbaren Augusts, daß er eine Nacht lang all die klingenden Stundenschläge hörte, während er sich unruhig hin und her warf, um erst kurz vor dem Wecken in ein fieberndes Dösen zu versinken. Er erwachte aus häßlichen, bedrückenden Träumen zu völligem Elend; wie ein alter Mann kroch er nach unten und ließ dann sein Frühstück unberührt, denn essen konnte er nichts. Die Flamme der Sonne schien in sein Hirn hineinzusengen, der heiße Dunst der Luft würgte ihn. All seine Gliedmaßen schmerzten. Von Kopf bis Fuß war er ein einziges Leiden. Er kämpfte sich aus dem Haus und stolperte die Straße entlang zur Brücke, wo er mit stumpfem, hoffnungslosem Blick den Weg des Sehnens entlangschaute, in den lastenden Dunst der Ferne. Und dann schlug sein Herz rasch, und er schrie vor erstauntem Entzücken auf – denn im schimmernden Glanz der wallenden Luft sah er wie in einem Spiegel die weite grüne Wand des Großen Berges sich erheben: nicht in weiter Ferne, sondern wie ganz nahebei. Nein, er stand sogar auf seinem Hang; seine Füße traten in das würzig duftende Farnkraut; das Haseldickicht raschelte unter ihm im kräftigen Wind, und das leuchtende Wasser ergoß sich kalt aus dem Felsgestein. Er hörte den Silberruf der Lerche, schrill, hoch und fröhlich im Sonnenlicht. Er sah die gelben Blüten, vom Windzug an der Eingangstür des weißen Hauses hin- und hergeweht. Es war, als drehte er sich in dieser Vision um und das liebe, so oft erinnerte Land erschiene in seiner großen friedlichen Schönheit – Wiesen und Kornfeld, Hügel und Tal und tiefer Wald, zwischen den Bergen und der fernen See. Er sog einen langen Atemzug der belebenden, herrlichen Luft ein, und er wußte, daß das Leben in ihn zurückgekehrt war. Und dann sah er wieder hinab auf die glitzernde Eisenbahnlinie im Dunst, aber Kraft und Hoffnung waren an die Stelle der tödlichen Schwäche getreten, die ihn noch vor einem Moment regiert hatte, und Licht und Heiterkeit traten wieder in seinen Blick.

Die Vision war ihm ohne Zweifel in der Stunde seiner drängenden, schmerzlichen Not zuteil geworden. Sie kehrte nicht wieder; er sah die wundervolle Höhe von Mynydd Mawr nicht noch einmal sich aus dem Dunst erheben. Doch von jenem Tag an wurde die Wegstation an der Brücke täglich geheiligt. Es war dies sein Ort der Erfrischung und Hoffnung in vielen Jahreszeiten ermüdender Bosheit. Von diesem Punkt aus konnte er der Stunde der Befreiung und Rückkehr entgegensehen, die endlich kommen mußte. Hier konnte er dessen eingedenk sein, daß die Fesseln des Fleisches auf wundersame Art gesprengt worden waren; daß er Befreiung gefunden hatte vom Rachen der Hölle und des Todes.

Glücklicherweise kamen nur wenig Leute diesen Weg gegangen. Es war nur eine unbedeutende Straße, die zu ein paar Bauernhöfen in der Nachbarschaft führte, und nun an dem Sonntagnachmittag im November, als der Rektor gepredigt hatte und das Mittagessen verzehrt war, verfügte er sich auf seinen Turm, frei, wenigstens ein paar Stunden lang alleine zu sein.

Da stand er, an die Mauer gelehnt, das Gesicht wie stets gen Westen gewandt, und es überwältigte ihn wie eine große Flut der Ekstase. Er sank hinab, tiefer, immer tiefer, in die verborgenen und wundervollen Bezirke des Entzückens. In seiner Heimatlandschaft gab es Geschichten von dem magischen Volk, dessen Angehörige über und über glänzend aus den Teichen in einsamen Wäldern aufsteigen, um mehr als irdisches Glück denen zu schenken, die sie lieben; jenem Volk, das die Geheimnisse des Landes kannte, wo die Flamme die gröbste materielle Substanz war – eines Landes, dessen Einwohner in zitternden, bebenden Farben wohnen oder in den Tönen einer wunderbaren Melodie. Und im Dunkel der Nacht hatten sich alle Legenden erfüllt.

Es war eine seltsame Sache, aber Ambrose Meyrick, der doch ein fünfzehnjähriger Junge an einer Public School war, hatte all seine Tage in hingerissener Unschuld verlebt. Es ist möglich, daß an einer Schule – wie anderswo auch – das Wissen (um angenehme wie unangenehme Dinge) nur an die herantritt, die es suchen. Oder man kann auch gewiß sagen, daß es manche gibt, die unter dem Schutz von Verzauberungen wohnen und in die schwarze Tiefe hinabsteigen können und die doch leuchtend wieder zum Vorschein kommen, ohne Makel, ohne einen Fleck Pech an ihren weißen Gewändern. Denn sie haben Ohren, die so konzentriert bestimmten unsterblichen Gesängen lauschen, daß sie keine mißtönenden Stimmen hören können; ihre Augen sind von einem Licht verhüllt, das den Anblick des Bösen ausschließt. Es spielen Flammen um ihre Füße, die das düstere Feuer des Abgrunds verlöschen lassen.

Es läßt sich vermuten, daß all die frühen Jahre hindurch Ambroses Vater das Herz seines Sohnes bezaubert und ihn herausgezogen hatte aus dem Höllental dieses Lebens, in das er geraten war – wie man ein Tier herauszieht, das in eine furchtbare tiefe Grube gestürzt ist. Verschieden sind die hier empfohlenen Methoden. Es gibt den Weg der sogenannten moralischen Unterweisung, den Weg der Physiologie und den Weg des meisterlichen Schweigens, doch Mr. Meyrick ging den seltsamen Weg der Beschwörung. Er hatte auf bestimmte Weise den Jungen weggelenkt vom argen Getriebe des Tales, dem Gestank des Getümmels, den Schlägen, der finsteren Geilheit, von dem häßlichen Kampf im giftigen Rauch, von all der erstaunlichen und ekelerregenden Torheit, welche praktisch veranlagte Menschen das Leben nennen, und er hatte ihn jener endlosen Prozession eingeordnet, die immer und ewig ihre Litaneien in den Bergen singt und auf ihrer großen Fahrt von Höhe zu Höhe geht. Ambroses Seele war in den duftenden Dickichten der Wälder festgehangen; sie hatte sich im reinen Wasser heiliger Brunnen gebadet und hatte vor den Altären der alten Heiligen gekniet, bis die ganze Erde ein einziges Sanktuarium geworden war, das ganze Leben ein Ritus und eine Zeremonie mit dem Ziel, die mystische Heiligung zu erreichen – des Graals teilhaftig zu werden. Dazu – wozu sonst? – waren alle Dinge geschaffen. Davon sang der Vogel im Strauch, der an dämmerigen Abenden ein paar schwache, klagende Töne piepte, als sei sein winziges Herz traurig, daß er nichts Besseres als solch klägliches Loblied hervorzubringen wußte. Dies feierte ebenso die Ehrfurcht des weißen Morgens auf den Hügeln, das Atemholen der Wälder in der Dämmerung. Dies stellte sich in der roten Zeremonie des Sonnenunterganges dar, wenn Flammen über der Wölbung des großen Berges glühten und Rosen auf den weiten Ebenen des Himmels blühten. Dies war das Geheimnis der dunklen Stellen im Herzen der Wälder. Dies das Mysterium des Sonnenlichts auf dem Berg – und jeder kleinen Blume, jedem zarten Farnkraut und jeder Binse und jedem Schilfrohr war die verborgene Verkündigung dieses Sakramentes anvertraut. Zu diesem Zweck waren den Menschen endgültige und vollkommene Riten gegeben worden, daß sie sie ausüben sollten, und diese Riten waren all die Künste, all der weithin aufragende Glanz der großen Kathedrale, all die reich behauenen Steine und alle strahlenden Farben, alle magischen Töne von Wörtern und Klängen – all diese Dinge waren Zeugen, die übereinkamen in dem einen Opfer, im hohen Gottesdienst des Graals.

Diesem diente auch – zusammen mit den Gesängen und brennenden Fackeln und gefärbten Gewändern und dem Dunst des zerstoßenen Weihrauchs – der Weihrauch des zerstoßenen Herzens, die magischen Fackeln der vor der Welt verborgenen Tugend, die roten Feiertagsgewänder der gemarterten Seelen, die Gesänge des Triumphs und des Sieges, die jene anstimmten, die von den Profanen in den Staub getreten worden waren; heilige Brunnen und Wasserbehälter waren Quellen der Tränen. So mußte die Messe in Corarbennic gefeiert werden, wenn Cadwaladr zurückkehrte, wenn Teilo Agyos wieder die Glänzende Schale hob.

Vielleicht war es nicht verwunderlich, daß ein Junge, der solchen Zaubersprüchen gelauscht hatte, sich nicht um die törichten Bosheiten um ihn her bekümmerte, um die Unanständigkeiten dummer Kinder, die aus Mangel an Witz »die Lilien in den Misthaufen traten«. Er hörte ihren häßlichen Torheiten gar nicht zu; er hörte nichts, begriff nichts, machte sich so wenig daraus wie aus ihrem endlosen Geschwatze von »Bächen« und »Klüften« und »Bein-Treffern« und »Abseitsschüssen«. Und wenn ein ungehöriger Ausdruck zufällig an sein Ohr drang, hatte er nicht mehr Bedeutung oder Wirkung als irgendeine beliebige Wendung aus dem stupiden Schuljungenjargon, der sich Tag um Tag fortwälzte und sich vermischte mit dem anderen Jargon vom Optativ und dem *participium perfecti*, der *oratio obliqua* und den Verba auf -mi. Ihm war dies alles ein einziges Nichts, und nicht im Traum wäre es ihm eingefallen, etwas davon mit den geheimen Vorgängen des Lebens in Verbindung zu bringen, so wie er das Leben verstand.

So kam es, daß für ihn alles, was wunderschön und wunderbar war, einen Teil des Heiligen ausmachte; alle Herrlichkeit des Lebens diente dem Dienste am Heiligtum, und wenn man eine schöne Blume sah, sollte man sie vor den Altar streuen, ebenso wie die Biene heilig war, weil durch ihr Wachs die uns geschenkten Gaben erleuchtet werden. Wo Freude und Entzücken und Schönheit herrschten, so erkannte er an sicheren Zeichen, da fanden sich die Bestandteile des Mysteriums, der herrliche Schmuck der himmlischen Gewänder. Wenn jemand zu ihm gesagt hätte, das Lied der Nachtigall sei etwas Unreines, hätte er ihn bestürzt angestarrt wie einen, der Blasphemien über das Sanctus ausspricht. Ihm waren die roten Rosen so heilig wie die Kleider der Märtyrer. Die weißen Lilien waren reine, leuchtende Tugenden; die Bildwelt des

Hohen Lieds war unmißverständlich und vollkommen und unangreifbar, denn in seiner Welt gab es nichts Gewöhnliches oder Unreines. Und sogar ihm selbst war das große Geschenk freigiebig zugeteilt worden.

So stand er da, versunken in seine Meditationen und seine Verzückung, auf der Brücke über die Midlandlinie von Lupton nach Birmingham. Hinter ihm lagen die Greuel Luptons: die Schornsteine, die ihren schwarzen Qualm zu Ehren des Sonntags nur schwach ausspieen, die roten Zeilen der Arbeiterstraßen, die in die häßlichen Felder hinausmarschierten, die rauchenden Brennöfen der Töpfereien, die häßlich ragende Schuhfabrik. Und vor ihm erstreckte sich die unsägliche Landschaft der östlichen Midlands, die geschaffen scheint als Aufenthaltsort der englischen Protestanten – stumpfsinnig, monoton, schmutzig, wo selbst die Hecken glattrasiert und verschnitten sind, die Bäume wie Reihen von kurzgeschorenen Puritanerschädeln aussehen, die Bauernhäuser langweilig sind wie Vorortvillen. Auf einem Feld nahebei hatte vor kurzem ein Farmer mit wissenschaftlichen Neigungen eine angenehme Mixtur aus Kalziumsuperphosphat, salpetersaurem Natron und Knochenmehl ausgestreut. Der Gestank war wie der einer Chemiefabrik oder eines alten Texelkäses. Ein anderes Feld wurde gerade in eine Obstplantage umgewandelt. Reihen grimmiger junger Apfelbäumchen waren in streng mathematischen Abständen voneinander eingepflanzt, und dazwischen waren Löcher wie schauerliche kleine Gräber ausgehoben worden, für Stachelbeersträucher. Zwischen diesen Reihen wiederum hoffte der Bauer auf eine Kartoffelernte, so daß die Erde gründlich umgegraben worden war. Die Gräben sahen schlammig und unangenehm aus. Rechts konnte Ambrose sehen, was für Fortschritte die Operation an einem sich windenden Bach machte. Der hatte sich bisher aufs nutzloseste und absurdeste hin- und hergeschlängelt, und an jedem Ufer war ein verschlungenes Dickicht aus Bäumen, Büschen und wuchernden Wasserpflanzen entstanden. Im Sommer gab es dort wunderbare rote Rosen. Dies wurde nun alles in

Ordnung gebracht. Zunächst hatte man den Bach in ein schnurgerade eingekerbtes Bett gelenkt, mit kahlen, öden Ufern, und dann wurden nach und nach die Rosensträucher, die Erlen, die Weiden und der Rest mitsamt den Wurzeln herausgehackt, so daß man eine Menge wertvolles Land bekam. Die alte Scheune, die man früher zur Linken der Eisenbahnlinie gesehen hatte, war schon vor über einem Jahr abgerissen worden. Sie war wohl aus dem siebzehnten Jahrhundert gewesen. Der Dachfirst war in gemütlichen Wellenlinien eingesunken, die roten Ziegel glühten von den Farben der Sonne, und die Fachwerkmauern waren in ihrem Verfall nicht ohne Anmut dagestanden. Es war eine baufällige alte Scheuer gewesen, und an ihrer Stelle stand nun ein säuberliches Gebäude mit einem Wellblechdach.

Hinter allem lag die graue Gefängnismauer des Horizonts – doch Ambrose betrachtete sie nicht mehr mit trübem, hoffnungslosem Blick wie einst. Er hatte unter seinen Büchern ein Brevier, und er dachte an die Worte: *Anima mea erepta est sicut passer de laqueo venantium*, und er wußte, daß zur guten Zeit sein Leib auch entkommen würde. Das Exil würde schließlich enden.

Er erinnerte sich an eine alte Geschichte, die ihm sein Vater gerne erzählte – die Geschichte von Eos Amherawdur (dem Kaiser Nachtigall). Vor langer, langer Zeit – so begann die Geschichte – hielt den größten und schönsten Hofstaat in allen Elfenreichen der Kaiser Eos, der über all den Königen der Tylwydd Têg stand, wie der Kaiser von Rom über all den Königen der Erde. So daß selbst Gwyn ap Nudd, den man nun den Herrn des ganzen Elfenvolkes der Britischen Insel nennt, nur der Dienstmann des Eos war, und keine Pracht wie die seine je in allen Regionen des Zaubers und des Feenglanzes gesehen ward. Eos hatte seine Hofhaltung in einem großen Wald, Wentwood genannt, in den tiefsten Tiefen des grünen Haines zwischen Caerwent und Caermaen, das auch die Stadt der Legionen genannt wird, obwohl andere sagen, wir sollten es besser die Stadt der Wasserfluten nennen. Hier also stand der Palast des Eos, erbaut aus den schönsten Steinen nach römischer Art, und darinnen waren die herrlichsten Räumlichkeiten, die je ein Auge gesehen hat, und ihre Zahl war ohne Ende, denn sie ließen sich nicht zählen. Denn da die Steine des Palastes unsterblich waren, folgten sie dem Belieben des Kaisers. Hätte er es gewollt, so hätten alle Armeen der Welt in seiner größten Halle stehen können, und hätte er es gewollt, so wäre nicht einmal eine Ameise in den Palast eingedrungen, denn dieser wäre gar nicht zu bemerken gewesen. Doch an gewöhnlichen Tagen bereitete man die Tafel des Kaisers in neun großen Hallen, jede davon neunmal so groß wie irgendeine in den Ländern der Männer aus Normandi. Und Herr Krah war der Seneschall, der das Festmahl befehligte, und wollte man die alle zählen, die unter seinem Befehl standen – gehet hin und zählt die Wassertropfen im Usk! Doch wollt ihr die Pracht dieses Schlosses erfahren, das ist ganz leicht, denn Eos behängte seine Wände mit der Morgendämmerung und dem Sonnenuntergang. Er erleuchtete es mit der Sonne und dem Mond. Ein Brunnen war darin, der hieß Ozean. Und neun Kirchen aus verflochtenen Zweigen waren Eos vorbehalten, daß er dort die Messe hören mochte; und wenn sein Chor dort vor ihm sang, hoben sich alle Edelsteine leuchtend aus der Erde, und alle Sterne neigten sich leuchtend vom Himmel herab, so zauberisch war die Melodie. Dann herrschte große Freude an allen Orten des Elfenreiches. Doch Eos war traurig, weil sterbliche Ohren den Zauber dieses Gesangs nicht hören und nicht begreifen konnten. Was also tat er? Nichts Geringeres als dies: Er entledigte sich all seiner Pracht und seines ganzen Reiches und verwandelte sich in die Gestalt eines kleinen braunen Vogels, und er flog durch den Wald und wollte die Menschen die Süße der Elfenmelodie lehren. Und all die anderen Vögel sagten: »Das ist ein erbärmlicher Fremdling.« Der Adler erachtete ihn nicht einmal würdig, seine Beute zu sein; der Rabe und die Elster nannten ihn ein Närrchen; der Fasan fragte, wo er sein häßliches Kleid her habe; die Lerche verwunderte sich, daß er sich im Dunkel der

Wälder verborgen hielt; der Pfau wollte nicht einmal seinen Namen genannt wissen. Kurz, niemals ward irgend jemand so sehr vom ganzen Chor der Vögel verachtet. Doch weise Männer hörten den Gesang aus den Elfenregionen und lauschten die ganze Nacht unter dem Ast, und sie waren es, die zuerst Barden wurden auf der Insel Britannien.

Ambrose hatte den Sang aus den Elfenregionen gehört. Er hatte ihn im raschen Flüstern an seinem Ohr vernommen, in Seufzern an seiner Brust, im Atem von Küssen auf seinen Lippen. Nie zählte er zu Eos' Verächtern.

II

Mr. Horbury hatte ein paar Tage lang nach der Züchtigung seines Neffen ein, zwei leise Gewissensbisse empfunden. Nur leichte Regungen waren es, denn schließlich handelte es sich um einen Fall von krassem und wiederholtem Ungehorsam gegen die Vorschriften, erschwert durch Verlogenheit. Der Vizerektor war ganz aufrichtig, wenn er es als unmöglich von sich wies, daß irgendein Junge tatsächlich ein Interesse an normannischen Bögen haben könnte, und – wie er sich durchaus zu Recht sagte – wenn jeder Schüler in Lupton kommen und gehen könnte, wie es ihm beliebte, und sich aussuchen dürfte, welchen Vorschriften er folgen wollte und welchen nicht: ja, dann wäre die Schule bald in einem schönen Zustand! Immerhin, es drang ein ganz schwaches und undeutliches Wispern an sein inneres Ohr, das anzudeuten schien, Meyrick habe zu seiner eigenen angemessenen Tracht Prügel hinzu auch die Hiebe abbekommen, die dem Rektor, seinem Koch und seinem Weinhändler zustanden. Und Horbury tat das einigermaßen leid, denn er wünschte, gerecht zu sein, so jedenfalls, wie es seinem Begriff von Gerechtigkeit entsprach – falls in der Tat Gerechtigkeit nicht übermäßig unbequem sein sollte.

Doch diese winzigen Skrupel schwanden rasch – verwandelten sich tatsächlich in große Zufriedenheit angesichts der offensichtlichen Besserung, die sich in Meyricks ganzem Verhalten und Betragen zeigte. Er tat nicht länger sein Bestes, um sich vor dem Rocker zu drücken. Er spielte mit und spielte gut und mit Hingabe. Der Junge hatte offenbar doch einen guten Kern – es hatte nur eine strenge Lektion gebraucht, und jetzt war klar, daß der einstige müßige Faulpelz auf dem besten Weg war, der Schule Ehre zu machen. Und auf einem der geheimen Wege, die Klassenlehrern und nur diesen bekannt sind, trat ein einigermaßen klares Bild von der Ursache für Rawsons blaue Augen und Pellys entstellte Nase vor Horburys Blick, und dieses Bild mißfiel ihm durchaus nicht. Die beiden Jungen hatten offensichtlich ihre Abstrafung herausgefordert und hatten sie bekommen. Geschah ihnen recht. Natürlich, wenn Nachricht von dem Gefluche auf offiziellem Wege anstatt durch jene unterirdischen, magischen Kanäle zu ihm gedrungen wäre, hätte er Meyrick ein zweites Mal züchtigen müssen, da nach den Konventionen der Public School ein Fluch ein sehr schweres Vergehen ist – so schlimm wie Rauchen, oder noch schlimmer; doch da er keineswegs dumm war, ließ er es gut sein. Und dann waren die schulischen Leistungen des Knaben so überaus befriedigend. Er war schon immer gut gewesen, aber nun wurde er erstaunlich gut. Seine letzte griechische Prosa zeigte, daß er wirklich in die Sprache eingedrungen war. Der Vizerektor war hoch zufrieden. Seine strenge Ermahnung hatte exzellente Ergebnisse gezeugt, und er sah den Tag voraus, da er stolz sein würde, einen so bemerkenswerten Kenner der alten Sprachen einst unterrichtet zu haben.

Bei den Jungen war Ambrose nachgerade allgemein höchst beliebt. Er lernte nicht nur Rocker zu spielen, er zeigte Pelly, wie jener Schlag unters Ohr am besten abzuwehren gewesen wäre. Alle sagten, er sei ein guter Kerl, doch konnten sie sich nicht erklären, weshalb er manchmal ohne erkennbaren Grund in lautes Gelächter ausbrach. Aber er sagte, da wäre mit seinen inneren Organen irgendwas nicht ganz richtig (die Ärzte wüßten auch nicht Bescheid), und das klang recht interessant.

Im späteren Leben schaute er oft auf diese Zeit zurück, da Lupton allem Anschein nach »einen Mann aus ihm machte«, und verwunderte sich der Seltsamkeit dieses Lebensabschnitts. Für die Jungen wie für die Lehrer war er ein absolut normaler Schüler, beschäftigt mit denselben Interessen wie die anderen. An seinem Äußeren war gewiß etwas irgendwie Eigenartiges, aber, wie es allgemein großzügigerweise hieß, für sein Aussehen kann ja keiner etwas – und abgesehen von dem seltsamen Funkeln in seinen Augen schien er ein ebenso aufrechter Luptonianer wie nur einer unter den sechshundert. Alle dachten, er hätte sich rückhaltlos eingereiht, er nähme das Ethos der Schule bewundernswürdig in sich auf und ordnete seine Individualität, seine Meinungen, seine Gewohnheiten ganz dem Tenor der Gemeinschaft unter – als tue er, sozusagen, den profanen Schmutz seines eigenen Geistes ab, um die Bewußtseinstracht der Brüderschaft anzulegen. Dies ist natürlich eines der Ziele – oder besser: *das* große Ziel – des Systems: die Verwandlung ganz verschiedener Charaktere in eine gemeinsame Prägung, so daß jede große Public School ihren eigenen Typus hat, den man im Erwachsenen noch lange Jahre nach seiner Schulzeit sofort erkennt. So identifiziert man in fernen Ländern, in Indien und Ägypten, in Kanada und Neuseeland, gleich die patente Alertheit des Etonianers, die exquisite Höflichkeit des Absolventen von Harrow, die profunde Ernsthaftigkeit des Zöglings von Rugby – während die eigene Note Luptons vielleicht als Entschiedenheit bezeichnet werden darf. Der alte Luptonianer käme ebensowenig auf den Gedanken, eine Frage zu erörtern, wie der Heilige Vater, und seine Unterhaltung besteht aus einer Abfolge unreformierbarer Dogmen. Der frivole Mensch, der irgendeinen seiner Glaubensartikel in Zweifel zieht, steht sogleich als übler Windhund da, als gesellschaftlich unmöglich.

So erzählt man von zwei Herren, die sich zum ersten Mal bei einer gewissen Wochenendeinladung auf dem Lande begegneten und sich abends bei Whisky-Soda und Zigarren prächtig verstanden. Beide hatten identische Ansichten von gleicher Rabiatheit über irgendein bedeutendes Thema – die irischen Unabhängigkeitsbestrebungen oder das Transvaal oder den Freihandel –, und wenn derjenige von den beiden, der mit größerem Nachdruck dröhnte, erklärte, der Galgen sei zu gut für X (hier fiel der Name eines bekannten Staatsmannes), dann erwiderte der andere: »Ganz meine Meinung, der Galgen *ist* zu gut für X.«

»Den sollte man bei lebendigem Leib verbrennen«, sagte der eine.

»So ist es, auf den Scheiterhaufen sollte man den bringen«, antwortete der andere.

»Sehen Sie sich doch an, wie er Y behandelt hat! Ein Feigling und ein verfluchter Schuft!«

»Vollkommen richtig. Ein verdammter, verfluchter Schuft!«

Das war alles vortrefflich, und jeder sah im anderen einen angenehmen Gesellschafter. Unglücklicherweise schwenkte die Unterhaltung aufgrund irgendeiner Laune von den Missetaten Xens ab und wandte sich Kochkünsten zu – vielleicht auf dem Umweg über Irish Stew, als einer Metapher für die katastrophale und ungerechte Politik des großen Staatsmannes im Hinblick auf Irland. Und wie es sich traf, herrschte in Fragen der Küche nicht dieselbe Übereinstimmung wie in der Beurteilung von X. Der herrisch Dröhnende sagte:

»Gibt keine Küche wie die englische. Keine andere Rasse auf der Welt kann kochen wie wir. Schauen Sie sich die französische Kocherei an – ein einziger öliger schmieriger Dreck.«

Und nun sagte der andere, anstatt knapp und bestimmt beizupflichten: »Öfters in Frankreich gewesen? Dort mal gewohnt?«

»Nie den Fuß in dieses alberne Land gesetzt! Mag es nicht, wie die leben, und habe nicht vor, mich von Schnecken und Fröschen in Öl zu ernähren.«

Der andere fing nun an, von den einfachen, aber vorzüglichen Mahlzeiten zu erzählen, die ihm in Frankreich geschmeckt hatten – dem würzigen *croute-au-pot*, dem *bouilli* – ein gutes Gericht mit ein, zwei eingelegten Gurken dabei; samtene *épinards au jus*, ein gebratener Fasan, ein Salat, etwas Roquefort und ein paar Trauben. Aber er war kaum bei der Suppe angelangt, als der Herrische sich mit einem Ruck auf seinem Stuhl herumdrehte und ihm den Anblick seiner strammen muskulösen Figur von hinten bot. Er sagte kein Wort – er nahm einfach eine Zeitung zur Hand und rauchte weiter. Die anderen Herren standen verblüfft dabei; der Liebhaber der französischen Küche schaute irritiert drein. Der Gastgeber aber (ein scharfäugiger alter Mann mit weißem Schnurrbart) wandte sich zu dem Feind der Frösche, der Schnecken und des Öls und sagte schlicht: »Mulock, ich wußte ja gar nicht, daß Sie in Lupton waren.«

Mulock blickte starr. Die anderen hielten einen Augenblick den Atem an, als ihnen das Wunderbare an der Situation ganz zum Bewußtsein kam, und dann kreischte ein wildes Gelächter aus allen Kehlen. Schreiende, brüllende Heiterkeit durchhallte den Raum. Ihr Entzücken war unerschöpflich. Es erstarb einen Moment aus Mangel an Atemluft und brach dann um so lauter und ungebärdiger wieder hervor, bis der alte Sir Henry Rawnsley, der klein und dick war, nur noch keuchen und schnaufen und einen Laut hervorkrähen konnte, der irgendwo zwischen einem Kichern und einem Seufzer lag. Mulock verließ sofort das Zimmer, und das Haus am nächsten Morgen. Er brachte den Gastgebern gegenüber irgendeine Entschuldigung vor, doch neugierigen Freunden teilte er mit, daß er persönlich nichts mit impertinenten Lümmeln zu schaffen haben wollte.

Diese Geschichte, wahr oder erfunden, illustriert die allgemein verbreitete Auffassung vom Typ des Luptonianers.

»Wir versuchen, den Jungen beizubringen, daß sie wissen, was sie wollen«, sprach der Rektor, und der Versuch scheint in den meisten Fällen geglückt zu sein. Und, wie Horbury in einem Artikel über die Public School und ihr System ausführte: man erwartete von jedem Jungen, daß er sich dem Prozeß unterwarf, daß er sich dem Tenor der Schule entsprechend formte und immer wieder umformte.

»Ich vergleiche unsere Arbeit gelegentlich mit der des Gießers«, betont er in dem fraglichen Artikel. »So wie das Metall als *rudis indigestaque moles* in die Gießerei kommt, eine bloß grobe und formlose Masse, ohne die leiseste Andeutung der Form, die es schließlich annehmen muß, so kommt ein Junge auf eine große Public School und hat wenig oder nichts von dem jungen Mann an sich, der acht oder neun Jahre später der lieben alten Schule Lebewohl sagen wird, mit zusammengebissenen Zähnen, um dem Schmerz dieses letzten Abschiedes nicht zu erliegen. Nein, ich glaube doch, unsere Aufgabe ist die schwerere, denn das Metall, das in die Gießerei kommt, ist ja wohl schon von seinen Unreinheiten befreit worden – wir haben es eher mit dem Erz selbst zu tun: Mit einer Masse, die nicht nur formlos ist, sondern vieles enthält, was gar kein Metall ist, was ausgebrannt und als nutzloser Plunder fortgeworfen werden muß. So kommt also der Junge aus seinem Zuhause, von dem wertvolle Formeinflüsse ausgegangen sein mögen oder nicht; das oft, wie wir feststellen, dazu neigt, Individualismus und Selbstbewußtsein zu fördern; das in vielen Fällen in dem Knaben den Eindruck erweckt hat, daß er auf die Welt gekommen ist, um sein eigenes Leben zu leben und seine eigenen Gedanken zu denken. Das ist das Erz, das wir in den Ofen werfen. Wir glühen die Schlacke und den Plunder heraus, wir verflüssigen das störrische und widerstrebende Metall, bis es in die Form gegossen werden kann – und die Form ist die Lebensart, das Gefühl einer großen Gemeinschaft. Wir ermuntern keinerlei exzessive Individualität, wir machen es dem Jungen vollkommen klar, daß er nicht nach Lupton gekommen ist, um dort sein eigenes Leben zu leben, seine eigenen Gedanken zu denken, sondern um *unser* Leben zu führen, *unsere* Gedanken zu haben! Sehr oft ist dieser Prozeß, wie ich kaum zu erwähnen brauche, ein recht unangenehmer, doch früher oder später wird das störrischste Metall dem reinigenden, erneuernden, kräftigenden Feuer der Disziplin und öffentlichen Meinung nachgeben, und die formlose Masse nimmt die Form der großen Schule an. Neulich erst kam ein alter Schüler zu mir und gestand, daß er sein ganzes erstes Jahr in Lupton zutiefst unglücklich gewesen war. ›Ich war ein verträumter kleiner Dummkopf‹, sagte er. ›Mein Kopf steckte voller komischer Phantasien, und ich glaube, wäre ich nicht nach Lupton gekommen, wäre ich wohl einem totalen Schlendrian verfallen. Aber in diesem ersten Jahr haßte ich es furchtbar. Ich verabscheute Rocker – tatsächlich, so war es –, und ich dachte, die Jungs seien eine Horde von

Wilden. Und dann war ich wie in einer Art Nebel – sehen Sie, Sir, ich verlor mein altes Ich und hatte das neue noch nicht entwickelt, und ich begriff nicht, was da vor sich ging. Und dann, ganz plötzlich, war alles hell und klar. Ich sah den Zweck hinter allem – wie wir alle, Lehrer und Schüler, zum besten der lieben alten Schule zusammenarbeiteten, wie wir alle »jeder ein Glied des anderen« waren, wie der Rektor beim Gottesdienst sagte, und wie ich teil hatte an diesem großen Werk, auch wenn ich nur ein kleiner Junge in der Dritten war. Es war wie ein aufblitzendes Licht – in einem Augenblick war ich ein armer kleiner Kerl, um den sich niemand kümmerte und der allen gleichgültig war, und im nächsten Moment sah ich, daß ich auf eine Art so wichtig war wie der Rektor selber – ich war Teil vom Erfolg oder Mißerfolg des Ganzen. Wissen Sie, was ich da tat, Sir? Ich hatte ein Buch, das mir viel bedeutete – *Gedichte und Erzählungen* von Edgar Allan Poe. Es war von meiner armen Schwester; sie war ein Jahr zuvor gestorben, schon mit siebzehn, und sie hatte meinen Namen hineingeschrieben, als sie starb – sie wußte, wie gerne ich darin las. Es war genau das, was mir damals gefiel – morbide Phantasien, seltsame Gedichte, und ich las immer darin, wenn die anderen mich einmal in Ruhe ließen. Doch als ich erkannte, wie das Leben wirklich war, als mir die Bedeutung von allem aufging, wie ich es gerade gesagt habe, da nahm ich das Buch und zerriß es in Stücke, und es war, als würde ich mich selbst zerreißen. Aber ich wußte, daß es dem amerikanischen Burschen auch nicht gerade viel gebracht hatte, all das Zeug zu schreiben, und sah nicht ein, was es mir bringen sollte, es zu lesen. Ich konnte nicht sehen, wie das mit den Plänen des Rektors zusammenstimmen sollte oder dem Geist der Schule, es war klar, daß ich beim Rocker nicht besser spielen würde, weil ich über »Den Fall des Hauses Usher« Bescheid wußte, oder wie es heißt. Ich wußte, meine arme Schwester würde das verstehen, also zerriß ich's, und ich bin immer den geraden Weg gegangen – dank Lupton.‹ Wie ein läuterndes Feuer! Ich erinnerte mich des verträumten, geistesabwesenden Knaben von vor fünfzehn Jahren; ich konnte kaum glauben, daß er nun vor mir stand – eifrig, wach, praktisch, jeden Moment seines Lebens bewußt lebend, eine Kraft, eine Macht auf der Welt, seiner erfolgreichen Leistungskraft gewiß.«

Solcherart waren die Einflüsse, denen Ambrose Meyrick unterworfen ward – und dies mit überragendem Erfolg, wie jeder glaubte, der ihn sah. Er galt als auffallendes Beispiel für die Effizienz des Systems – er hatte sich so lange gesträubt, hatte sich geweigert, dem »Tenor« zu entsprechen, hatte den Mühlsteinen, die ihn zu seinem eigenen besten zerreiben wollten, eine so widerspenstige Oberfläche entgegengesetzt, hatte seinen Widerwillen gegen die Schule und ihre Bewohner nur unvollkommen verborgen. Und plötzlich hatte er sich willig gefügt! Es war wunderbar. Es heißt, das Kollegium hätte das Ereignis lebhaft diskutiert; und Horbury, der gestand beziehungsweise prahlte, daß er sich scharfer Überredungsmittel bedient hatte, trug beträchtliche Ehren davon.

III

Vor einigen Jahren erregte ein kleines Buch mit dem Titel *Freistunden* eine gewisse Aufmerksamkeit in den halb pädagogischen, halb klerikalen Kreisen. Es war anonym veröffentlicht worden und trug das bescheidene Motto *Crambe bis cocta*, doch die Eingeweihten erkannten darin das Werk von Charles Palmer, der viele Jahre lang Lehrer in Lupton gewesen war. Zu seinen namentlich publizierten Werken gehören eine nützliche kleine Monographie über die Versakzente und eine exzellente Zusammenfassung der römischen Geschichte vom Ende der Republik bis auf Romulus Augustulus. In den *Freistunden* steht folgende amüsante Passage (wobei es nicht schwierig ist, zu erkennen, daß der erwähnte N. identisch ist mit Ambrose Meyrick):

»Der klügste Magister muß gelegentlich einsehen«, – beginnt dieser Abschnitt – »daß er lange Zeit einer Illusion aufgesessen ist, daß er hereingefallen ist auf eine stille, hartnäckige Listigkeit, die einem wirklich fast diabolisch erscheint, wenn sie bei einem englischen Schuljungen auftritt. Eine Menge Nonsens ist, glaube ich, über Jungen geschrieben worden von Leuten, die in Wirklichkeit sehr wenig von ihnen wissen – man hat ihnen ein höchst komplexes Innenleben zugeschrieben, mit Gefühlen, Sehnsüchten und Zartheiten nuancierter Empfindung, die ihrem Wesen völlig fremd sind. Ich glaube gerne an jene Streiche von Kiplings *Stalky & Co.*, die tote Katzen und dergleichen betreffen, doch muß ich gestehen, daß das dort erzählte Kapitel von der englischen Flagge mich kalt läßt (und skeptisch stimmt). Eine so sensible Wahrnehmung ist nicht Sache des Schuljungen – gewiß nicht des Schuljungen, wie ich ihn gekannt habe. Der ist seinem Wesen nach ein schlichtes Gemüt, dessen Gefühle unmittelbar an der Oberfläche zutage liegen – und seine geheimsten Pläne und Manöver erfordern kaum die Talente eines Sherlock Holmes, um sie zu entdecken und zunichte zu machen. Natürlich ist jede Menge Unsinn über den wunderbaren Erfolg unseres englischen Systems geredet worden, bei welchem die Jungen sich selbst überlassen bleiben, ohne die ewige Beaufsichtigung, die an französischen Schulen üblich ist. Tatsächlich befindet sich der englische Schüler unter ständiger Überwachung; wo in einer französischen Schule ein einziger armer Hilfslehrer eine ganze Horde von Jungen zu kontrollieren hat, ist an einer englischen Schule jeder Junge unter der unablässigen Kontrolle von Hunderten seiner Kameraden. In Wirklichkeit ist jeder dieser Jungen ein unbezahlter *pion*, ein Aufseher, dessen Wachsamkeit niemals nachläßt. Er ist sich dessen nicht bewußt; man muß kaum hervorheben, daß eine solche Idee ihm nicht im Traum einfiele. Er glaubt, zweifellos ganz zu Recht, daß er sich nur darum bemüht, die Ehre der Schule zu schützen, für die Aufrechterhaltung ihrer Traditionen zu sorgen und Drückebergern und Schlappschwänzen eine deutliche Lektion zu erteilen, so daß sie dem Institut, das ihm teuer ist, keine Schande machen. Damit hat er sicher absolut recht, nichtsdestoweniger tut er auf diese Weise unwissentlich und ausgezeichnet die Arbeit des Lehrers. Wenn man das bedenkt und dazu das System der Pflichtbeteiligung bei Sport und Spiel, das gewährleistet, daß jeder Junge zu einem bestimmten Zeitpunkt an einem bestimmten Ort sein wird, dann sieht man meiner Ansicht nach, daß die Rede von der bei uns fehlenden Beaufsichtigung eben nur eine Phrase ist und nichts weiter. Es gibt kein von Menschenhirnen ersonnenes Kontrollsystem, das der Aufsicht an Gründlichkeit und Präzision gleichkäme, unter welcher jeder einzelne Junge während seines ganzen Lebens an einer Public School steht.

Insofern ist man wirklich überrascht, wenn man trotz all dieser unbezahlten Hilfskräfte (der gesamten Schule nämlich) gründlich und vollständig hereingelegt wird. Ich kann mich nur an einen solchen Fall erinnern, und noch jetzt setzt mich die wirklich infernalische Kunstfertigkeit in Erstaunen, mit welcher der Junge, um den es ging, unter den Augen der Lehrer und sechshundert anderer Jungen ein Doppelleben führte. N., wie ich ihn nennen will, war nicht in dem von mir beaufsichtigten Haus, und ich kann kaum sagen, wie ich dazu kam, seine Laufbahn mit solchem Interesse zu verfolgen, doch war in der Tat etwas an ihm, was mich stark interessierte. Vielleicht war es sein Aussehen: Er war ein eigenartig ausschauender Junge – dunkelhaarig und auch mit ungewöhnlich dunklem Teint; verträumt und geistesabwesend, und in seinen ersten Jahren an der Schule ein ganz typischer Drückeberger. Solche Jungen sind natürlich an einer großen Schule zwar nicht gerade häufig, doch gibt es überall ein paar. Man weiß nie, ob diese Sorte einmal ein erfolgreiches Buch schreiben oder ein großes Bild malen oder vor die Hunde gehen wird – nach meinen Erfahrungen ist leider die letztgenannte Karriere die Übliche. Ich brauche kaum zu betonen, daß solche Jungen auf wenig Verständnis stoßen; dies ist nicht der Typus, den zu fördern die Public School da ist, und der Junge, der sich einem morbiden Narzißmus hingibt, wird bald recht drastisch darauf hingewiesen, daß er sich am falschen Ort befindet. Natürlich mag man damit ein Genie zerstören. Wäre dies jemals der Fall, so wäre es höchst bedauerlich; doch in allen Gemeinschaften muß die Minderheit im Interesse der Mehrheit leiden, und ich bin, offen gestanden, immer bereit gewesen, das Risiko einzugehen. Wie schon angedeutet, stellt sich der bewußte Typus von Junge in neun von zehn Fällen später nicht als Genie heraus, sondern als Angehöriger einer sehr viel häufigeren Spezies – der Kanaille.

Nun, wie gesagt, N. machte mich neugierig. Er tat mir auch leid; seine beiden Eltern waren tot, und er war so ziemlich in der Lage der armen Kerle, die beim Heranrücken der Ferien kein Zuhause haben, auf das sie sich freuen können. Und seine Verstocktheit erstaunte mich – in den meisten Fällen wird der Druck der öffentlichen Meinung dem faulsten Müßiggänger vor dem Ende des ersten Schulhalbjahres klar gemacht haben, daß er gut täte, sich zu ändern, aber N. schien sich uns allen mit einer Art verträumtem Starrsinn zu widersetzen, der sehr irritierend war. Ich glaube nicht, daß er ein sehr angenehmes Leben hatte. Sein gewöhnliches Gebaren erinnerte an einen Stoiker, der auf eine Insel mit einem besonders abstoßenden und degenerierten Stamm von Wilden geraten ist, und ich brauche kaum zu sagen, daß die anderen Jungen ihr Äußerstes gaben, um ihn von der Absurdität einer solchen Haltung zu überzeugen. Bei seiner Schularbeit war er durchaus gut, aber es war schwierig, ihn zur Teilnahme an den Spielen zu bringen, und unmöglich, ihn dazu zu bekommen, daß er sich dort wirklich richtig einsetzte. Er schien durch uns hindurch auf etwas anderes zu blicken, und weder die Jungen noch die Lehrer ließen sich gern als unwesentliche Illusionen behandeln. Und dann, ganz plötzlich, veränderte sich N. Ich glaube, sein eigener Lehrer, der gänzlich die Geduld mit ihm verlor, prügelte ihn weidlich durch; jedenfalls war die Verwandlung eine unmittelbare und erstaunliche.

Ich erinnere mich daran, daß wir ein paar Tage vor N.s Metamorphose beim wöchentlichen Treffen des Kollegiums die Frage der Prügelstrafe erörterten. Ich hatte zugegeben, daß ich nur sehr halbherzig an die Wirksamkeit dieses Erziehungsinstrumentes glaubte. Ich weiß nicht mehr, welche Argumente ich ins Feld führte, aber ich erinnere mich, daß ich stark zur »antibakulistischen Partei« neigte, wie der Rektor es scherzhaft nannte. Doch ein paar Monate später, als N.s Lehrer auf N. zeigte, der gerade Football spielte wie ein junger Teufel, und mich augenzwinkernd daran erinnerte, welchen Standpunkt ich eingenommen hatte, da hatte ich keine andere Wahl als einzugestehen, wie sehr ich mich geirrt hatte. Der Stock war gewiß in diesem Fall ein Zauberstab gewesen; der einstige Drückeberger hatte sich durch ihn in einen der gesündesten und aktivsten Jungen der ganzen Schule verwandelt. Es war ein Vergnügen, ihm beim Sport zuzusehen, und ich weiß noch, daß seine raschen Würfe beim Cricket gleichzeitig unglaublich schnell und von besonders tödlicher Genauigkeit waren.

Er setzte diese Täuschung – denn das war es – drei, vier

Jahre lang fort. Sein Wechsel nach Oxford stand gerade bevor, und die ganze Schule erwartete von ihm eine ganz ungewöhnlich brillante Karriere. Seine Zulassungsarbeiten bei der Bewerbung um ein Stipendium erstaunten die Prüfer des Balliol College. Ich weiß noch, daß einer der Professoren dem Rektor in Ausdrücken höchster Begeisterung schrieb, und wir wußten alle, daß N.s Wurftechnik ihm sofort einen Platz in der Cricketmannschaft der Universität sichern würde. Cricketenthusiasten haben noch heute nicht jenen Auftritt von ihm in Kennington vergessen, wo, wie ein lyrischer Journalist bemerkte, die Male vor ihm stürzten wie reife Ähren vor der Sichel. N. verschwand mitten im Schulhalbjahr. Die ganze Schule war in Aufruhr; Lehrer und Schüler sahen sich mit erregten Gesichtern an; Suchtrupps wurden ausgeschickt, um die ganze Umgebung zu durchstreifen; man zog die Polizei herzu; überall hörte man die bizarrsten Vermutungen, was geschehen sein könnte. Die Sache kam in die Zeitungen – die meisten Leute glaubten, es handele sich um einen Zusammenbruch bei gleichzeitigem Gedächtnisverlust, als Folge von Überarbeitung und großer geistiger Anspannung. Nichts war von N. zu erfahren, bis nach vierzehn Tagen sein Lehrer in unser Zimmer trat. Er wirkte, wie mir schien, verwirrt und geängstigt.

›Ich begreife das nicht‹, sagte er. ›Mit der zweiten Post habe ich diesen Brief bekommen. Es ist die Handschrift von N. Ich werde nicht klug daraus, es ist eine Art Französisch, glaube ich.‹

Er streckte uns ein Blatt hin, das eng mit N.s schöner, seltsamer Schrift bedeckt war, die mich immer von ferne an orientalische Kalligraphie erinnerte. Die Kollegen schüttelten alle den Kopf, als das Schriftstück die Runde machte, und einer schlug vor, nach dem Französischlehrer zu schicken. Doch wie es sich traf, trieb ich selbst etwas Altfranzösisch, und ich entdeckte, daß ich das Dokument, das N. seinem Lehrer geschickt hatte, im großen und ganzen verstehen konnte.

Es war in der Manier und der Sprache von Rabelais abgefaßt. Der Text war unglaublich brillant angelegt, und dabei ohne jeden Zweifel das Allerobszönste, was ich je gelesen habe. Der Verfasser hatte an Unanständigkeit seinen Meister noch hinter sich gelassen, so unmöglich dies scheinen mag; das Ganze lief auf eine Art Alptraumvision von der Schule, den Lehrern und den Jungen hinaus. Alles war aufs Gräßlichste verzerrt, gesehen sozusagen in einem entsetzlichen Spiegel, und doch waren alle Einzelzüge leicht zu erkennen; es erinnerte mich an Swifts ekelhafte Schilderung der Yahoos, bei der man erschauern und Übelkeit empfinden mag, ohne doch vorgeben zu können, man wisse nicht, was gemeint sei. Es gab eine phantastische Episode, die mir besonders im Gedächtnis geblieben ist. Einer von uns, ein ehrgeiziger Mann, der aus dem einen oder anderen Grund bei einigen Kollegen weniger beliebt war, wurde beschrieben, wie er versuchte, den Uhrenturm der Schule zu erklettern, auf dessen Spitze ein gewisser Gegenstand aufgestellt worden war. Dieser wurde, wie der Autor schrieb, verteidigt von ›dunklen Vögeln der Nacht‹, die sich der Annäherung des Lehrers auf alle möglichen und unmöglichen Weisen widersetzten. Auch nur anzudeuten, auf welche Art dies geschah, ist vollkommen ausgeschlossen, doch werde ich nie die Beschreibung des Gesichts jenes Lehrers vergessen, dem Objekt seiner Begierde entgegengereckt, während er mühsam die Mauer erklomm. Ich habe niemals, nicht in den schmutzigsten Episoden bei Rabelais oder in den gnadenlosesten Passagen bei Swift, etwas gelesen, was sich der abstoßenden Grausamkeit dieser paar Zeilen von fern genähert hätte. Sie waren destilliert aus dem Höllenfeuer und der Cloaca Maxima.

Ich las und übersetzte laut einige der am wenigsten verruchten Sätze. Ich weiß kaum, welches Gefühl unter uns am stärksten war, Ekel oder Erstaunen. Ein Kollege unterbrach mich und sagte, sie hätten schon genug gehört; wir starrten einander schweigend an. Die erstaunliche Kunstfertigkeit, Aggressivität und Obszönität des Ganzen verschlugen uns vollkommen die Sprache, und ich erinnere mich daran, daß ich sagte: Wenn ein Vulkan plötzlich mitten auf dem Sportplatz begänne, Massen von Kot und Feuer auszustoßen, wäre ich kaum mehr erstaunt. Und all dies war das Werk von N., dessen brillante Fähigkeiten auf dem Spielfeld wie im Klassenzimmer eigentlich Tausende von Pfund für X. hätten wert sein sollen (wie es einer formulierte)! Das war der Junge, den wir seit vier Jahren als das große Beispiel für den prägenden Einfluß unserer Schule betrachtet hatten! Das war der N., von dem wir gedacht hatten, daß er für die Ehre der Schule sterben würde, der redete, als könnte er nie genug tun, um X. zu vergelten, was er ihm verdankte! Wir sahen einander, wie gesagt, mit Blicken der Verblüffung und des Entsetzens an. Endlich sagte einer, N. müsse verrückt geworden sein, und wir versuchten das zu glauben, denn der Wahnsinn wäre, wenn auch eine furchtbare Tragödie, doch leichter hinzunehmen gewesen als geistige Gesundheit unter diesen Umständen. Ich brauche kaum zu bemerken, daß diese wohlmeinende Vermutung ganz unbegründet war: N. war bei vollkommen klarem Bewußtsein – er rächte sich einfach für die Unterdrükkung seiner wahren Gefühle während seiner letzten vier Jahre an der Schule. Die ›Bekehrung‹, die uns so stolz gemacht hatte, war ganz und gar Humbug gewesen; sein ganzes Leben war eine kompliziert durchorganisierte Heuchelei gewesen, aufrechterhalten mit nie versagender Geschicklichkeit, Schuljahr um Schuljahr. Man fragt sich unwillkürlich, wie das Innenleben dieses unglücklichen Menschen ausgesehen haben mag. Er erwachte wohl jeden Morgen mit Flüchen in seinem Herzen; er lächelte uns alle an und beteiligte sich an den Spielen, während die schwarze Wut an ihm fraß. So weit man urteilen kann, war er zumindest in seinen geheimgehaltenen Ansichten durchaus aufrichtig; sein Haß, sein Ekel und seine Verachtung für das ganze hiesige System, wie sie in jenem außerordentlichen Dokument zum Ausdruck kamen, schienen mir ganz genuin – und während ich es las, mußte ich unwillkürlich an sein eifriges, begeistertes Gesicht denken, wie er kräftig in die Schullieder einstimmte. Er schien all seine

Kameraden um sich her zu inspirieren und etwas von seiner eigenen Energie und Hingabe an sie weiterzugeben. Das Bild war schockierend; ich hatte das Gefühl, als hätte ich einen Augenblick lang einen Bereich zu Gesicht bekommen, der stark an die Hölle erinnerte.

Ich weiß noch, wie der Französischkollege eine sehr charakteristische Bemerkung hinzufügte. Natürlich mußte man den Rektor von der Angelegenheit unterrichten, und es wurde vereinbart, das M. und ich die unangenehme Aufgabe übernehmen sollten, eine Übersetzung anzufertigen. M. las das entsetzliche Zeug mit einem Gesichtsausdruck durch, der sich zu meinem Erstaunen dem der Bewunderung stark näherte, und als er das Blatt weglegte, sagte er:

›Eh bien: Maître François est encore en vie, évidemment. C'est le vrai renouveau de la Renaissance; de la Renaissance en très mauvaise humeur, si vous voulez, mais de la Renaissance tout-de-même. Si, si – c'est de la cru véritable, je vous assure. Mais, notre bon N. est un Rabelais qui a habité une terre affreusement sèche.‹

Ich glaube wirklich, für den Franzosen war der entsetzliche moralische Aspekt des Vorfalls entweder ganz unbedeutend oder er existierte überhaupt nicht; er betrachtete N.s verabscheuungswürdiges, schmutziges Produkt einfach als ein kleines Meisterwerk in einem bestimmten literarischen Genre. Weiß Gott, man möchte ja kein Philister sein – doch als ich M. über diesen Misthaufen anerkennend lächeln sah, hatte ich das unabweisbare Gefühl, daß der Zusammenbruch Frankreichs beim Angriff Deutschlands den Historiker wohl nicht vor unlösbare Probleme stellt.

Wenig mehr ist zu dieser ungewöhnlichen und höchst unangenehmen Affäre nachzutragen. Alles wurde so weit wie möglich vertuscht. Man unternahm keine weiteren Versuche, den Aufenthalt von N. zu ermitteln. Es dauerte Monate, ehe wir auf indirektem Wege erfuhren, daß der Unglückliche sein Balliol-Stipendium und die glänzendsten Aussichten ausgeschlagen hatte, um zum Theater zu gehen: *recte*, sich einer

Bande von ungewaschenen Provinzkomödianten anzuschließen. Ich glaube, seine spätere Laufbahn entsprach diesen Anfängen – doch darüber wünsche ich nichts weiter zu sagen.«

Dieser Auszug wurde nur als Beleg dafür zitiert, wie erfolgreich Ambrose Meyrick sich an seine Umgebung in Lupton anpaßte. Palmer, der Autor, der ein sehr wohlmeinender, wenn auch äußerst stupider Mensch war, hat getreu genug die nackten Fakten überliefert, wie sie sich ihm darstellten; man braucht nicht zu betonen, daß seine Schlüsse aus diesen Fakten unweigerlich absurd sind. Er war ein gebildeter Mann, aber in seinem Innersten dachte er doch, daß *Paris – o là là!* und die Werke von Rabelais, *Maria Monk* und Zolas *La Terre* irgendwie ziemlich auf dasselbe hinausliefen.

IV

In einem alten Tagebuch, in das Ambrose Meyrick in jenen lang vergangenen Tagen seine Notizen eintrug, gibt es ein paar merkwürdige Vermerke, welche die außergewöhnlichen Erfahrungen erhellen, die ihm während jenes Zeitabschnitts zuteil wurden, den der gute Palmer nach bestem Vermögen überliefert hat. Der folgende Abschnitt ist interessant:

»Ich sagte ihr, sie dürfte nun lange nicht mehr kommen. Sie war erstaunt und fragte mich, warum – hatte ich sie nicht gern? Ich sagte, weil ich sie so gern hätte, hätte ich Angst, wenn ich sie zu oft sähe, könnte ich nicht mehr weiterleben. Ich würde vor Entzücken vergehen, weil unsere Körper nicht dazu geschaffen sind, inmitten weißglühenden Feuers zu existieren. Ich lag auf meinem Bett, und sie stand daneben. Ich schaute zu ihr auf. Das Zimmer war ganz dunkel und ruhig. Ich konnte sie nur ganz schwach ausmachen, obwohl sie so nahe bei mir stand, daß ich ihren Atem deutlich hören konnte. Ich dachte an die weißen Blumen, die in den dunklen Ecken des alten Gartens am Wern wuchsen, bei dem großen Stechpalmenstrauch. In Sommernächten ging ich früher immer hinaus, wenn die Luft still war und der ganze Himmel verhangen. Man konnte den Bach ganz leise hören, drunten hinter den feuchten Wiesen, und alle Wälder und Hügel lagen in undeutlicher Dunkelheit. Doch ich stand gerne an der Mauer und sah in den dunkelsten Winkel, und nach einer Weile schienen diese Blumen aus dem Schattendunkel hervorzuwachsen. Ich konnte eben noch den weißen Schimmer erkennen. Sie erschien mir wie diese Blumen, als ich in meinem dunklen Zimmer auf dem Bett lag.

Manchmal träume ich von wundervollen Dingen. Es geschieht gerade in dem Augenblick, da man aufwacht; man kann nicht sagen, wo man gewesen ist oder was denn so wundervoll war, aber man weiß, man hat im Erwachen alles verloren. Diesen einen Augenblick lang hat man alles gewußt, hat die Sterne und Hügel begriffen, die Nacht und den Tag und die Wälder und alten Lieder. Sie waren alle in einem, und man war ganz aus Licht. Das Licht aber war Musik und die Musik purpurner Wein in einer großen goldenen Schale, und der Wein in der Schale war der Geruch eines Juniabends. Ich begriff das alles, als sie neben meinem Bett in der Dunkelheit stand und ihre Hand ausstreckte und meine Brust berührte.

Ich kannte früher einen Teich in einem alten, alten grauen Wald, ein paar Meilen vom Wern entfernt. Ich nannte die Landschaft den grauen Wald, weil die Bäume uralte Eichen waren, die dort seit tausend Jahren gestanden haben müssen und jetzt kahl und entsetzlich geworden sind. Die meisten davon sind innen ganz hohl, und manche haben nur noch einige wenige Äste, und jedes Jahr – so heißt es – wächst auf jedem Ast ein Blatt weniger. In den Büchern heißen sie die Förstereichen. Wenn man unter ihnen stehenbleibt, hat man das Gefühl, als wären die alten Zeiten wiedergekehrt. Zwischen diesen Bäumen stand eine große Eibe, um vieles älter als die Eichen, und unter ihr lag ein schattenschwarzer dunkler Teich. Ich hatte eine lange Wanderung gemacht, fast bis ans Meer, und auf dem Rückweg kam ich an diesem Ort vorüber, und als ich in den Teich sah, blinkten Sterne im Wasser.

Sie kniete an meinem Bett im Dunkel, und ich konnte eben noch das Blinken ihrer Augen sehen, als sie mich anschaute – die Sterne im schattendunklen Wasser!

Ich hätte mir nie träumen lassen, daß es etwas so Wunderbares auf der Welt geben könnte. Mein Vater hatte mir von vielen schönen und heiligen und herrlichen Dingen erzählt, von all den himmlischen Mysterien, durch welche die Wissenden auf ewig leben, all den Dingen, über die der Rektor und mein Onkel und die anderen albernen Pfarrerlein in der Schulkirche ... *, weil sie in Wahrheit gar nichts von ihnen wissen, nur

* Wir übergehen eine stark rabelaisische Entgleisung.

die Namen, und so sind sie wie Hunde und Schweine und Esel, die auf irgendeine Weise in einen schönen Saal voller kostbarer und filigraner Kleinodien geraten sind. Das hat mir alles mein Vater vor langer Zeit erzählt – vom Großen Geheimnis des Opfers.

Und ich habe von den Wundern der alten verehrungswürdigen Heiligen erfahren, die einst das Erstaunen unseres Landes waren, wie das walisische Gedicht sagt, und von all den großen Werken, die um ihre Fußspur erglänzten, als sie in die Berge emporstiegen und die Wüstenei des Ozeans aufsuchten. Ich habe ihre Zeichen und Schriften in die Kanten der Felsen gehauen gesehen. Ich weiß, wo Sagramnus in Wlad Morgan begraben liegt. Und ich werde nicht vergessen, daß ich auf Mynydd Mawr gesehen habe, wie die heilige Schale von Teilo Agyos aus den goldenen Schleiern hervorgeholt wurde, wie die Sterne aus dem Juwel strömten und ich das Meer der Heiligen sah und die geistigen Dinge in Corarbennic. Mein Vater las mir all die Geschichten von Teilo, Dewi und Iltyd vor, von ihren herrlichen Kelchen und Paradiesaltären, aus denen sie nachmals die Bücher des Graals erschufen, und all diese Dinge sind mir wunderbar. Doch wie der gesalbte Barde spricht: ›Mit den leiblichen Lippen empfange ich den Trank sterblicher Weinberge, mit geistigem Verständnis den Wein aus den Hofgärten der Unsterblichen. Möge Mihangel für mich erbitten, daß beide sich mir in einem Becher vermengen; möge die Pforte zwischen Leib und Seele aufgestoßen werden. Denn an jenem Tage wird die Erde ein Paradies geworden sein, und die geheimen Worte der Barden Wahrheit.‹ Ich habe stets gewußt, was das bedeuten soll, auch wenn mein Vater mir sagte, daß viele Leute es als dunkel oder, genauer gesagt, als Unsinn empfinden. Aber es ist im Grunde genau dasselbe wie ein anderes Gedicht desselben Barden, wo er sagt:

›Meine Sünde war endeckt, und als die alten Frauen auf
der Brücke nach mir zeigten, da schämte ich mich.

Es war mein großer Kummer, als die Knaben mir
hinterher schrieen, da ich aus Caer-Newydd ging.
Wie kam es, daß ich nicht beschämt ward durch den Finger des Allmächtigen?
Keine Qualen empfand ich bei dem Tadel des Höchsten.
Die Faust von Rhys Fawr ist mir schrecklicher denn die Hand Gottes.‹

Er will damit, glaube ich, sagen, daß es unser größter Verlust ist, das, was eine Einheit ist, in zwei Teile gespalten zu haben – und daraufhin machen wir das Unwirklichere zum eigentlich Wirklichen, als glaubten wir, das Glas, geschaffen, um den Wein aufzunehmen, sei wichtiger als der Wein darin. Und das hatte ich so empfunden, denn nur zweimal hatte ich Wunder in meinem Körper wirklich erfahren, als ich die Schale von Sant Teilo sah und als die Berge in der Vision erschienen, und so bleibt, wie der Barde sagt, die Pforte verschlossen. Das Leben der körperlichen Dinge ist *hart*, so wie das Weinglas hart ist. Wir können es berühren und spüren und immer vor uns sehen. Der Wein wird getrunken und vergessen; er kann nicht dauern. Ich glaube, daß die Luft um uns ebenso substantiell ist wie ein Berg oder eine Kathedrale, doch solange wir nicht darüber nachdenken, ist die Luft für uns nichts. Sie ist nicht *hart*. Doch jetzt war ich im Paradies, denn Körper und Seele waren in einem einzigen Feuer zerschmolzen und stiegen in einer einzigen Flamme auf. Die sterblichen und unsterblichen Reben waren eines. Durch die Lust des Leibes besaß ich die Lust des Geistes. Und es war so merkwürdig, zu denken, daß all dies durch eine Frau gekommen war – durch eine Frau, die ich Dutzende von Malen gesehen hatte, ohne mir etwas Besonderes dabei zu denken, nur, daß sie angenehm aussah und daß die Farbe ihres Haars, wie Kupfer, sehr schön war.

Ich kann es nicht begreifen. Ich kann es nicht glauben, daß sie wirklich Nelly Foran ist, die hier die Haustür aufmacht und bei Tisch bedient, denn sie ist ein Wunder. Wie wäre ich einst erstaunt gewesen, wenn ich einen Stein am Straßenrand sich in ein Juwel voll Feuer und Glanz hätte verwandeln sehen! Doch geschähe das, wäre es weniger seltsam als das, was mit mir geschehen ist. Ich kann jetzt das schwarze Kleid und die Dienstmädchenschürze und das Häubchen nicht mehr wahrnehmen. Ich sehe den herrlich schönen Körper durch die Dunkelheit meines Zimmers glänzen, das Schimmern der weißen Blume im Dunkeln, die Sterne im Waldteich.

›O Geschenk des Immerwährenden!
O wunderbares und verborgenes Geheimnis!
Viele Mysterien wurden mir geoffenbart.
Ich kenne seit langem die Weisheit der Bäume,
Esche und Eiche und Ulme haben von Kindheit an zu mir gesprochen,
Birke und Haselstrauch und alle die Bäume des grünen Waldes waren nicht stumm,
Einen Kessel, mit Perlen am Rande besetzt, gibt es, um dessen Gaben ich wohl weiß.
Ich will nicht viel davon sagen; seine Schätze sind den Barden bekannt.
Viele sind auf die Suche nach Caer-Pedryfan gegangen,
Sieben allein kehrten zurück mit Arthur, doch mein Geist war anwesend.
Sieben sind die Apfelbäume in einem schönen Garten.
Ich habe von ihren Früchten gegessen, die nie zuteilwerden den Angelsachsen.
Ich kenne wohl ein Haupt, das herrlich ist und verehrungs würdig.
Es schuf den Kriegern ohne Unterlaß Vergnügen, ihre Freuden hätten ewig gewährt.
Hätten sie nicht die Tür nach Süden geöffnet, hätten sie ewig so tafeln können,
Und lauschen den Zaubervögeln von Rhiannon.
Soll keiner versuchen, mich über die gläserne Insel zu belehren,

In den Gewändern der Heiligen, die von ihr zurück-
kehrten, hingen die Gewürzgerüche des Paradieses.
All dies wußte ich, doch war mein Wissen Unwissenheit,
Denn eines Tages, da ich an Caer-rhiu vorüber im
großen Walde des Gwent ging,
Da sah ich die goldene Myfanwy, wie sie badete im
Bach Tarógi.
Ihr Haar umfloß sie. Arthurs Krone hatte in leuchten-
den Nebel sich aufgelöst.
Ich sah in ihre blauen Augen wie in zwei Himmel.
Alle die Teile ihres Körpers waren Schmuckstücke und
Wunder.
O Geschenk des Immerwährenden!
O wunderbares und verborgenes Geheimnis!
Als ich Myfanwy umarmte, wurde aus einem Augen-
blick Unsterblichkeit.‹*

Und doch wird sehr wahrscheinlich diese ›goldene Myfanwy‹ das gewesen sein, was die Leute ein ›gewöhnliches Mädchen‹ nennen, und vielleicht hatte sie grobe, harte Arbeit zu tun, und niemand dachte weiter an sie, bis der Barde sie im Bach Tarógi beim Bad fand. Die Vögel im Walde sagten, als sie die Nachtigall sahen: ›Das ist ein erbärmlicher Fremdling.‹

24. Juni. – Seit ich zuletzt etwas in dieses Buch geschrieben habe, ist der Sommer gekommen. Heute morgen wachte ich sehr zeitig auf, und selbst an diesem fürchterlichen Ort war die Luft hell und rein, als die Sonne aufging und die langen Strahlen auf die Zeder vor dem Fenster schienen. Sie kam durch die Türe zu mir, von der sie glauben, sie sei verschlossen und verriegelt, und so wie die Welt in der Morgendämmerung weiß und golden ist, war sie es auch. Eine Amsel fing unter dem Fenster zu singen an. Ich glaube, sie kam von weit her, weil sie mir vom Morgen auf dem Berg sang und den

* Nach den im Notizbuch zitierten walisischen Versen übersetzt.

Wäldern, die ganz still stehen, und einem kleinen hellen Bach, der zwischen dunkelgrünen Erlen den Hang herabspringt, und der Luft, die aus dem Himmel hergeweht sein muß.

›Ein Vogel singt im Tale des Soar,
Dewi und Tegfeth und Cybi wachen über diesen Bezirk,
Schön ist das Tal, schön der Klang seiner Wasser.

Ein Vogel singt im Tale des Soar,
Seine Stimme ist golden wie das Geläut der Glocken der Heiligen,
Schön ist das Tal, widerhallend von Melodien.

Ein Vogel singt im Tale des Soar,
Tegfeth im Süden errang das rote Martyrium.
Ihr Lied klingt in den nicht endenden Chören der Himmel.

Ein Vogel singt im Tale des Soar,
Dewi im Westen besaß einen Altar aus dem Paradies.
Er lehrte die Täler Britanniens, vom Halleluja zu erschallen.

Ein Vogel singt im Tale des Soar,
Cybi im Norden war der Lehrer von Königen.
Durch ihn singt Edlogan Ruhmeslieder zum Himmel.

Ein Vogel singt im Tale des Soar,
Wann soll ich wieder den Klang seines Liedes hören?
Wann soll ich wieder Gwladys in diesem Tal erblicken?‹*

* Die folgende Übersetzung dieser Verse erschien in *Poeme aus den alten Barden gezogen*, von »Taliesin«, Bristol 1812:

»Im schönen Tal des Soar, wo einst
Manch heil'ger Mann Choräle sang,
Hört heute in den Hügeln man
Alleine nur den Vogelsang.

Wenn ich daran denke, was ich kenne, an die Wunder der Dunkelheit und die Wunder des Morgens, muß ich glauben: Ich habe etwas gefunden, das die ganze Welt verloren hat. Ich habe ein paar von den anderen Schülern von Frauen reden hören. Ihre Ausdrücke und Geschichten sind schmutzig, und Unsinn außerdem. Wenn Affen und Schweine über Äffinnen und Säue reden könnten, dann wäre das wohl so. Ich hätte wohl denken können, daß sie als bloße Knaben keine Ahnung hatten und nur boshafte törichte Geschichten erfanden, mit ihren boshaften törichten Gehirnen. Aber ich habe die armen

Im schönen Tal des Soar, wo stets
Der muntere Bach gar fleißig rauscht,
Da schweift das Auge voller Lust,
Das Ohr der *Philomele* lauscht.

Im schönen Tal des Soar hat einst
Die allerschönste zücht'ge Maid
Dem Sang auf Erden hier entsagt,
Ihr Lied dem Himmelschor geweiht.

Im schönen Tal des Soar hat oft
Gepredigt David klug und mild.
Es lauschten seinem sanften Wort
Die Britenkrieger rauh und wild.

Im schönen Tal des Soar, da lehrt'
Einst Cybi Fürstenhochmut Recht,
Er wies den Weg zum Himmel und
In Ehrfurcht sank das stolz' Geschlecht.

Im schönen Tal des Soar noch heut
Singt Philomele fern von Harm,
Doch wann erneuert sich für mich
Die süße Zeit in Gladys' Arm?«

»Taliesin« war das Pseudonym eines liebenswürdigen Geistlichen, des Reverend Owen Thomas, der viele Jahre lang Vikar in Llantrisant war. Er starb 1820 im hohen Alter von vierundachtzig Jahren. Seine eigenen Dichtungen in walisischer Sprache galten als seinen Übersetzungen weit überlegen, und er hinterließ eine sehr wertvolle und interessante Sammlung »Kymrischer Altertümer«, die als Manuskript im Besitz der Familie ist.

Frauen in der Stadt ihre Männer anschreien und auszanken hören, und die Männer zurücklachen; und wenn sie glauben, sie sprächen Liebesworte zueinander, ist es am Allerschlimmsten.

Und nicht nur bei den Jungen und den Armen ist es so. Da sind die Lehrer und ihre Gattinnen. Jedermann weiß, daß die Challises und Redburns ›wie Hund und Katz‹ zanken, heißt es allgemein, und daß die Rektorstochter ›verauktioniert‹ und von dem reichen Fabrikanten aus Birmingham ersteigert worden ist – einem entsetzlichen fetten Vieh, mehr als doppelt so alt, mit Schweinsäuglein. Es galt als höchst wünschenswerte Verbindung.

So fing ich an, mich zu fragen, ob es vielleicht nur ganz wenige Menschen auf der Welt gibt, die das Wissen haben; ob das wahre Geheimnis verschollen ist wie die große Stadt, die im Meer versank und nur von ein, zwei Leuten je wieder gesehen wurde. Vielleicht ist es eher wie die Leuchtenden Inseln, nach denen die Heiligen suchten, wo die tiefen Apfelgärten sind und alle Verzückungen des Paradieses. Aber man mußte alles aufgeben und ein Boot ohne Ruder und ohne Segel besteigen, wenn man Avalon finden wollte oder die gläserne Insel. Und manchmal konnten die Heiligen auf Felsen stehen und diese Inseln fern im Meeresnebel liegen sehen und die süßen Düfte riechen und die Glocken zum Fest läuten hören, wenn andere Leute gar nichts sehen und hören konnten.

Ich muß jetzt oft denken, wie seltsam es wäre, wenn es sich herausstellte, daß fast alle sind wie jene, die auf den Felsen standen und nur die Wellen sehen konnten, wie sie sich hoben und senkten und weithin erstreckten, und in der Ferne den blauen Himmel und den Nebel. Ich meine, wenn es sich herausstellte, daß wir uns alle vollkommen in allem getäuscht haben; daß wir in einer Welt voller wunderbarster Schätze leben, die wir um uns her sehen, aber nicht begreifen, so daß wir die Juwelen in den Dreck treten und die heiligen Gefäße als Schmutzkübel gebrauchen und aus den geheiligten Gewändern Wischlappen reißen, während wir ein großes Tier anbeten – ein Monstrum mit dem Kopf eines Affen, dem Leib eines Schweines und den Hinterfüßen eines Bocks, ganz von schwärmenden Läusen überlaufen. Nehmen wir einmal an, daß die Menschen, von denen es jetzt heißt, sie seien ›abergläubisch‹ und ›halbe Wilde‹, am Ende recht hätten und sich als sehr weise herausstellen, und wir alle im Irrtum wären, große Narren! Es wäre wie bei dem Mann, der im Strahlenden Schloß wohnte. Das Schloß hatte hundertundeine Tür. Hundert öffneten sich auf prächtige Gärten, Lusthäuser, Laubengänge, herrliche Landschaften, zauberische Meere, Höhlen von Gold und Hügel von Diamanten, auf alle erdenklichen wundervollen Orte. Eine aber ging auf eine Senkgrube, und das war die einzige Tür die der Mann je öffnete. Vielleicht haben seine Söhne und Enkel seitdem immer nur die eine Tür geöffnet, bis sie vergaßen, daß es andere gab, und wenn nun jemand wagt, von den Zugängen zu den prächtigen Gärten oder den Hügeln von Gold zu reden, gilt er als wahnsinnig oder als großer Sünder.

15. Juli. – Kürzlich begegnete mir etwas sehr Eigenartiges. Ich hatte vor dem Abendessen einen kurzen Gang aus der Stadt gemacht, die Durhamer Straße entlang, und kam bis zur Wegkreuzung. Dort ist es für Luptoner Verhältnisse ganz hübsch; in der Mitte eines kleinen Rasenstücks steht eine große alte Ulme, und rund um den Baum läuft eine grobgezimmerte Bank, wo Vagabunden und solche Leute oft ausruhen. Als ich daherkam, hörte ich eine Musik, die aus der Richtung des Baumes zu kommen schien; es war wie ein Tanzen der Elfen, und dann seltsame feierliche Klänge wie priesterliche Lieder, und ein Chor, der in tiefem, rollend anschwellendem Ton antwortete, und die Elfen tanzten wieder – und ich dachte irgendwie an eine graue Kirche hoch auf einer Klippe über einem tönenden Meer, und das Schöne Volk tanzte draußen auf dem kurzen Gras, während der Gottesdienst sich vollzog. Als ich näherkam, hörte ich die Meereswogen und den Wind und den Schrei der Möwen, und wieder das hohe, wundervolle Singen, als wären die Elfen und Felsen und Wellen und wilden Vögel alle dem unterworfen, was in der Kirche geschah. Ich fragte mich, was das sein mochte, und dann sah ich einen alten abgerissenen Mann auf der Bank unter dem Baum sitzen, der ganz für sich fiedelte und dabei von einer Seite auf die andere schwankte. Er hielt gleich inne, als er mich sah, und sagte:

›Ah, schau an, will der junge Herr sich denn nicht vielleicht das Vergnügen machen, einem armen alten Geigenmann einen Penny zu geben oder vielleicht auch zwei? Weil, Euer Ehren, die Stadt Lupton ist die reinste Hölle, und wie ich den Halunken den Tanz der Kriegsleute gespielt hab, da fragen sie nach etwas mit Cakewalk, der schwarze Teufel soll sie holen. Und den Blättern und dem grünen Rasen aufzuspielen, ist trockene Arbeit – mögen die Heiligen Euer Ehren heutigen Tages segnen und für alle Zeit! Nur einen Schluck Bier hab ich den langen Tag geschmeckt, ich versichere es Euch.‹

Ich hatte ihm einen Shilling gegeben, weil mir seine Musik so wundervoll schien. Er sah mich fest an, als er mit seiner Rede fertig war, und sein Ausdruck veränderte sich. Ich dachte, er fürchte sich, so seltsam starrte er mich an. Ich fragte ihn, ob ihm nicht gut sei.

›Ich bitte um Verzeihung‹, sagte er ernst, ganz ohne den schmeichelnden Tonfall, den seine Stimme zuerst gehabt hatte. ›Ich bitte um Verzeihung, daß ich derart gesprochen habe zu einem wie Euch, denn gewiß habe ich heutigen Tages Geld von einem erbettelt, der des roten Martyriums teilhaftig sein wird, und der seid Ihr.‹

Er nahm seinen zerfetzten alten Hut ab und bekreuzigte sich, und ich starrte ihn nur an, so erstaunt war ich über das, was er gesagt hatte. Er nahm seine Geige und sagte: ›Mögt Ihr meiner gedenken in der Stunde Eurer Herrlichkeit‹, und so ging er rasch weiter, von Lupton davon, und er entschwand meinem Blick in der Wegbiegung. Ich nehme an, er war halb verrückt, aber er spielte wundervoll.«

IV. Teil

I

Das Material für die Schilderung einer seltsamen Episode im Leben von Ambrose Meyrick findet sich in einer Art Sammlung, die er unter dem Titel »Über die Heiterkeit« anlegte. Die fragliche Episode gehört etwa in die Mitte seines achtzehnten Lebensjahres.

»Ich weiß nicht«, – schreibt er – »wie es alles kam. Ich hatte zwei Leben mit Eifer geführt. Äußerlich trieb ich den Sport der Schule und rückte in meinen Studien im Geschwindschritt voran, und innerlich wurde ich tiefer und tiefer in die Sanktuarien unsterblicher Dinge geführt. Das ganze Leben wurde mir in eine strahlende Glorie verwandelt, in ein belebendes und allumfassendes Sakrament; und ließ man die Narreteien der Schule beiseite, so hatte ich stärker und stärker das Gefühl, daß ich teilnahm an einem herrlichen und bedeutsamen Ritual. Ich glaube, ich verlor ein wenig die Geduld mit den äußerlichen Formen; ich glaube fast, ich hatte das Gefühl, daß es schade sei, den Wein aus einem Becher trinken zu müssen, bedauerlich, daß der Kern die Schale voraussetzt. Ich wollte in meinem Herzen von nichts etwas wissen außer dem Wein, der prächtig aus unbestimmten, unsichtbaren Quellen strömte, wollte die Dinge, ›die wirklich sind‹, in ihrer nackten Schönheit sehen, ohne ihre verschiedenen umständlichen Umhüllungen. Ich weiß nicht, ob Ruskin jenen Mönch begriffen hat, der mit niedergeschlagenen Augen durch die Berge ging, um nicht die Höhen und Tiefen ringsum zu sehen. Ruskin nennt dies eine beschränkte asketische Haltung; vielleicht war es eher eine sehr subtil ästhetische. Die innere Schau des Mönchs könnte sich so hingerissen auf bestimmte unsichtbare Höhen und Tiefen konzentriert haben, daß er fürchtete, der Anblick ihrer sichtbaren Entsprechungen würde seine Ekstase nur stören. Ich glaube, daß wahrscheinlich ab einem gewissen Punkt das asketische und das ästhetische Prinzip eines werden. Der indische Fakir, der seine Glieder verrenkt und auf Nägeln liegt, ist das eine Extrem, die Menschen der italienischen Renaissance waren das andere. In jedem Fall ist die wahre Linie krumm und verzerrt, denn keines dieser Systeme gelangt zur höchsten Heiligkeit oder Schönheit. Der Fakir lebt in *Oberflächen*, und der Renaissancekünstler lebte in *Oberflächen*; in keinem der beiden Fälle leuchtet der unaussprechliche Glanz der unsichtbaren Welt durch die Oberflächen hindurch. Eine Cellinischale ist zweifellos etwas sehr Schönes, doch sie ist nicht schön in der Weise, wie die alten keltischen Schalen schön sind.

Ich glaube, zu der Zeit, von der ich spreche, war ich in der Gefahr, irrezugehen. Ich stand den Oberflächen mit zu großer Ungeduld gegenüber. Der Himmel sei davor, daß ich je in Gefahr stand, in irgendeinem Sinne des Wortes ein Protestant zu werden – doch vielleicht neigte ich der fundamentalen Ketzerei zu, auf welcher der Protestantismus seinen Widerstand dem sogenannten Ritual gegenüber aufbaut. Ich nehme an, diese Ketzerei ist im Grunde manichäisch; sie schleudert dem sichtbaren Universum die Anklage entgegen, es sei böse und korrupt; die Welt gilt nicht als ›sehr gut‹, sondern als ›sehr schlecht‹ – oder jedenfalls als *zu* schlecht, um als Träger einer geistigen Wahrheit dienen zu können. Es ist übrigens frappierend, daß der denkende Protestant offenbar nicht bemerkt, wie dieses Prinzip alle Glaubensbekenntnisse und Bibeln und Lehrgebäude ebenso zwingend verdammt wie Kerzen und Chorhemden – falls der Protestant nicht der Ansicht sein sollte, daß die logische Vernunft ein zuverlässiger Träger der ewigen Wahrheit ist und daß Gott in menschlicher Rede angemessen und hinreichend definiert und erklärt werden kann. Glaubt er *das*, ist er ein Esel. Weihrauch, Meßgewänder, Kerzen, all die Zeremonien, Prozessionen, Riten – all das ist elend unzulänglich, aber es starrt immerhin nicht von den entsetzlichen Fallgruben, Mißverständnissen und Irrtümern, die vom Ausdruck der wahren Kirche in menschlicher Sprache untrennbar sind. In einem Tanz von Wilden mag wesentlich mehr Wahrheit liegen als in vielen Chorälen unseres Gesangbuchs.

Schließlich müssen wir, wie Martinez de Pasqually sagt, eben mit dem zufrieden sein, was wir haben, ob es Weihrauchschwenker oder Syllogismen sind, oder beides. Der Weg des Weihrauchs ist gewiß sicherer, wie ich gesagt habe; ich denke, weil der Ruin des äußeren Universums bei weitem nicht so tiefgreifend und intensiv ist wie der Ruin der Menschen. Eine Blume, ein Stück Gold nähern sich ihrem Archetyp – dem, das zu sein sie bestimmt sind – sehr viel mehr an als der Mensch; insofern wirken sie reiner auf uns als die Rede des Menschen oder seine Vernunftgründe.

Doch in jener Zeit in Lupton steckte mir der Kopf voll von gewissen Sätzen, die ich irgendwo gelesen hatte – ich glaube, es müssen Übersetzungen aus einem Buch des Ostens gewesen sein. Ich kannte etwa ein Dutzend dieser Maximen; jetzt erinnere ich mich nur noch an die Sätze:

›Wünschst du berauscht zu sein, meide den Wein.‹
›Wünschst du die Schönheit, sieh nicht das Schöne an.‹
›Wünschst du zu sehen, laß dir die Augen verbinden.‹
›Wünschst du dir Liebe, halte fern dich von der Geliebten.‹

Das Paradoxe dieser Sätze hat mir wahrscheinlich gefallen. Man muß berücksichtigen: Hat man den angeborenen Appetit auf das Ausgefallene und Subtile, will man die Wahrheit nicht zu kraß und kahl ausgedrückt sehen: dann gibt es keine Atmosphäre wie die der Public School, um einem diesen Appetit zum blinden, gierigen Hunger anwachsen zu lassen. Denken Sie an Ihren guten Freund, den Oberst, der ein *fin gourmet* ist; stellen Sie sich vor, daß er in einer Pension festgebannt ist, wo das Essen ein ewig wiederkehrender Zyklus von Irish Stew, Kaninchenfleisch, Kaltem Hammel und Stockfisch ist (ohne Austern- oder sonstige Sauce!) – und dann befreien Sie ihn und lassen Sie ihn im Café Anglais Platz nehmen. Mit welch wilder Genüßlichkeit würde er die Zähne in seltsame und entlegene Gerichte schlagen! Man muß bedenken, daß ich jeden Sonntag das ganze Schuljahr hindurch eine Predigt des Rektors zu hören bekam, und so ist es wahrlich nicht verwunderlich, daß ich eifrig mein Ohr den *Persischen Weisheiten* lieh – wie das Buch, glaube ich, hieß. Jedenfalls hielt ich Nelly Foran neun oder zehn Monate von mir ferne, und wenn ich einen prächtigen Sonnenuntergang sah, wandte ich den Blick ab. Ich sehnte mich nach einer rein spirituellen Liebe, einem visionären Sonnenuntergang.

Ich hatte auch Ahnungen, glaube ich, von einer viel profunderen Askese als dieser. Ich nehme an, in der einfachsten, am stärksten rationalisierten Form begegnet uns die Askese im Fall von Bill dem Lokomotivführer – ich weiß nicht mehr, in welchem Text zur *Theologia moralis* ich dieses Beispiel fand, vielleicht war Bill im Original einfach ein *quidam* und sein Beruf war mit *nauarchus* angegeben. Jedenfalls liebt Bill das Bier, doch hat er bemerkt, daß zwei große Krüge dieses Getränks vor einer Dienstfahrt ihn ziemlich schläfrig machen, etwas weniger wachsam, als es der Erledigung seiner verantwortungsvollen Pflichten erstrebenswert wäre. Also denkt Bill darüber nach und bescheidet sich klüglich mit *einem* Krug Bier, ehe er sein Führerhaus besteigt. Er hat sich eines materiellen Nutzens entschlagen, damit er sich eines ebenso materiellen, jedoch größeren Nutzens versichern kann – damit er und seine Passagiere auf der Fahrt nicht in Gefahr geraten. Nach dieser simplen Askese kommt wohl die gewöhnliche Kirchendisziplin – der Verzicht auf materielle Empfindungen, um daraus geistigen Nutzen zu ziehen, die Abwendung vom Typus hin zum Prototypus, von dem, was die Augen erblicken, hin zur Vision der Seele. Denn in der wahren Askese gleich welchen Grades findet immer eine Handlung mit einem bestimmten Zweck statt, um eines bestimmten Nutzens willen. Handelt der sich selbst quälende Fakir aus diesem Motiv? Ich weiß es nicht, doch wenn er es nicht tut, ist seine Disziplin gar keine Askese, sondern Torheit, und blasphemische Torheit dazu. Wenn er sich lediglich kasteit, um sich zu kasteien, so schändet er blasphemischer Weise den Tempel. Dies nebenbei.

Doch ich hatte, wie gesagt, eine sehr ferne und schwache Ahnung von einer anderen Region der Askese. Die Mystiker werden mich begreifen, wenn ich sage, daß es Augenblicke gibt, da die dunkle Nacht der Seele heller erscheint denn der hellste Tag; es gibt Momente, wo es notwendig ist, sogar die Engel zu vertreiben, um Raum zu schaffen für den Höchsten. Man kann in Regionen aufsteigen, die so weit von den gewohnten Formen des Lebens entfernt sind, daß es schwierig wird, sich bei ihrer Beschreibung noch einer Analogie zu bedienen, auch wenn man die Begriffe und Prozesse der Künste heranzieht. Aber nehmen wir einmal an, ein Maler – ich brauche nicht hinzuzufügen: ein Künstler – wird von einer so wundervollen, einer in ihrer Schönheit so exaltierten Idee heimgesucht, daß er seine Ohnmacht erkennt; er weiß, keine Pigmente, keine Techniken vermögen etwas anderes zu tun, als diese Vision gröblichst zu parodieren. Also wird sich seine Größe darin erweisen, daß er *nicht* versucht, diese Vision zu malen: Er wird auf die leere Leinwand schreiben ›Vidit anima sed non pinxit manus‹. Und ich bin sicher, daß es viele ungeheuere Romane gibt, die niemals geschrieben wurden. Es war eine höchst paradoxe, ja, eine gefährliche Philosophie, die erklärt hat, Gott sei eher *non ens* als *ens*, doch gibt es Stimmungen, in welchen man diesem Gedanken folgt.

Ich glaube, wie gesagt, ich habe einen fernen Eindruck von jener Nacht bekommen, die den Tag an Glanz übertrifft. Es fing an mit den Blicken, die sich vom Sonnenuntergang abwandten, mit den Lippen, die sich die Küsse versagten. Dann kam der Befehl an das Herz, abzulassen von der Sehnsucht nach dem lieben Land des Gwent, aufzuhören mit jenem schmerzlichen Wünschen, das so viele Jahre nie gestorben war, es möge mir der Anblick der alten Landschaft und jener Hügel und Wälder süßesten und bittersten Angedenkens zuteil werden. Ich weiß noch, einmal, als ich ein großer Lümmel von sechzehn Jahren war, ging ich auf den Luptoner Jahrmarkt. Ich habe immer die großen Buden und die Wohnwagen und Karussells gern gehabt, all das Glänzen von barbarischem Grün und Rot und Gold, das mitten auf der zertrampelten, schlammigen Wiese vor dem Hintergrund Luptons und eines naßgrauen Herbsthimmels flammte und glühte. Landleute waren da, die Bauernkittel trugen und darin doch auch wie Menschen ausschauten. Man sah Dutzende von diesen guten Burschen auf dem Markt: einfältige, aufrichtige Jüten mit flachsfarbenem Haar, das beinahe weiß war, und breiten rosigen Gesichtern. Ich sah sie gern in ihren weißen Kitteln mit der merkwürdigen Stickerei; sie hatten etwas Gesundes, sie waren eine Gesandtschaft des alten englischen Dorflebens in unser widerliches ›industrielles Zentrum‹. Es war seltsam, wie sie um sich starrten; sie staunten, denke ich, über die abstoßende Häßlichkeit des Ortes, und doch fühlten sie sich verpflichtet, etwas zu bewundern, was von so viel Geld zeugte. Ja, sie waren aus dem Alten England; sie brachten etwas mit von der langen, krummen, breiten Dorfstraße, den Dachgiebeln, den ernsten Fassaden alter Backsteinmauern, den Strohdächern hier und dort, dem vorgewölbten Fenster des Kramladens, der alten Kirche in würdiger, etwas langweiliger Gotik zwischen den Ulmen, und vor allem von dem alten Dorfkrug – der Wirtschaft, der bewundernswerten Heimstatt ehrlichen Vergnügens und ehrlichen Bieres, Überbleibsel einer Zeit, als es Männer gab, und zwar Männer, die lebten. Lupton ist sehr weit entfernt von Hardys Landschaft, und doch, wenn ich an diese Bauern in ihren Kitteln denke, wird für mich das ganze Wesen, das ganze Aroma von Hardys Welt heraufbeschworen – ich sehe die Dorfstraße ganz weiß vom Schnee zugedeckt, sehr selten schimmert ein Licht aus einem Giebelfenster, und dann hört man durch das Glockengeläut die Weihnachtssänger:

›O denk an Adams Sündenfall,
Du Mensch.‹

Und ich liebte es, dem Kreisen der Karussells zuzuschauen, wie die Leute ernsthaft vergnügt auf diesen absurden Pferden saßen und sich herum und herum drehten, bis es einem vor den Augen flirrte. Trommeln rasselten und donnerten, merkwürdige Blasinstrumente bliesen aus allen Richtungen grelle Signale, und die mechanische Musik, zu der sich jene Pferde drehten, rülpste und posaunte und klapperte in ihrer immerwährenden Monotonie, gelegentlich vom Aufkreischen einer Dampfpfeife unterbrochen und stöhnend ein Weilchen ins Schweigen versinkend: Dann klirrte die Melodie wieder los, und die Pferde wirbelten in der Runde.

Doch an jenem Markttag, von dem ich spreche, ließ ich die Buden und die goldenen, glänzenden Karussells hinter mir und ging zu der nächsten Wiese, wo man lebendige Pferde zu kurzem, verrücktem Galoppieren und raschem Tempo antrieb. Ich hatte kaum meinen Platz eingenommen, als ein Mann gleich neben mir einem Freund, den er ein Stück weiter erblickte, mit freundlicher, lauter Stimme einen Gruß zurief. Und er sprach im geliebten Dialekt des Gwent, in jenem Tonfall, der mir hinreißender, bezaubernder erschien als alle Musik auf der Welt. Ich hatte ihn jahrelang in meinem ermüdenden Exil nicht gehört! Nur ein, zwei Floskeln gegenseitiger Begrüßung im Singsang dieses Dialekts: Der Markt versank, wirbelte fort ins Nichts, das Geschrei, die stampfenden Hufe der Pferde, Trommel und Trompete, die metallisch klirrende Musik – alles stürzte in einen Abgrund. Das Schweigen herrschte, das einem großen Donnerschlag folgte: Es war früher Morgen, und ich stand in einem wohlbekannten Tal, neben dem blühenden Dornstrauch, sah weit hinüber auf die bewaldeten Hügel, die den Osten bewachten, jenseits des leuchtenden Flusses. Ich war, sage ich, ein großer Lümmel von sechzehn Jahren, aber die Tränen flossen mir aus den Augen, mein Herz schwoll vor Sehnsucht.

Jetzt, schien es mir, mußte ich solchen Gedanken entsagen, nicht mehr das flammende Sonnenlicht auf dem Berg herbeiwünschen oder den guten Geruch der Dämmerung über dem

Fluß. Ich war immer sehr gerne auf ›Wanderungen‹ gegangen – Wanderungen der Phantasie. Ich hatte wohl Angst, daß mir – wenn ich nicht durch ständige Meditationen die Gestalt der alten Landschaft in meinem Inneren erneuerte – ihr Bild verschwimmen und zergehen könnte; nach und nach würde ich die tief eingeschnittenen Wege zwischen den Heckenrainen vergessen, die sich fast unterirdisch durch Tal und Hügel zogen, an Wald und Wasser entlang, schmal, höhlenhaft, laubüberwölbt; kühl in der größten Sommerhitze. Und die mäandernden Pfade, die durch die Wiesen führten, die einen an entlegene, ferne Stellen führten, in schweigende Tiefen, die niemand außer mir je zu betreten schien, die manchmal mit einer gewissen Feierlichkeit am zerbrochenen Zauntritt in einer zum Dickicht ausgewucherten Hecke endeten – dahinter ein Pflaumenbaum, der ins wilde Leben des Waldes zurückkehrte, eines Waldes vielleicht aus blauen Lupinen, und ein großer wilder Rosenbusch, der an den verfallenen Mauern eines Hauses rankte – alle diese Wege mußte ich in meiner Erinnerung bewahren, als seien sie Mysterien und große Geheimnisse, was sie auch waren. So ging ich langsam in meinem Gedächtnis durch die Pracht des Gwent, ›auf daß ich nicht des Landes der Blumen vergäße, auf daß ich nicht abließe, der Brunnen und der Wasserfluten zu gedenken.‹

Doch die Zeit kam, da mir klar wurde, daß ich hier einer Schwäche nachgab, der zumindest eine Zeitlang entsagt werden mußte. Mit einer großen Anstrengung leerte ich meine Seele von Erinnerung und Begehren und Weinen; wenn vor mir die Idole des gewölbten Twyn-Barlwm, des großen Mynydd Maen und der Silberschleifen des Usk erschienen, warf ich sie von mir; ich meditierte nicht länger über das weiße Caerleon, wie es über dem Fluß erglänzte. Ich litt wohl unter außerordentlichen Schmerzen dabei. De Quincey, dieser bewundernswerte Künstler, dieser Erforscher der Geheimnisse und Meister der Mysterien, hat meine Qualen für mich bereits beschrieben, in der Gestalt des Opiumessers, der die Bande seiner Sucht zerreißt. Wie oft, wenn die Greuel von Lupton, die verlogene Energie, die verlogene Moral, der verlogene Enthusiasmus, die ganze Armee seiner Heucheleien mich umschwärmten und anrempelten, war ich in arger Versuchung, nachzulassen, nicht länger dem Druck der Dummheit standzuhalten, sondern mich auf einem mir bekannten geheimen Wege davonzustehlen, um in einem sicheren Tal zu wohnen, wo die Toren mich nie belästigen konnten. Manchmal ›fiel‹ ich und trank tief vom magischen Quellwasser und durchlief die grünen Lichtungen und Wege des wilden Waldes. Doch immer mühte ich mich, mein Herz von diesen Dingen fernzuhalten und meinen Geist in der strengen Disziplin der Abstinenz zu festigen, und mit ständiger Anstrengung gelang mir das auch mehr und mehr.

Doch lag in diesem Prozeß der Katharsis noch eine tiefere Tiefe. Ich habe gesagt, daß man manchmal die Engel Gottes verscheuchen muß, damit er selber Platz findet; und nun wurde mir der strikte Befehl zuteil, mich zu trennen von jenem großen Traum keltischer Heiligkeit, der für mich immer *der* Traum gewesen war, der innerste Schrein, in dem ich Zuflucht finden konnte, das Haus der Heilung, wo alle Wunden an Seele und Körper sich schlossen. Man will nicht allzu streng sein – wir müssen wohl einräumen, daß am maßvollen, vernünftigen Anglikanismus etwas sein muß –, da die absolut leere Hülse nicht gut lange fortexistieren kann. Sagen wir also, daß er einer respektablen und moralischen Lebensführung höchst zuträglich ist, daß er den Geist mäßiger und ordentlicher Verehrung fördert. Es war zweifellos eine vortreffliche und (nach Maßgabe ihrer geistigen Einsicht) verehrungsvolle Frau, die in ihrer Version der *Anima Christi* das ›mach Du mich trunken‹ mit ›reinige Du mich‹ wiedergibt, und es war ein guter Geistlicher, dem die Formulierung *calix meus inebrians* in der Vulgata verhaßt war. Mein Vater hat mich immer gelehrt, daß wir uns im Äußerlichen anpassen und unsere *Innigst geliebten Brüder* aushalten müssen, während wir in unserem Herzen die Alte Messe der Briten feiern und auf die Rückkehr von Cadwaladr warten. Ich verehrte seine Lehren. Ich verehre sie immer noch, doch in meinem Herzen habe ich immer bezweifelt, ob der maßvolle Anglikanismus überhaupt in irgendeinem Sinne christlich ist, ob man ihn überhaupt als eine Religion bezeichen kann. Ich bezweifle natürlich nicht, daß sich viele wahrhaft religiöse Menschen zu ihm bekannt haben: Ich spreche vom System und von der Atmosphäre, die von ihm ausgeht. Und wenn man dazu das spezielle Ethos der Public School nimmt – nun, das resultiert so ziemlich in dem Dogma, daß der Himmel und der Rektor engste Verbündete sind. Man darf nicht in die Niederungen kirchlicher Kontroversen hinabsteigen; ich will nur sagen, daß es mir nie im Traum eingefallen wäre, Religion in unseren Schulgottesdiensten entdecken zu wollen. Zweifellos war das Tedeum immer noch das Tedeum, doch der edelste Choral wird entehrt, besudelt, lächerlich gemacht und verdunkelt, wenn man ihn mit einer Melodie vermählt, die einem Blechpfeifchen zur Schande gereichte. Persönlich denke ich, daß die Melodien der Leierkästen ehrfurchtgebietendere Kompositionen sind als anglikanische Choräle, und ich bin sicher, daß viele beliebte Choralmelodien an Feierlichkeit weit unter *Jetzt isser wieder völlig breit* stehen.

Nein; die Religion, die mich leitete und anzog und bezwang, war dieser wunderbare, dubiose Mythos der Keltischen Kirche. Dies war das große Interesse – mehr noch, die Leidenschaft – im Leben meines Vaters; und da ich buchstäblich mit dem Wasser eines heiligen Brunnens getauft wurde, hatte spirituell die große Legende von den Heiligen und ihren erstaunlichen Lebensgeschichten all meine innigsten Wünsche eingefärbt, war für mich zum leuchtenden Kleid des großen Mysteriums geworden. Manchmal ist man höchst interessiert am Inhalt einer Geschichte, deren Form einen langweilt oder anwidert; man muß das strahlend Göttliche von den widerlichen Lippen der Schlange von Cos empfangen. Oder es mag andererseits die Form – der Stil – bewundernswert sein, und der Inhalt ein Nichts, bloß der Trägerstoff für die Stickerei. Doch für mich war der keltische Mythos das Vollkommene, die

Königstochter: *Omnis gloria eius filiae Regis ab intus, in fimbriis aureis circumamicta varietatibus.* Ich habe viel mehr über dieses große Mysterium gerlernt seit jenen Tagen – ich habe gesehen, heißt das, wie vollständig, wie absolut mein Kindheitsglaube gerechtfertigt war, doch selbst damals, mit geringem Wissen, war ich hingerissen bei dem Gedanken an jenes wunderbare Fahrende Rittertum, jene Christlichkeit, die kein Moralkodex mit einer Art metaphorischem Himmel als Belohnung für brave Observanz war, sondern eine große mystische Abenteuerfahrt in die unbekannte Heiligkeit. Man stelle sich vor, daß ein Bischof der Staatskirche in ein Boot ohne Ruder und Segel steigt! Stellt ihn euch vor – wenn ihr könnt –, wie er im Entferntesten etwas tut, was einer solchen Handlung gleicht! Wie der dahingegangene Erzbischof Tait in Lambeth in die Kapelle geht, um drei Tage und drei Nächte lang nicht mehr hervorzukommen – da könnte man sich wohl vorstellen, daß die Leute auf dem anderen Themseufer von dem blendenden übernatürlichen Licht überwältigt würden, das aus den Fenstern der Kapelle bräche. Natürlich endete die Keltische Kirche in Ruin und Verwirrung – aber Don Quijote scheiterte und fiel, während Sancho Pansa als feister wohlhabender Bauer fortlebte. Er erbte, glaube ich, eine nicht unwesentliche Summe von dem Ritter, und galt zweifellos einiges in seinem Dorf.

Ja, die keltische Kirche war die Schar des großen Ritterabenteuers, des großen Mysteriums, und obwohl ihre ganze Geschichte nur als schwacher, schattenhafter Glanz zu uns dringt, leuchtet ihre brennende rosenrote Lampe noch einigen wenigen, und von frühester Kindheit an wurde ich im großen Ritus von Corarbennic unterwiesen. Als ich noch ganz jung war, wurde mir die Ehre des Anblicks einer wundervollen Reliquie der Heiligen zuteil – niemals werde ich das Erlebnis der gesegneten Magie der Heiligkeit vergessen. Jedes Wäldchen, jeder Fels und jeder Quell und jeder strömende Fluß in Gwent waren für mich durch irgendeine mystische, betörende Legende geweiht, und der Gedanke an diese Hohe Stadt des Geistes und ihre Selige Gemeinde konnte in einem einzigen

Augenblick all die häßlichen, törichten, schnatternden Phantome aus mir exorzieren und austreiben, die das Leben an jenem häßlichen und törichten Ort regierten, wo ich gefangen war.

Jetzt hatte ich mich traurig auf eine kurze Zeit (so hoffte ich) verabschiedet von dieser goldenen Legende; mein Herz war leer von seinen Schätzen und seltsamen Schaustücken, die Lichter auf den Altären wurden ausgelöscht, die Bilder streng verhüllt. Verstummt war der Gesang des erhabenen und immerwährenden Chors, verborgen waren die hohen Heiligtümer der Alten, ich folgte ihnen nicht länger in ihre Einsiedeleien in den öden Hügeln, nicht länger hielt ich von den Felsen im Westen Ausschau und sah sie nach Avalon ausfahren. Ach!

Ein großes Schweigen schien sich auf mich herabzusenken, das Schweigen der Tiefen unter der Erde. Und mit dem Schweigen kam Dunkelheit. Nur an einem versteckten Ort brannte noch eine einzige Kerze – das Licht des Konformismus, der perfekten Anpassung, die aus dem Übermaß ihres Kummers und ihrer Entbehrung eine geheime, aber wesentliche Freude zog. Ich erinnere mich nun, da ich auf diese große Seelenreinigung zurückblicke, an die Geschichte, die ich einmal von dem arabischen Alchemisten gelesen habe. Er kam mit einem seltsamen und exzentrischen Ansinnen zu dem Kalifen Harun. Harun saß da in all seiner Pracht, umgeben von seinen Wesiren, seinen Kammerherrn, seinen Generälen, in einem goldenen Thronsaal, in dem alle die Wunder und Überflüssigkeiten des Ostens zu schauen waren. Er sprach Recht; die Bösen wurden bestraft und die Tugendhaften wurden belohnt; Gottes Name wurde gepriesen, dem Propheten ward Verehrung. Da kam vor den Beherrscher der Gläubigen ein armer alter Mann in den ärmlichen, zerlumpten Gewändern eines wandernden Dichters; er ging gebeugt unter der Last seiner Jahre, und als er eintrat, war es, als träte das Elend selbst in den Saal. So elend wirkte er, daß einer der Kammerherren, der mit den Dichtern wohlvertraut war, nicht umhin konnte, die bekannten Zeilen zu zitieren:

›Das Wasser im Glas und des Ozeans Naß sind wohl
beide im Grunde genauso groß,
Der Sonne Licht kränkt die Kerze nicht, sie bescheinen
einander bedingungslos,
Das Körnchen Sand und des Kalifs Land: sie haben
schließlich dasselbe Los,
Der Festesschmaus und der Rindenknaus – dem Hunger
sind sie dasselbe bloß,
Rasch rächet sich mit dem Messerstich der Herrscher
oder im Schlachtgetos,
Das Felsmassiv und der Zauberbrief wiegen ebensoviel
im Zusammenstoß,
Mit ärmstem Wort oder goldenem Hort erobert man
der Geliebten Schoß,
Vor Gottes Thron winkt derselbe Lohn: ob König, ob
Bettler – bedeutungslos.‹

Der Beherrscher der Gläubigen rühmte Gott, den Gnädigen, den Barmherzigen, den König des Jüngsten Tages, und ließ den Kammerherrn reich belohnen. Dann fragte er den alten Mann nach dem Grund, weshalb er vor ihn komme, und der Bettler (denn das schien er in der Tat zu sein) teilte dem Kalifen mit, er habe seit vielen Jahren seine Studien in Magie, Astrologie, Geomantie und allen den anderen seltsamen und erstaunlichen Künsten in Spanien, Kairo, dem Mohrenlande, Indien, China und in verschiedenen Städten der Ungläubigen getrieben – in jedem Winkel der Welt in der Tat, wo Magier zu finden seien. Als Beweis seiner Kunstfertigkeit zog er ein kleines Büchslein hervor, das er zum Zwecke seiner geomantischen Operationen bei sich trug, und fragte, ob irgend jemand willens wäre, vorzutreten und sein ganzes Leben, Vergangenheit, Gegenwart und Zukunft, verkündet zu hören. Der Kalif befahl einem seiner Offiziere, sich dieser Prüfung zu unterwerfen, und nachdem der Bettler die Punkte in den Sand gezeichnet und die Figur nach den Regeln der Geomantie aufgebaut hatte, teilte er sogleich dem Offizier alle geheimsten Vorfälle mit, an welchen jener je beteiligt gewesen war, darunter einige Angelegenheiten, von denen dieser gewähnt hatte, das Geheimnis davon sei allein in seiner eigenen Brust beschlossen. Auch sagte er seinen Tod in einem Jahr voraus, an einem bestimmten Kraut, und so begab es sich auch, denn der Kalif ließ ihn mit einem Hanfseil erdrosseln. Inzwischen verwunderten sich der Beherrscher der Gläubigen und alle um ihn her, und der Bettlermagier erhielt den Befehl, mit seiner Geschichte fortzufahren. Er sprach eine lange Zeit, und alle bemerkten die Eleganz und Gemessenheit seiner Sprache, der keine Feinheit klassischer Beredsamkeit fehlte. Doch lief seine Rede darauf hinaus: Er hatte das größte Wunder auf der Welt entdeckt, dessen Name, wie er erklärte, Asrar lautete, und mit diesem Talisman, sagte er, könnte der Kalif an Ruhm alle Könige übertreffen, die je auf Erden regiert hatten, nicht ausgenommen König Salomon, den Sohn Davids. Und dies war nach den Worten des Bettlers folgendermaßen zu bewerkstelligen: Der Beherrscher der Gläubigen sollte den gesamten Reichtum seines ganzen Königreiches zusammentragen lassen, wobei nichts ausgelassen werden sollte, was sich irgendwo auffinden ließ, und währenddessen würde der Magier einen Brennofen von besonderer Form erbauen, in welchem diese ganze Pracht, aller Reichtum und alle Schätze der Welt, in einem gewissen Feuer seiner Kunst, mit Weisheit entfacht, verzehrt werden sollte. Und endlich, fuhr er fort, nachdem dieses Werk viele Tage lang angedauert hatte, wobei das Feuer die ganze Zeit aufs Künstlichste regiert werden mußte, würde nur noch ein Tropfen übrigbleiben, nicht größer als eine Perle, aber strahlend wie die Sonne und der Mond und der Sternenhimmel und alle Wunder des Erbarmungsreichen, und mit diesem Tropfen könnte der Kalif Harun allen Kummer des Universums heilen. Dem Beherrscher der Gläubigen und allen seinen Wesiren und Generälen hatte es bei diesem Vorschlag vollkommen die Sprache verschlagen, und die meisten der Anwesenden hielten den Bettler für wahnsinnig. Doch der Kalif hieß ihn schließlich am nächsten Tag zurückkehren, damit man seine Pläne einstweilen reiflicher überlegen könne.

Der Bettler verneigte sich tief und verließ den Audienzsaal, doch kehrte er nicht mehr wieder, noch ließ sich jemand entdecken, der ihn nach dieser Zeit noch einmal gesehen hatte.

›Nur ein Tropfen, nicht größer als eine Perle‹, und ›Wo Nichts ist, dort ist Alles‹. Ich habe oft über diese Sätze nachgedacht, wenn ich auf die Zeit zurücksah, da ich – wie Chesson das formuliert – einer von ›jenen fröhlich gesinnten und doch kernigen, verläßlichen jungen Männern‹ war, ›in deren Händen Englands Ehre und Sicherheit eines Tages liegen mögen‹. Ich warf alle Schätze, die ich besaß, in den Athanor; wieder und wieder wurden sie in der ›höchst künstlich regierten‹ Glut gereinigt; ich sah die ›Erzeugung des Raben‹, schwarz wie Pech, den Flug der Taube mit den silbernen Flügeln, und endlich erhob sich Sol rot und herrlich, und ich fiel nieder und dankte dem Himmel für dieses wunderbare Geschenk, ›den Sohn, vom Feuer gesegnet‹. Ich hatte alles von mir getan und entdeckte, daß ich alles besaß, ich hatte das ganze Geld in meiner Tasche fortgeworfen und war nun reicher als je vorher, ich war gestorben und hatte ein neues Leben im Reich der Lebendigen gefunden. Es ist seltsam, daß ich nun erklären muß, wie all das, was ich eben geschrieben habe, mit dem Titel dieser Niederschrift zusammenhängt: ›Über die Heiterkeit‹. Es sollte eigentlich nicht nötig sein. Der Gedankengang ist eigentlich fast schmerzlich klar. Aber ich fürchte, es ist notwendig.

Also: Ich habe einmal einen interessanten Artikel in einer Tageszeitung gelesen. Er war beim Anlaß irgendwelcher Shakespearefeiern verfaßt worden, und sein Zweck war, nachzuweisen, daß das moderne England um vieles glücklicher war als das mittelalterliche oder elisabethanische. Möglicherweise könnte ein scharfer Logiker zu dieser These das eine oder andere bemerken, mein Intersse aber galt dem folgenden Abschnitt:

›Das *Merry England* mit seinen Maibäumen und seinem Pfingstbier und seinen Karnevalsturnieren ist für uns tot, und zwar vom religiösen Standpunkt aus. Das England, das überlebt hat, ist am Ende auch ein größeres England: Es ist das England des Puritanismus ... Der Geist ist verschwunden. Es ist doch gewiß nutzlos, die leere Form wiederbeleben zu wollen. Wozu sollte die Maienkönigin denn »heilig, klugen Sinns und schön« sein, wenn nicht, um die Jungfrau Maria zu symbolisieren? Und was den Karneval angeht – welchen Sinn hat eine lange Festesfröhlichkeit, wenn kein Fasten folgt?‹

Der Artikel ist nicht sehr erhellend, aber ich glaube, der Autor hat ein Stückchen der Wahrheit erfaßt, daß es eine tiefe Beziehung zwischen Fröhlichkeit und Heiligkeit gibt; daß keine wirkliche Freude möglich ist ohne die Voraussetzung, daß man sich der Mysterien bewußt ist. Fasten und Fest sind komplementäre Begriffe. Er hat recht: Fröhlichkeit hat keinen Sinn, wenn nicht etwas in der Art eines Fastens folgt – obwohl natürlich nichts den besonders fortschrittlichen Denker daran hindern kann, soviel Fusel und Wodka in sich hineinzugießen, wie er mag. Das Resultat ist aber keine wirkliche Fröhlichkeit oder Freude – es ist vielleicht noch trostloser als ein ›Tee‹ in Kreisen der protestantischen Freikirchen. Und wiederum ist wahre Heiterkeit nur denen möglich, die gefastet haben; und jetzt erkennt man vielleicht, daß ich die Vorbereitungen für ein Fest der Heiterkeit beschrieben habe.

Die Düsternis wich von mir, die Beschränkungen und Verbote waren plötzlich fort, und ich erwachte eines Morgens in tanzender, übersprudelnder Laune, jeder Tropfen meines Blutes war voll raschen neuen Lebens, meine Nerven prickelten und sangen vor Energie. Ich lachte beim Erwachen; ich war mir bewußt, daß ich am Beginn eines seltsamen und phantastischen Abenteuers stand, obwohl ich nicht die leiseste Ahnung hatte, was es sein würde.«

II

Ambrose Meyricks Abenteuer hatte sicherlich phantastischen Charakter. Sein Ruf bei seinem Onkel und all den anderen war nun schon lange gefestigt, und Mr. Horbury hatte ihm mit ungespieltem Enthusiasmus zu seinen Leistungen in den Prüfungen gratuliert – das Sommerhalbjahr neigte sich dem Ende zu. Mr. Horbury war der Treuhänder von Ambroses Vermögen, und er unterschrieb bereitwillig einen wirklich hübschen Scheck für die Ferien seines Neffen. »So!« sagte er. »Damit solltest du dir's recht bequem machen können. Wo möchtest du eigentlich hin?«

Ambrose sagte, er habe daran gedacht, nach North Devon zu gehen: durch Exmoor zu wandern, die Doone-Landschaft zu besuchen und vielleicht nach Dartmoor runterzugehen.

»Hervorragend, etwas Besseres kannst du dir gar nicht vornehmen. Du solltest dich mal im Fischen versuchen, in manchen Flüssen dort gibt es wunderbare Gelegenheiten. Vielleicht geht es nicht gleich, aber mit deinem Auge und deinem Gefühl für Entfernung wirst du bald ein prächtiger Angler sein. Wenn du auf Forellen gehst, nimm dir einen Ortsansässigen und laß dir ein paar Tips geben. Keine Fliegen aus der Stadt, das bringt nichts. Als ich in Hampshire gefischt habe –«

Mr. Horbury fuhr in seinen Ausführungen fort; aber der Teufel der Heiterkeit hatte Ambrose schon eine wunderbare Idee eingegeben, und in dieser Nacht teilte er Nelly Foran mit, sie müsse ihre Pläne ändern: Sie solle mit ihm nach Frankreich kommen anstatt vierzehn Tage nach Blackpool zu gehen. Dieses verrückte Vorhaben leitete er mit einer Phantasie in die Wege, die der arme Mr. Palmer sicher als »diabolisch« bezeichnet hätte. Zunächst wollten sie eine Woche in London verbringen – dazu brauchte Nelly Kleider, und die Woche fing mit großem Entzücken an. Es war auch Angst dabei, denn Lehrer mochten unterwegs sein, und Ambrose wollte Lupton einige Zeit lang noch nicht verlassen. Doch weder sahen sie jemanden noch wurden sie gesehen. Bei der Ankunft am St. Pancras-Bahnhof ließ man die Koffer in der Gepäckaufbewahrung, und Ambrose, der den Stadtplan von London studiert hatte, stand eine Weile auf dem Bürgersteig vor Scotts großem architektonischem Meisterwerk und bedachte die Situation mit ernsthafter Ironie. Nelly erwies sich des Abenteuers auf bewundernswerte Weise würdig; seine ungeheuerliche Dreistigkeit gefiel ihr, und noch einige Tage nach ihrer Ankunft befand sie sich in einem Zustand dauernden unterdrückten Gelächters. Meyrick schaute sich um und stellte fest, daß die Euston Road, schmutzig und laut, wenig anziehend war, und mit plötzlicher Entschlossenheit nahm er das Mädchen am Arm und steuerte ins Herz von Bloomsbury. In diesem reizvoll zentral gelegenen und doch ruhigen Viertel fanden sie ein Zimmer in einer stillen Seitenstraße, das seltsamerweise auf eine grüne Wiese ging; und in der charmanten Rolle von Mr. und Mrs. Lupton tranken sie dort Tee, während das Gepäck von jemandem – einem Ehegatten wahrscheinlich –, der mit einem wirren roten Haarbusch aus den dunklen Tiefen des Souterrains emporgekommen war, abgeholt wurde. Sie schrien vor Lachen bei ihrer Mahlzeit. Mr. Horbury hatte seine Fehler, aber er sorgte immerhin dafür, daß seine Jungen und sein Dienstpersonal gut aßen – und die exotische Geschmacksnote des »Brotes« und der »Butter« hier kam den beiden jungen Toren wundervoll komisch vor. Und der seltsame, schwache, muffige Geruch des ganzen Hauses – er sprang einen an, wenn die Tür zum Korridor geöffnet wurde; er war wuchtig und sein Gewicht in Gold wert.

»Ich weiß nie«, sagte Ambrose gelegentlich später, »ob ich lachen oder weinen soll, wenn ich eine Zeitlang fort war und dann wiederkomme und dieses wunderbare alte Londoner Aroma rieche. Ich glaube, es ist nicht mehr so stark und würzig wie früher; ich bin ein, zwei Mal in Häusern in ganz schäbigen Straßen enttäuscht worden. Es war natürlich da, aber –

nun, bei einem Wein würde ich sagen, es war ein sehr bescheidenes Jahr einer hervorragenden Lage: Margaux zweifellos, aber ein Margaux von einem dieser kläglichen Jahrgänge aus den frühen Siebzigern. Oder es ist wie mit dem Schminkgeruch im Theater, den man nach ein, zwei Monaten nicht mehr wahrnimmt. Aber das glaube ich eigentlich nicht.

Immerhin«, fuhr er dann fort, »weiß ich zu schätzen, was ich davon zu riechen bekomme. Es bringt mir diesen Nachmittag zurück, den zum Ersticken heißen Nachmittag vor so vielen Jahren. Es war wirklich unglaublich heiß – zweiundneunzig Grad Fahrenheit, ich weiß noch, daß ich es am nächsten Tag in der Zeitung gelesen habe –, und als wir aus dem St. Pancras-Bahnhof traten, fuhr uns der Wind entgegen wie aus einem Glutofen. Man konnte keine Sonne sehen, der Himmel war trübe – eine Art rauchiges, kränkliches Gelb, und der brennende Wind wehte stoßweise, und der Staub zischte und prasselte auf den Gehsteigen. Wissen Sie, wie ein billiges Wirtshaus in London an einem heißen Nachmittag riecht? Wissen Sie, wie ein Glas Londoner Dunkles an einem solchen Tag schmeckt – wenn der Wirt sichtlich um die Gesundheit seiner Kundschaft bemüht ist und weiß, wie gefährlich es wäre, bei dieser extremen Hitze kalte Getränke zu sich zu nehmen? Ich weiß es. Nelly, die Arme, bekam warme Limonade, und ich warmes Bier – warme Chemikalien meine ich. Der Geruch aber! Warum hört nicht irgendein Wissenschaftler auf, seine Zeit mit allem möglichen Unsinn zu verschwenden und erfindet eine Methode, den Geruch der Vergangenheit auf Flaschen zu ziehen?

Ja! Wenn er das täte, dann würde ich in einer erlesenen Kristallphiole mit einem Stöpsel, der so hermetisch schließt wie das Siegel Salomonis, einen erlesenen Duft bewahren und in das Siegel, umschlossen von einem perfekten Pentagramm, die mystischen Worte schreiben: ›Little Russell Row Nr. 15‹.«

Die Katze war mit dem Teetablett hereingekommen. Es war ein schwarzer Kater, nicht sehr groß, mit anständig gerundeten Zügen und doch einer Andeutung sehniger Magerkeit – der Magerkeit des Lebemanns, nicht des armen Hungerleiders. In seinen hellen grünen Augen lag, wie Ambrose bemerkte, die Weisheit Ägyptens; auf seinem Grab sollte die Inschrift stehen: Hier ruht ein Diener der Sechmet. Er schritt feierlich vor der Wirtin einher, sein Leib beschrieb seltsame Kurven, sein Schwanz schwenkte durch die Luft, und seine Ohren hatte er mit einem Ausdruck unendlicher List angelegt. Er schien entzückt über »die Kundschaft«, und als Nelly ihn streichelte, stieß er einen lauten Schrei des Vergnügens aus und ließ erkennen, daß er sich herbeilassen würde, eine kleine Erfrischung zu sich zu nehmen.

Sie lachten bei ihrem Tee so herzlich, daß sie, als die Wirtin zum Abräumen hereinkam, immer noch vor unbändiger Lustigkeit übersprudelten.

»Schön, wenn man die jungen Leut bei guter Laune sieht«, sagte sie freundlich und händigte ihnen sogleich einen Hausschlüssel aus, falls sie spät heimkommen sollten. Sie erzählte ihnen einiges aus ihrem Leben – sie hatte in der Judd Street Zimmer vermietet, beim King's Cross (eine üble laute Straße, sagte sie), und sie schien die Bewohner dort für recht vulgär zu halten. Sie hatte mit allen möglichen Leuten zu tun, guten und schlechten, und das Geschäft war nicht das, was es zu Zeiten ihrer Mutter gewesen war.

Sie saßen ein Weilchen auf dem Sofa, Hand in Hand, immer noch erfüllt von dem Witz, daß sie überhaupt da waren, und dachten sich groteske Auftritte eines plötzlich hereinstürmenden Mr. Horbury oder Dr. Chesson aus. Dann gingen sie hinaus und durchwanderten die Straßen, um sich London entspannt und fröhlich zu betrachten, ohne sich dabei um die Große Gedenksäule, das Britische Museum oder Madame Tussaud's zu bekümmern – und schließlich etwas zu essen, sie wußten nicht, wann oder wo oder wie, und es war ihnen ganz gleich. Eine Sehenswürdigkeit stellte sich ihnen trotzdem in den Weg – sie waren noch nicht weit gegangen, als das große Portal des Britischen Museums grandios und düster vor ihnen aufragte. So kamen sie durch die strenge Great Russell Street auf die Tottenham Court Road und schließlich in die Oxford Street. Die Ladengeschäfte waren hell und prächtig, auf den Gehsteigen drängte sich eine eilige Menschenmenge, wie es diesen Leutchen vom Lande erschien, obwohl es die langweiligste Zeit im Jahr war. Es war ein nachhaltiger Eindruck – London war entschieden ein wundervoller Ort. Schon empfand Ambrose ein seltsames Gefühl des Zuhauseseins – die Stadt war nicht schön, aber sie war immens, sie tat immerhin noch etwas anderes, als Gestank in die Luft, Gift ins Wasser und lange Reihen von Arbeiterhäusern in die Landschaft zu speien. Sie zogen weiter, und dann kam es ihnen, daß sie gerne die südlichen Regionen erforscht hätten; es sei auf diese Weise unmöglich, sagte Ambrose, zu wissen, wo sie schließlich landen würden. Er sorgte mit Bedacht dafür, daß sie sich wenige Augenblicke hinter der Oxford Street gründlich verlaufen hatten. Ein paarmal rechts und dann links abgebogen, und der Gang durch die fremden Sträßchen hatte schon ein höchst befriedigendes Gefühl der Desorientierung erzeugt. Die Unterscheidungen, die der Kompaß kennt, die Pedanterien von Nord und Süd, Ost und West waren aufgehoben; es war ein Abenteuer in einer weglosen Wüstenei, im australischen Busch, doch auf sicherem Terrain und in einer viel unterhaltenderen Gegend. Zuerst hatten sie dunkle Straßen durchschritten, georgianische und augusteische Nebenwege, düster genug und halb ausgestorben; ernste Häuser mit vielen Stockwerken von Fensterreihen standen da, jetzt zu Druckereien, Konservenlagern und zu den Herbergen seltsamer Handwerkskünste geworden wie denen des Metallprüfers, des Tiegeltöpfers, des Siegelschneiders oder des Intarsienschreiners. Doch wie wunderbar war es, tatsächlich den Ort zu sehen, wo solche Dinge vor sich gingen! Ambrose hatte von solchen Künsten gelesen, doch hatte er sie sich immer in irgendeinem unklaren Niemandsland vorgestellt – wenn es denn manche davon überhaupt noch in unserer Zeit geben mochte. Doch hier in den Fenstern standen die Schmelztiegel, seltsam aussehende dickbäuchige Töpfe aus graugelbem Steinzeug, die echten Instrumente des Magnum Opus, Erfindungen der arabischen Alchemie. Es erstaunte ihn nicht mehr, wenig später auf ein Spinett zu stoßen, etwas, das ihm bisher nur dem Namen nach bekannt gewesen war – ein wunderschöner Gegenstand, reich eingelegt, mit der Jahreszahl 1780 auf einem Kärtchen darüber. Jetzt waren sie völlig im Wunderland; wahrscheinlich konnte er sich um die Ecke eine Ritterrüstung kaufen – und der Gedanke hatte sich kaum in ihm geformt, als ein sehr schöner Harnisch des sechzehnten Jahrhunderts, reich geätzt, sich vor ihm erhob, hübsch angeordnet zwischen zwei Totschlägern. Dies waren die vergleichsweise stillen Straßen, doch nun bogen sie um eine Ecke, und welche Verwandlung! Die ganze Fahrstraße, nicht nur das Gehsteigpflaster, schien angefüllt mit einer schlendernden, schwatzenden, lachenden Masse Menschen: Die Frauen gingen barhäuptig, und man hörte nichts anderes als das rollende französische »r«, Kaskaden sonoren Klanges wie die Musik eines heiteren Liedes. Die Zeitungen in den Läden waren alle französisch, Schilder auf allen Seiten verhießen »Vins fins« und »Beaune Supérieur«, die Tabakhändler boten ihren Tabak in viereckigen blauen, gelben und braunen Päckchen an, und »Charcuterie« zeigte sich in stattlicher und appetitlicher Auslage. Und da kam ein »Café Restaurant: Au Château de Chinon«. Der Name war genug, nirgendwo anders konnten sie zu Abend essen, und Ambrose hatte das Gefühl, das Andenken des großen Rabelais damit zu ehren.

Es war wohl kein besonders gutes Essen. Es war aber unendlich besser als ein Abendessen jetzt in Soho, denn das Viertel hatte erst gerade angefangen, den Angriffen von Kunst, Intellekt und Vorstadtästhetik nachzugeben, die seither gemeinsam Charakter und Würze manch einer guten Garküche zerstört haben. Ambrose erinnerte sich nur an zwei Gänge; die *pieds de porc grillés* und den Salat. Erstere kamen ihm so amüsant wie köstlich vor, und letzterer war mit rarer Kunst aus vielen Kräutern bereitet, mit wenig Essig, reichlich provençalischem Öl, und der *chapon*, die mit Knoblauch eingeriebene Brotkruste, war auf dem Boden der Schüssel liegengeblieben, nachdem Madame die Zutaten »gequält« hatte – dieser Salat war ein Gericht aus dem Elfenreich. Es gibt keine solchen Salate mehr in ganz Soho.

»Laßt mich vor allem den kleinen Rotwein feiern«, sagt Ambrose in einer kleinen dithyrambischen Notiz. »Nicht in irgendeinem sterblichen Weinberg reiften seine Trauben, er wurde nicht von der Wärme der sichtbaren Sonne genährt, noch waren die Regengüsse, die ihn schwellen ließen, gewöhnliche Wasser aus den Wolken über uns. Nicht einmal im Chinonnais, auch wenn dies heilige Erde ist, stand die Kelter, die seine Säfte sich in die *cuve* ergießen ließ, noch hörte man das Summen seiner Gärung in irgendeinem der wackeren Keller der unteren Touraine. Sondern in jener Region, die Keats feiert, wenn er die *Wirtschaft zur Meerjungfrau* besingt, wurde dieser Rebensaft erzeugt – der Weinberg lag tief im Süden, in den bestirnten Ebenen, wo die *Terra Turonensis Caelestis* sich befindet, jenes unvorstellbare Land, das Rabelais geschaut hat, wo der mächtige Gargantua ewig aus unerschöpflichen Fässern trinkt, wo es Pantagruel immerfort dürstet, wird sein Verlangen auch ständig gestillt. Dort, im Reich der gekrönten unsterblichen Saufköpfe, ist unser Wein gekeltert worden, rot von den Strahlen des Hundssterns, magisch verzaubert durch den Einfluß der Venus, befruchtet durch den glücklichen Aspekt des Merkur. O rarer, überreichlicher und höchst ausgezeichneter Trunk, Frucht aller Glücksgestirne, durch dich wurden wir verwandelt, wurden erhöht und aufgenommen in die Gemeinschaft jener Taverne, von welcher der alte Dichter schreibt: *Mihi est propositum in taberna mori!*«

Es waren kaum Engländer im Château de Chinon – tatsächlich wird wohl nur ein einziger da gewesen sein, das Ehepaar Lupton ausgenommen. Dieser eine Landsmann war, wie es sich traf, ein recht bemerkenswerter Mensch: Es war Carrol. Er gehörte keiner Avantgarde an, er kannte keine Journalisten und war in keinem Club, er war nicht im Entferntesten mit auch nur einer einzigen Person bekannt, die man als einfluß- oder erfolgreich bezeichnen könnte. Er war ein obskurer literarischer Arbeitsmann, der alle fünf oder sechs Jahre ein einsames Buch herausbrachte – hie und da gab es eine Besprechung, wenn in den Redaktionsstuben nichts Wichtigeres zu tun war, und manchmal sagte ihm ein freundlicher Rezensent voraus, es würde schließlich noch etwas aus der Sache werden, obwohl er noch viel zu lernen habe. Etwa ein Jahr vor seinem Tod erzählte man der intelligenten Öffentlichkeit, daß ein oder zwei von seinen Büchern nicht ohne seien; dann, bei seinem Tode, entdeckte man endgültig, daß seine fünf Gedichtbände etwas absolut Einzigartiges darstellten, daß ein höchst bedeutender Dichter von uns gegangen war, ein Dichter, der die englische Sprache in eine vierte Dimension magischer Melodie erhoben hatte. Die intelligente Öffentlichkeit liest ihn auch nicht mehr als früher, aber sie kauft ihn in einer Ausgabe nach der anderen, vom großen Quartband bis zum Kleinoktav; sie kauft ihn in kleinen Schmuckkassetten, auf japanischem Pergament, illustriert von sechs verschiedenen Künstlern; sie diskutiert endlose Aufsätze über ihn, sie schreibt ihre Namen in das Carrol-Geburtstagsalbum, sie legt in ihren Boudoirs *Mit Carrol durch das Jahr* auf, sie hört, wie man ihn in der Westminsterabtei und in der St. Paulskathedrale zitiert, sie singt den berühmten Carrol-Liederzyklus und, schließlich und am allerbesten, sie darf hoffen, daß ein brillanter amerikanischer Theaterautor ihn bald auf die Bühne bringen wird. Der Carrolclub ist natürlich schon Geschichte. Seine Mitgliedschaft beschränkt sich auf Vertreter der Kunst und Intelligenz; zu seinen Diners werden ausländische Fürstlichkeiten, Bankiers, Generalobristen und andere distinguierte Persönlichkeiten geladen – die alle natürlich ein brennendes Interesse am Werk des Meisters empfinden, und die Taten des Clubs werden in der ganzen Presse verfolgt und gerühmt. Schade, daß Carrol tot ist – geflucht hätte er nicht, er hätte gegrinst.

Selbst damals, fern von allem Ruhm, war er ein scharfer

Beobachter, und er hat eine Beschreibung, eine knappe Vignette von seinen Eindrücken an jenem Abend im Château de Chinon hinterlassen.

»Ich saß in meiner alten Ecke«, schreibt er, »und sann darüber nach, weshalb zum Teufel ich im Großen und Ganzen so schlecht schrieb, und was zum Teufel ich mit dem Gegenstand anfangen sollte, in den ich mich verbissen hatte. Das Essen war im alten Château in jenen Tagen gar nicht so schlecht, während es heute heißt, das Schönste an den Mahlzeiten sei das Service. Mir gefiel das alte Gasthaus; es war schäbig und schlampig und wohl nicht besonders gut beleumundet, und die Gäste waren assortierte Franzosen mit ein paar Italienern dabei. Wir kannten uns fast alle, und es gab Stammgäste, die jeden Abend am selben Platz saßen. Mir gefiel alles. Mir gefielen die grobgewebten Tischtücher und die Messer mit den schwarzen Griffen und die Bleilöffel und das feuchte, klumpige Salz und der starke, grobe, schwarze Pfeffer, den man sich mit dem Gabelstiel holte. Dann saß da Madame auf hohem Podest, und ich habe nie eine häßlichere Frau gesehen und nie eine gutmütigere. An jenem Abend befaßte ich mich gerade mit meinem Brathuhn und meinem Salat, als zwei wunderbare Menschen eintraten, offensichtlich direkt aus dem Elfenland. Ich sah, daß sie noch nie in ihrem ganzen Leben an einem solchen Ort gewesen waren – ich glaube, keins von beiden hatte bis zu jenem Tag einen Fuß nach London gesetzt, und ihr Staunen, Entzücken und Vergnügen an allem war so enorm, daß ich mir noch eine Portion Huhn und eine halbe Flasche Wein bestellte. Die schmeckten mir auch, auf eine Art, aber ich konnte sehen, daß *ihr* Huhn und *ihr* Wein etwas völlig anderes waren. Auch ich kannte einst das Lokal, in dem sie soeben speisten, das Grand Café de Paradis oder so ähnlich hieß es. Er war ein Mann von außergewöhnlicher Erscheinung, ganz jung, würde ich meinen, mit schwarzem Haar, dunklem Teint – und wie seine Augen brannten! Ich weiß nicht, weshalb, aber ich hatte das Gefühl, daß er sich hier nicht in der ihm gemäßen Umgebung befand, und ich mußte daran denken, daß ich ihn gern in einer Mönchskutte gesehen hätte. Die Dame war anders. Es war ein wunderschönes Mädchen mit erstaunlichem kupferfarbenem Haar; nicht sehr gut gekleidet – wohl aus kleinen Verhältnissen. Doch welche Fröhlichkeit in ihr steckte! Ich konnte nicht verstehen, was sie sagte, doch beim bloßen Anblick ihres Gesichts mußte man lächeln – es tanzte förmlich vor Vergnügen, und ein guter Musiker hätte es sicher vertonen können. Es war etwas Eigenartiges – etwas vielleicht zu Ausgeprägtes – um ihre untere Gesichtspartie. Es wäre vielleicht eine seltsame Melodie geworden, doch hätte ich sie gerne gehört!«

Ambrose zündete sich eine schwarze Caporalzigarette an – er hatte sich unterwegs ein Päckchen gekauft. Er sah eine verführerische rundliche Flasche einigen Nachbartischen Besuche abstatten, und die glücklichen Närrchen machten die Bekanntschaft des Benediktiners.

»O ja, schon recht«, hat man Ambrose später sagen hören, wenn ihm dieser angenehme, aromatische Likör angeboten wurde, »der ist sicher nicht schlecht. Aber Sie hätten den Echten noch kosten sollen. Ich habe ihn vor Jahren in einem kleinen Restaurant in Soho bekommen, im Château de Chinon. Nein, jetzt dorthin zu gehen, hat keinen Sinn, es ist nun ganz anders. Die Wände sind ganz verspiegelt und golden lackiert, der Oberkellner heißt maître d'hôtel, und wie ich höre, gilt es in südlichen wie nördlichen Vorstädten als höchst geschmackvoll verbrachter Abend, wenn man im Château diniert – alles sehr korrekt, Abendkleidung, Fächer, Theaterstolen, süßer Schlabbersekt und anschließend Parkettsitze. Da sieht man doch ein wenig von der Bohème, und alle sagen, was das für ein *komischer* Abend war, aber irgendwie amüsant. Den wahren Benediktiner bekommt man dort nicht mehr.

Wo bekommt man ihn? Ach, ich wünschte, ich wüßte es! Ich bin ihm nie mehr begegnet. Die Flasche sieht noch genauso aus, aber es ist ein ganz anderer Geschmack. Natürlich mag die Reblausepidemie Schuld sein, aber eigentlich glaube ich das nicht. Vielleicht war die Flasche, die an jenem Abend herumging, wie das Pulver in *Dr. Jekyll und Mr. Hyde* – seine Eigenschaften mögen das Ergebnis eines seltsamen Zufalls gewesen sein. Jedenfalls waren sie zauberisch.«

Die beiden Abenteurer traten hinaus in das Straßenlabyrinth und verliefen sich wieder. Weiß Gott, wohin sie gingen, auf welchen Wegen sie wanderten, als sie mit glänzend weitgeöffneten Augen, fest Arm in Arm, auf zauberische Szenerien schauten, von denen sie wußten, daß sie in London liegen mußten – wo sonst könnte es sein? Tatsächlich dachte Ambrose dann und wann, bestimmte Gebäude und Denkmäler zu erkennen, von denen er gelesen hatte – und doch! Das Maß Wein im Château war nach allen weltlichen Maßstäben äußerst klein, und ein Gläschen Benediktiner mit Kaffee kann den schwächsten Kopf nicht verwirren – und doch, war dies London?

Was sie sahen, war zweifellos die gewöhnliche Welt der Plätze und der Straßen, der heiteren und der langweiligen, der breiten, tosenden, hellerleuchteten Hauptstraßen und der dunklen, hallenden Durchgänge – doch sie sahen all dies wie ein Mysterienspiel, durch einen Schleier. Doch der Schleier vor ihren Augen war eine verwandelnde Kraft, und wie mit wunderbaren, bezaubernden goldenen Ornamenten durchwirkt. In den Märchen des Ostens finden sich Menschen plötzlich in ein unbekanntes magisches Reich versetzt, mit Städten, die reine Wunder der Betörung sind, mit Mauern aus lauterem Gold, erleuchtet vom Glanz unvergleichlicher Juwelen – und Ambrose erklärte später, daß er erst an diesem Abend die außerordentliche, absolute Wahrheit der *Märchen aus tausendundeiner Nacht* begriffen habe. Die Anwesenden bei einer bestimmten Unterhaltung werden kaum seine Entgegnung einem gewissen Herrn gegenüber vergessen, der gesagt hatte, daß er sich an George Eliot halte, wenn es um naturgetreue Darstellung ginge.

»Ich spreche hier von Männern und Frauen, Sir«, war die Antwort, »nicht von Läusen.«

Der fragliche Herr, der recht einflußreich war – manche

flüstern, es sei ein Verleger gewesen –, war naturgemäß höchst aufgebracht.

Doch Ambrose blieb bei seinem Standpunkt. Er behauptete sogar, daß die Märchen des Ostens in ihrem krassen Realismus ganz einzig dastünden.

»Natürlich«, sagte er, »meine ich hier mit Realismus die absolute und wesentliche Wahrhaftigkeit der Beschreibung im Gegensatz zu konventionellem Erzählen. Zola ist nicht, wie die Idioten glauben, deshalb ein Realist, weil er viele unangenehme Szenen und Geräusche und Gerüche und Gefühle beschrieben hat, und zwar recht detailliert beschrieben hat, sondern weil er ein Dichter war, ein Seher; weil er trotz seiner Pseudophilosophie, trotz seines billigen Materialismus das wahre Herz der Dinge gesehen hat, ihre Realität. Nehmen wir *La Terre*! Glauben Sie, dieser Roman ist ›realistisch‹, weil er minutiös und wahrscheinlich getreu beschreibt, wie eine Kuh kalbt? Keineswegs, der Kreistierarzt, den man da gerufen hat, hätte das alles ebensogut oder besser berichtet. Er ist ›realistisch‹, weil er hinter die ganzen Brutalitäten dringt, die Schweinereien und Unmenschlichkeiten dieser entsetzlichen Menschen, und uns die seltsame, verrückte, transzendente Leidenschaft hinter all den Vorgängen zeigt – die wilde Begierde nach dem Land, eine Sehnsucht, die brannte, verzehrte, in Flammen setzte, die Männer in die Hölle und den Tod trieb wie die Leidenschaft für eine unerreichbare Göttin. Erinnern Sie sich daran, wie ›La Beauce‹ personifiziert wird, wie die Erde vor einem sich regt und aufschwillt, wie jeder Brocken Erdreich nach Arbeit und Verzicht und nach Menschenopfern schreit! *Das* nenne ich Realismus.

Die Märchen aus tausendundeiner Nacht sind ebenfalls zutiefst realistisch, obgleich sowohl die Inhalte wie der Stil – die Technik – ganz verschieden von Inhalt und Technik Zolas sind. Natürlich mag es Leute geben, die glauben, wenn man einen Schweinestall gut beschreibt, ist man ein Realist, und wenn man einen Altar gut beschreibt, ein Romantiker... Ich weiß nicht, ob die Bewußtseinsprozesse von Kretins ein sehr packendes Gesprächsthema sind.«

Man kann sich wohl vorstellen, daß die gewaltsame Plötzlichkeit des Ortswechsels genügend Grund zu exaltierter Stimmung war. Das abscheuliche Lupton lag hinter ihnen – keine Stadt, sondern eine Ansammlung von Gestank und Giftfabriken und Sklavenhütten; die noch abscheulichere Schule auch, lächerlicher als die Akademie von Lagado; ebenso der allerabscheulichste tägliche Trott – Spiel und Sport, Unterrichtsstunden und die Predigten von Dr. Chesson. Der Übergang zur Freiheit des legendären London mit seinen unbekannten Straßen und unaufhörlichen Menschenströmen war ungeheuer.

Ambrose sagte, er zögere, von diesem Spaziergang zu erzählen, weil man ihn für einen ziel- und zwecklosen Lügner halten möchte. Sie schlenderten stundenlang dahin und sahen die wundervollsten Dinge, die wundervollsten Menschen – doch war es, erklärte er, wie mit dem Benediktiner: Er konnte später nie die Gegenden wiederfinden, die er durchstreift hatte. Irgendwo, sagte er, in der Nähe vom Château de Chinon muß eine Gasse liegen, die man seitdem zugemauert hat. Aber dort lag der Eingang ins Zauberland.

Als sie endlich wieder in die Little Russell Row zurückgefunden hatten, erwartete sie der schwarze Kater mit zufriedener und gleichzeitig frommer Miene; er hatte den größten Teil jenes Viertelpfunds dubioser Butter verschlungen. Ambrose rauchte schwarze Zigaretten im Bett, bis das Päckchen leer war.

III

Es war eine erstaunliche Woche, die sie in London verbrachten. Ein paar Tage lang war Nelly damit beschäftigt, sich »Sachen« zu besorgen und »dies und das«, und man muß ihr lassen, daß sie sich bewundernswert einkleidete. Sie verwarf den ganzen kaiserlichen Purpur, das mediterrane Blau, das schrille Lila – die Farben, in die sich ihre Klasse gewöhnlich wirft, und erschien schließlich als hübsches Beispiel adretter Heiterkeit.

Inzwischen – während diese Einkaufsexpeditionen stattfanden und Nelly mit den hochgewachsenen, dunkelgewandeten, goldenhaarigen und ehrfurchtgebietenden Eleganzen konferierte, die über die innersten Mysterien der Schneidersalons und Putzmacherinnen wachen – saß Ambrose zu Haus in der Little Russell Row und arbeitete die Umrisse einiger Phantasien aus, die sich in ihm gebildet hatten. Tatsächlich machte er sich in diesen Tagen die Notizen, die später zu seiner kuriosen *Verteidigung der Wirtshäuser* erweitert wurden, einem Buch, das heute selten und gesucht ist. Man muß annehmen, daß es um dieses Werk ging, als der gute Palmer mit einer Art düsterer Verschwiegenheit seine dunklen Andeutungen bezüglich Meyricks späterer Laufbahn machte. Er hatte höchstwahrscheinlich keine Zeile davon gelesen – doch der Titel war gewiß kein sehr einnehmender, nach gewöhnlichen schulischen Maßstäben geurteilt. Und man muß sagen, daß die Aufnahme, die das Werk bei der Kritik fand, kaum ermutigend war. Eine Zeitung fragte sich offen, weshalb so ein Buch je geschrieben oder gedruckt worden war; eine andere prangerte den Autor rundheraus als einen Feind der großen Abstinenzlerbewegung an; ein drittes Organ, eine Monatsschrift, ließ seinen Rezensenten erklären, das Buch treibe ihm die Zornesröte ins Gesicht. Doch selbst die strengsten Moralisten hätten am Motto des Buches erkennen können, daß sich hinter seinen Affen, Eulen und Grotesken irgendwelche Mysterien verbergen mußten, da ein Autor mit wahrhaft bösen und dem Suff zuarbeitenden Absichten kaum als Epigraph den Satz gewählt hätte: *Dschelaled-Din rühmte das Tun der Berauschten und trank Wasser aus dem Brunnen*. Doch die Rezensenten hielten das für verrätselten Nonsens, der bloß zum allgemeinen Zweck des Autors gehöre, seine Leser zu irritieren.

Die grobe Skizze findet sich im ersten der immer noch unveröffentlichten Notizhefte, die vielleicht auch unveröffentlicht bleiben werden. Meyrick schrieb seine Andeutungen und Einfälle im schäbigen Zimmer »erster Stock vorn« der Pension in Bloomsbury nieder, an dem Rosenholzsekretär, der für die Hauswirtin das non plus ultra geschmackvoller Einrichtung war.

Die Luptons standen spät auf. Welche Erleichterung war es, frei zu sein von dem entsetzlichen Glockengeläut, das einem in der Schule die Ruhe vergiftete – friedlich dazuliegen, solange man wollte, bei einer morgendlichen Zigarette oder zwei zu einer Tasse Tee! Nelly arbeitete sich nach und nach in die Kunst des Zigarettenrauchens ein. Der Geschmack gefiel ihr zuerst gar nicht, doch das Wilde, Unbändige, Gewagte an der Sache hielt sie aufrecht, und sie blieb dabei. Und während sie so die besten Stunden des Tages verfaulenzten, ließ Ambrose am Fuß des Bettes eine lange Prozession der Lehrer vorbeiziehen, von denen jeder im Vorübergehen mit charakteristischen Worten seinem Entsetzen und Erstaunen Ausdruck verlieh, um dann mitten im Satz von einer unsichtbaren Macht fortgerissen zu werden. So trat Chesson auf, in der vollen Pracht von Chorhemd, Barett und Talar:

»Meyrick! Ist es denn möglich! Weißt du nicht, daß eine solche Aufführung mit den Prinzipien einer großen Public School völlig unvereinbar ist? Hat der Schulsport ...« Doch fort war er; man sah seine Beine im Wirbelwind verschwinden, der ihn den Kamin hinaufblies.

Dann wuchs Horbury aus dem Teppich empor:

»Schlichte Lebensführung und klares Denken sind die

Säulen des Systems. Eine spartanische Disziplin! Meyrick! Nennst du das eine spartanische Disziplin? Tabak zu rauchen, hingestreckt neben einer ...« Wie ein Pfeil folgte er dem Rektor nach.

»Wir versuchen mit allen Mitteln, mein Junge, üppige und weichliche Sitten zu unterdrücken! Junge! Das hier ist Verweichlichung! Dies ist Üppigkeit! Du bist wie die Römer der Verfallszeit! Es war eine Angewohnheit des Heliogabalus ...« Der Kamin verschlang auch Palmer, und er machte einem anderen Platz.

»Ganz allgemein sollte ein Schüler entweder in der Klasse lernen oder Sport treiben. Er sollte nie sich selbst überlassen sein. Ist das deine Vorstellung von Sport? Ich sage dir, Meyrick ...«

Das Spiel amüsierte Nelly – mehr wegen der begleitenden Gesten und der dazu geschnittenen Gesichter als aus einem besonderen Verständnis der Monologe. Ambrose sah, daß sie die ganze Komödie seiner Lage nicht begreifen konnte, und so erfand er eine intime Idylle zwischen dem Rektor und einer notorisch lauten und dick geschminkten Kellnerin in der »Glocke«. Die Dame war in ganz Lupton wenn nicht berühmt, so doch berüchtigt. Dies war ein großer Erfolg; es begann als kleine Episode und verzweigte sich dann in ein kompliziertes Geflecht von Zwischenfällen und Abenteuern, kühnen Unternehmungen und bizarren Fluchten, Listen und Hinterhalten, Verkleidungen und lärmenden Verwicklungen. Tatsächlich entwickelte sich, wie Ambrose Nelly mit großem Ernst darlegte, die Geschichte von einer schlichten Idylle, von der einfachen pastoralen Liebeserzählung vom Schäfer Chesson und der Nymphe Bella, mit rascher Geschwindigkeit zu einem Epos. Er sprach davon, sie in zwölf Gesänge aufzuteilen! Die Rache an den Freiern baute er höchst kompliziert aus. Hier sah man den guten alten Rektor, als Buchmacher verkleidet, der flotten Jugend, die sich an der Wirtshaustheke der »Glocke« zu drängen pflegte, ein infames Mittelchen in den Whisky praktizieren. Es gab eine recht lange Passage, in der die Zubereitung des Tranks aus verschiedenen Kräutern beschrieben wurde, wobei die gewaltige Rektoratsköchin die Rolle einer Art Canidia übernahm und bei der Verfertigung der Mixtur half.

»Mrs. Belper«, bemerkte der Rektor dann, »dies ist höchst befriedigend. Es war mir nicht bewußt, daß Sie eine so ausgebreitete Kenntnis therapeutisch wirksamer Wildpflanzen besitzen. Verstehe ich Sie richtig – Sie behaupten, diese wenigen Blätter, die Sie in Händen halten, werden deutliche Symptome hervorrufen?«

»Jesses, Herr Doktor Chesson, Sie werden schon entschuldigen, wenn ich's zu einem so gelehrten Herrn und einem so guten Mann so direkt sag, aber auf der ganzen Welt finden Sie nix Besseres, ich versprech's Ihnen. Oft und oft hab ich meine arme Mutter sagen hören, die wo jetzt Lichtmeß vierzig Jahr unter der Erde ist...«

»Mrs. Belper, Mrs. Belper, ich muß mich sehr wundern! Ist Ihnen denn nicht geläufig, daß höchste kirchenrechtliche Instanzen es für einen abergläubischen Brauch erklärt haben, den von Ihnen erwähnten Tag zu begehen? Ihre verstorbene Mutter, wollten Sie wohl sagen, ist am zweiten Tag des Februars vor vierzig Jahren dahingegangen. So ist es doch?«

»Vierzig Jahr im Februar, mein ich, und was war das eine gute Frau, und nie hab ich eine größere Warze an irgendeiner Nase gesehen, und so schlimm war's mit ihren Beinen alleweil und alleweil!«

»Diese Einzelheiten, wiewohl sicherlich von großem persönlichem Interesse, scheinen für unser augenblickliches Vorhaben kaum relevant. Doch fahren Sie, Mrs. Belper, in Ihren Ausführungen fort!«

»Und vielen Dank auch, Herr, und ich will auch nicht vergessen, daß Sie vom geistlichen Stand sind – aber wir können, sag ich immer, ja nicht alle von uns alles sein. Und meine arme Mutter, wie gesagt, Sir, die hat stets und immer gesagt, wenn sie wär wie so manche anderen Leute, dann hätt sie schon längst ein Vermögen mit eben diesem Kräutlein hier gemacht, das ich Ihnen jetzt zeige, Sir, so wahr ich hier steh.«

»Liebe Zeit, Mrs. Belper! Das ist außerordentlich interessant, was Sie da sagen. Ich habe mir oft gedacht, daß wir einen schweren Fehler begehen, indem wir – was wir zweifellos tun – die reichen Gaben der freundlichen Erde so gering achten. Ihre dahingegangene Mutter hat also dieses Mittel mit bemerkenswertem Erfolg verwendet?«

»Jesses, Herr Doktor! Kein Elefant hätt angekonnt dagegen und kein Walfisch auch nicht, das ist stärker als das stärkste Schießpulver, das man je gebraut hat, und meilenweit besser als das arge Zeug, was einem der Apotheker um teuer Geld andreht und was nicht mehr wirkt als Kamille, wenn Sie mich fragen, Sir. Aber auch wenn eins das stärkste von den starken Mitteln aus der Apotheke wär, darauf nehm ich einen heiligen Eid, daß es schwach ist im Vergleich zu dem, was meine arme Mutter gekocht hat, und soviel wird Ihnen auch jedermann in ganz Much Moddle sagen, denn der, ob Mann, Weib oder Kind, der einmal eine von Mrs. Marjorams Mixturen geschluckt hat und darüber weggekommen ist, der hat sich sein Lebtag daran erinnert. Und meine arme alte Mutter, komisch war sie schon – es gab wohl keine lustigere Frau, und als Tom Copus geheiratet hat, der lahme Fiedelmann, arme Mutter! obwohl sie kaum hat laufen können, so schlimm waren ihre Beine, da ist sie doch hingegangen und hat dort ein wenig von der Mixtur ins Bier getan, als niemand hingeschaut hat! Die gute Seele! Wie sie selber nachher gesagt hat, auf einer Hochzeit muß es lustig hergehen, und recht hat sie auch, alle haben gelacht, die an dem Tag das Bier nicht angerührt haben, weil sie am Schnapstrinken waren, und an den Schnaps ist die arme Mutter nicht gekommen, der war weggeschlossen – ein boshaftes, echt gemeines Mißtrauen, das muß ich schon sagen.«

»Genug, Mrs. Belper, genug! Sie haben mir hinreichendes Vertrauen in die pharmazeutischen Künste der seligen Mrs. Marjoram gegeben. Wir werden, wenn Sie nichts dagegen haben, Mrs. Belper, die Mixtur, mit Shakespeares Worten, ›stark und gut‹ sein lassen.«

»O lieber Gott, Sir, Segen über Ihr gutes Herz, und ein guter Herr sind Sie mir ja immer gewesen, hier haben Sie genug, um ganz Lupton auf den Rücken zu legen, oder ich will nicht mehr Belper heißen, was doch ganz bestimmt mein ehrlicher Name ist.«

»Gewiß, gewiß doch, Mrs. Belper, das zu bestreiten dürfte gewiß niemandem einfallen. Ich glaube eigentlich auch, Mrs. Belper, daß die bedeutendsten Ärzte die wohltätige Wirkung eines sanften Laxativs während der tückischen – wenn auch entzückenden – Frühlingszeit stets hervorgehoben haben?«

»Herrjesses, Sir, recht haben Sie, wie Sie's ja immer haben, weil warum? Genau das hat meine arme Mutter immer gesagt, wenn sie die Mixtur gemacht hat: ›Gründlich ausgeputzt hat noch stets genutzt!‹ Und gelacht hat sie, wenn sie das Zeug zerstampft hat, bis ich wirklich gedacht hab, sie tut sich was an, und gezittert dabei wie die feinste Götterspeise.«

»Mrs. Belper, Sie haben mir eine große Last vom Herzen genommen. Sie glauben also, daß ich dann von aller unfairen Konkurrenz befreit sein werde, wenn ich meine geschätzte junge Freundin Miss Floyer besuche?«

»So frei, Doktor Chesson, Sir, wie die kleinen Vögelchen in der Luft, weil tagelang nicht eins von den jungen Bürschchen auf den Beinen sein wird, und Gestöhne und Geheule werden die einzigen Worte sein, die da noch ein sterbliches Menschenkind spricht, und segnen werden sie Sie mit ihrem letzten Schnaufer. Also, Sir, werden Sie die reizende junge Dame ganz für sich allein haben, Gott segne Sie, und wenn's Zwillinge sind, machen Sie *mir* keinen Vorwurf!«

»Mrs. Belper, dieser Satz dürfte doch wohl eine Prolepsis darstellen, das liegt alles noch im Schoße der Zukunft, aber Sie meinen es sicher nur gut. Ha! Es läutet zum Nachmittagsunterricht!«

Die Stimme des Doktors war schrill und durchdringend, mit einer Note darin, die an auf dem Kamm geblasene Töne erinnerte, während die dicke Köchin in einem sülzigen, rauhen Alt sprach. Ambrose gab diese Besonderheiten mit der Begabung des geborenen Schauspielers wieder und fügte angemessene mimische und gestische Schnörkel hinzu; Nelly wußte die Komödie begeistert zu schätzen.

Tag um Tag wurden neue Szenen und Vorfälle hinzugefügt. Der Rektor versteckte sich auf der Jagd nach dem Gegenstand seiner sündigen Leidenschaft im Kohlenkeller der »Glocke«, und als man das Geraschel hörte, entzog er sich eine Weile der Entdeckung, indem er das Gebell eines Terriers auf der Rattenjagd imitierte. Nelly hörte gerne das »Wuff! Wuff! Wuff!«, das an diesem Punkt vorkam. Ihr gefiel auch die Schlußpointe, als der Hausknecht der »Glocke« in den Schankraum gerannt kam und sagte: »Hol mich dieser und jener, wenn's nicht der Rektor ist! Ich hab sein Barett und seinen Talar gesehen, wie er immer rund herum um die Kohlen gerannt ist, und entsetzlich geknurrt hat er dabei.« Darauf erwiderte die Wirtin: »Lüg doch hier nicht so albern rum, wie kann der knurren, ist doch ein geistlicher Herr!« Und all die Müßiggänger an der Theke stimmten in den Chor mit ein: »Stimmt schon, Tom, warum erzählst du solche Albernheiten, ist doch ein geistlicher Herr!«

Sie lachten so laut und herzlich über ihrem Morgentee und über diesen Verrücktheiten, daß der Wirtin starke Zweifel an ihrem verheirateten Status kamen. Es war ihr gleich; sie hatten bezahlt, was sie verlangt hatte, ein Teil bar im voraus, und wie sie sagte: »Junge Herrn wollen nun einmal ihren Spaß mit den jungen Damen haben – was hilft da alles Reden?«

Schließlich kam das Frühstück. Sie warnten die Wirtin eine halbe Stunde im voraus mit einem Klingelzeichen, so daß das eigenartige Essen immerhin nicht kalt war. Danach brach Nelly lustig zu ihren Einkaufsstreifzügen auf, die ihr, wie zu erwarten stand, sehr viel Spaß machten, und Ambrose blieb zu Hause, mit Feder und Tinte und einem dicken Notizheft, das ihm im Schaufenster einer Papierwarenhandlung ins Auge gestochen hatte.

Unter diesen seltsamen Umständen also legte er die Grundlagen seiner heute seltenen und kostbaren *Verteidigung der Wirtshäuser*, die jetzt bei denen, die sich glücklich schätzen, ein Exemplar zu besitzen, als einzigartiger, goldener Traktat gilt. Obwohl er später eine Menge Material hinzufügte und freizügig umstellte und neu anordnete, hat die erste Skizze einen bestimmten Reiz der Kraft und Frische, der auf seine Art entzückend ist. Nehmen wir beispielsweise die Beschreibung unserer gänzlich von der Nüchternheit überwältigten Welt: Ein tödlicher Mangel an Berauschung zerstört und negiert alle Werke und Gedanken des Menschen, das ganze Land steht unmittelbar vor dem Ruin, weil ihm gutes Getränk und gute Trinker fehlen. Der Autor gibt ernste Gründe für die Befürchtung an, daß wegen dieser kläglichen Vernachlässigung der dionysischen Mysterien die Menschheit rasch von der Höhe hinabstürzen wird, die sie erreicht hat, und in unmittelbarer Gefahr ist, in den stummen und blinden und hilflosen Zustand des Viehs zu versinken.

»Wie sonst«, schreibt er, »könnte man sich den argen Zustand erklären, in welchem die ganze Tierwelt stets ohnmächtig verharren muß? Den Tieren sind seltsame, weitreichende und enorme Fähigkeiten und Kräfte gegeben. Nehmen wir als Beispiel die eigenartige Ausstattung zweier Extremfälle in diesem Bereiche – die Ameise und den Elefanten. Die Ameise steht uns, wenn man das so sagen darf, sehr nahe. Wir haben den wimmelnden Fleiß unserer großen Industriezentren, unsere schwarzen Fabrikdistrikte und unsere Sklaven, die, wenn schon nicht schwarz geboren, täglich in unseren Diensten schwarz werden. Und die Ameisen haben ebenfalls ihre schwarzen Sklavenrassen, die für sie die Schmutzarbeit erledigen und vielleicht dazu beglückwünscht werden, daß sie das Privileg besitzen, an den Segnungen der Zivilisation teilhaben zu dürfen – wenn das auch eine uns vorbehaltene Verfeinerung sein mag. Die Ameisensklaven eilen, soviel ich weiß, eifrig herbei, um den Bau und die Eier zu verteidigen, und es heißt, die Arbeiterklasse sei bis auf die Knochen liberal gesinnt. Mehr noch! Wir züchten künstlich Pilze; sie ebenfalls. In manchen Gegenden errichten sie meines Wissens enorme Hügel, die das ganze Land beunruhigen und erschrecken. Wir haben Manchester und Lupton und Leeds und viele andere solche Orte – man könnte sie fast für zivilisiert halten.

Der Elefant wiederum hat viele Begabungen, die uns fehlen. Man beachte seinen merkwürdigen Instinkt (seine Intuition, besser gesagt), was Gefahr angeht. Der Elefant weiß beispielsweise, wenn eine Brücke unsicher ist, und weigert sich, dort hinüberzugehen, wo ein Mensch seinem Untergang entgegenschritte. Man könnte auf solche Art all die verschiedenen Kreaturen untersuchen und an ihnen eigenartige Fähigkeiten entdecken.

Jedoch – sie haben keine Kunst. Sie sehen – doch sie sehen nicht. Sie hören – doch sie hören nicht. Der Geruch in ihren Nasen hat keine Süße. Sie haben keinen Bericht von all den Wundern hinterlassen, die sie je gekannt haben. Ihre Häuser sind manchmal so ingeniös wie eine Chemiefabrik, aber niemals handelt es sich um das Schöne um des Schönen willen.

Es ist offensichtlich, daß sie sich deshalb in diesem beklagenswerten Zustand befinden, weil ein dichter, trüber Schleier von Nüchternheit über ihnen hängt; und es scheint unseren Temperenzlern, den »Mäßigkeits«-Aposteln, niemals eingefallen zu sein, daß sie mit ihrem Hinweis auf das Beispiel der abstinenten Tiere das tödlichste Gegenargument gegen ihr Allheilmittel Wasser vorgebracht haben. Der Wildesel ist zweifellos ein konsequenter Abstinenzler, doch kein verständiger Mensch sollte sich wünschen, ein Wildesel zu sein.

Doch die Chronik der Männer, die große Taten getan haben, die ihr Ziel erreicht haben und auf immer verehrungswürdig bleiben, ist die Chronik derer, die sich dem vollen Becher verschworen haben. Dionysos, so sagten die Griechen, hat der Welt die Kultur gebracht, und der Kern, das

Herzstück der griechischen Kultur war natürlich das bakchische Mysterium.

Man vergleiche Weinstock und Weinberg in der Bildersprache des Alten Testaments.

Man vergleiche die Ritterausfahrt, die Suche nach dem heiligen Graal.

Man vergleiche *La Dive Bouteille* bei Rabelais.

Man versetze sich im Geiste in eine gotische Kathedrale des dreizehnten Jahrhunderts, wo gerade die Messe gelesen wird. Dann gehe man ins nächste protestantische Bethaus und schaue und höre zu. Man betrachte den Unterschied zwischen den beiden Gebäuden und den zwischen jenen, die in dem einen Gott anbeten, und denen, die im anderen zuhören und kritisieren. Man hat da den Unterschied zwischen den Berauschten und den Nüchternen, sichtbar in ihren Werken. Wie das Bethaus sich zur Abtei Tintern verhält, so Nüchternheit zum Rausch.

Die moderne Zivilisation ist in vieler Hinsicht weiter fortgeschritten? Natürlich. Das Bethaus hat eine Fassade mit Gipsstukkatur. Dieses Material war den Erbauern von Tintern ganz unbekannt. Fortgeschritten? Was ist Fortschritt? Freiheit vom Exzeß, vom Überschwang, von wildem Enthusiasmus? Kleine protestantische Gewerbetreibende sind zweifellos von alledem frei. Aber soll die Lust an der Lebensmittelfälschung das letzte Ziel im Leben sein, der Gipfelpunkt der menschlichen Rasse? *Caelumque tueri* – um Sand unter den Zucker zu mengen?

Die Krüge im Hohen Lied waren nicht mit Ginger Ale gefüllt.

Das Schlimmste aber ist, daß wir nicht nur zu den Tieren hinabsinken werden. Wir werden weit unter sie hinunter stürzen. Ein Schwarzer ist gut. Ein Weißer auch. Aber der Weiße, der ›vernegert‹, wird nicht zum Neger – er wird zu etwas viel Schlimmerem, zu einem entsetzlichen Haufen Fäulnis.

Wenn wir unser Denken von der fürchterlichen Heuchelei unserer ›Zivilisation‹ reinigen können, wenn wir eine moderne ›Industriestadt‹ mit illusionslosem Blick ansehen können, dann werden wir einen annähernden Begriff von dem grauenerregenden Horror haben, zu dem wir hinabsteigen in unserem Bemühen, zu werden wie die Ameisen und die Bienen – Wesen, die nichts wissen vom

CALIX INEBRIANS.

Ich bezweifle, daß wir wirklich dieser Anstrengung fähig sind. Schwärze, Gestank, Öde, Gift, der allgemeine Höllenalptraum haben schon – fürchte ich – Form und Prägung unserer Gedanken selbst zerfressen. Wir sind nüchtern, und vielleicht ist die Wirtshaustür uns schon für immer verschlossen.

Ganz gelegentlich werden vielleicht zu immer selteneren Gelegenheiten einige wenige unter uns ganz schwach die fernen Echos des heiligen Wahnsinns hinter der verschlossenen Tür hören:

Wenn der Thyrsus geschwungen wird, wenn der Klang
Heiliger Orgien in die Runde fliegt, fliegt!

– den *sonus epulantium in aeterno convivio*.

Doch das werden wir nicht mehr begreifen können. Sehr wahrscheinlich werden wir den Klang dieses Hohen Chores für das fürchterliche Frohlocken der Hölle halten. Wie seltsam es ist, daß jene, die offiziell und, sozusagen, zeremoniell an einen Initiationsritus gebunden sind, der gewiß den Wein des Festes in sich schließt, in all ihren Gedanken und Worten und Taten ständig aufs Blasphemischste allen Sinn und Zweck der Feste und des Rausches leugnen!

Dies ist nicht die Zurückweisung der *species*, um das wunderbarere, begehrenswerte *genus* vollkommen genießen zu können: Es ist die Verfemung von *species* und *genus* – es wird verkündet, daß das Gute böse sei. Das Allgemeine wird verleugnet, das Besondere entweiht und besudelt. Was man den ›Fluch der Trunkenheit‹ nennt, ist die naturgemäße und unvermeidliche Folge der sogenannten protestantischen Reformation. Wenn die klaren Quellen und Brunnen des zauberischen Waldes zugeschüttet und unsichtbar gemacht werden, dann werden die Menschen (die des Trunks bedürftig sind) zu den Schleimtümpeln und Giftteichen gehen.

In den Graalsromanen liegt ein Fluch – ein böser Zauber – über dem Land Logres, weil das Mysterium des heiligen Gefäßes keine Beachtung findet. Der Ritter sieht den tropfenden Speer und die leuchtende Schale an sich vorbeiziehen und sagt kein Wort. Er fragt nicht nach dem Zweck und der Bedeutung dieser Zeremonie. Deshalb ist das Land verödet und unfruchtbar und ohne Lieder, und die dort hausen, leben elendiglich.

Jeden Tag unseres Lebens sehen wir den Graal in wundervoller Ordnung an uns vorbeigetragen, und jeden Tag bleibt die Frage ungestellt, bleibt das Geheimnis verachtet und vernachlässigt. Doch könnten wir diese Frage stellen und uns vor diesem himmlischen und herrlichen Glanz und dieser Heiligkeit verneigen – dann hätte jeder Mensch die Speise und den Trank, die seine Seele begehrte; die Halle füllte sich mit den Düften des Paradieses, mit dem Licht der Unsterblichkeit.

In den Romanen wurde der Graal am Ende entrückt, weil die Menschen seiner nicht würdig waren. So wird es wohl am Ende sein. Selbst jetzt läßt sich der auf die Suche Ausziehende auf ein verzweifeltes Abenteuer ein – wenige sind es, die ihn finden.

Ventilation und sanitäre Einrichtungen sind gut und schön. Aber es wäre nicht sehr befriedigend, den Tag in einer gut ventilierten und sanitär einwandfreien Hölle zu verbringen – ohne Essen und Trinken. Wenn man an Hunger und Durst zugrundegeht, erscheinen sanitäre Erwägungen unwichtig.

Wie wunderbar, wie herrlich wäre es, wenn das Königreich der Großen Trinker wiederhergestellt werden könnte! Wenn wir nur all die Macht der Nüchternen mit einem Streich hinwegfegen könnten – der Fabrikerrichter, der Giftproduzenten, der Politiker, der Verfertiger schlechter Bücher und schlechter Bilder, zusammen mit den Bethäusern und der Moral von Mr. Mildmay, dem Vikar (einer langen Liste von Negationen): Dann stelle man sich vor, wie das Große Licht des Großen Rausches aus jedem Gesicht strahlte und es kein von Menschenhand geschaffenes Ding gäbe, von der Kathedrale bis zum Federmesser, das nicht das Zeichen des Wirtshauses trüge! Die ganze Welt ein großes Fest; jeder Brunnen eine Quelle starken Getränkes; jeder Fluß voll des neuen Weines; der Graal zurückgeholt von Sarras, dem ehrfurchtgebietenden Schrein von Corarbennic wiedereingefügt, das Orakel der *Dive Bouteille* wieder jedermann erteilt, der zerstörte Weinberg wieder üppig wachsend, umschlossen von glänzenden ewigen Mauern! Dann würden wir wieder das alte Lied hören, und sie würden die alten Tänze tanzen, die glücklichen, ausgelösten Leute, die Tisch- und Zechgenossen des Immerwährenden Wirtshauses.«

Der ganze Traktat, von dem das Zitierte ein Fragment in rudimentärem, unvollkommenem Zustand ist, ist natürlich ein leidenschaftlicher Aufruf zur Restauration der belebenden, überschwenglichen Phantasie – nicht nur in der Kunst, sondern an allen innersten Orten des Lebens. Noch mehr liegt darin. Da und dort kann man sozusagen geflüsterte Andeutungen tieferer Geheimnisse hören, Hinweise auf ein großes Experiment, eine große Tat, zu welcher manche Menschen berufen werden könnten. Mit seinen eigenen Worten: »Im Wirtshaus gibt es ein inneres Wirtshaus, aber seine Tür ist nur sehr Wenigen sichtbar.«

In Ambroses Bewußtsein war in späteren Jahren dies dicke Notizheft ein kostbarer Besitz, vielleicht als Ersatz für jene Phiole mit dem Aroma der Vergangenheit, die ihm zufolge eine so erwünschte Erfindung wäre. Es stand nicht so sehr für das, was darin niedergeschrieben war, sondern für den Ort und die Umstände der Niederschrift. Es erinnerte an Little Russell Row und Nelly und an die Essen im Château de Chinon, wo man Abend um Abend immer seltsamere, köstlichere Gerichte auftrug, und der rote Wein immer stärker seinen himmlischen Ursprung zu erkennen gab. Ein Abend zeichnete sich durch eine merkwürdige Begegnung aus.

Ein Mann mittleren Alters, der an einem Nebentisch saß, suchte offenbar vergeblich seine Streichhölzer, und Ambrose reichte ihm seine Schachtel mit dem solidarischen Lächeln, das ein Raucher in solchen Fällen dem anderen zeigt. Der Mann – er hatte ein schwarzes Schnurrbärtchen und einen kleinen, spitzen Bart – bedankte sich in geläufigem Englisch mit französischem Akzent, und sie fingen an, von nebensächlichen Dingen zu reden, um in ihrem Gespräch nach und nach Kurs auf die Kunst zu nehmen. Der Franzose lächelte über Meyricks Enthusiasmus.

»Was für ein Leben haben Sie vor sich!« sagte er. »Wissen Sie nicht, daß die Menge den Künstler immer haßt – und ihn tötet, wenn sie kann? Sie sind ein Künstler, und ein Mystiker dazu. Welch ein Schicksal!

Ja, aber dieser Beifall, diese *réclame*, die nach dem Tod des Künstlers kommt«, fuhr er fort, um auf einen Einwand Ambroses zu antworten, »das ist die schlimmste Grausamkeit von allen. Es ist schön für Burns, nicht wahr, daß seine stupiden Landsleute die ganzen letzten achtzig Jahre unaufhörlich Schwachsinn über ihn erzählt haben? Die Schotten? Aber die sollten sich schämen, seinen Namen auszusprechen! Und Keats, und wie viele andere in meinem Land und Ihrem und in allen Ländern? Die Kretins sind es nicht zufrieden, den Künstler bei Lebzeiten zu verleumden, zu verfolgen, ihn ins Elend zu treiben. Sie folgen ihm mit ihrem Lob ins Grab – das Grab, das sie ihm geschaufelt haben! Das Lob der Menge! Lob einer Schweineherde! Denn, sehen Sie, während sie die Toten mit ihren Komplimenten beleidigen, beleidigen sie gleichzeitig die Lebenden mit ihrem Hohn.«

Er schwieg, seinem Gesichtsausdruck nach schien er »die Menge« mit Flüchen zu überziehen, die zu entsetzlich waren, als daß man sie hätte aussprechen dürfen. Er erhob sich plötzlich und wandte sich Ambrose zu.

»Künstler – und Mystiker. Ja, Sie werden wahrscheinlich

ans Kreuz geschlagen. Ich wünsche einen guten Abend... und ein schönes Martyrium!«

Er war fort, nach einem charmanten Lächeln und einer reizenden Verbeugung für »Madame«. Ambrose sah ihm mit erstauntem Gesicht nach; seine letzten Worte hatten in ihm eine unklare Erinnerung wachgerufen, die sich ihm entzog; und dann entsann er sich plötzlich des alten, zerlumpten irischen Geigers, der seine seltsamen Phantasien unter dem Baum am Stadtrand von Lupton gefiedelt hatte. Er dachte an dessen Ausdruck »rotes Martyrium«; es war ein seltsames Zusammentreffen von Zufällen.

IV

Die beiden Wendungen gingen ihm immer noch durch den Kopf, nachdem sie das Restaurant verlassen hatten und durch die hellerleuchteten Straßen mit all ihrer seltsamen und wechselnden Szenerie schritten, zwischen funkelnden Schaufenstern und funkelnden Lampen, durch Ebbe und Flut der Gesichter, der Stimmen, des Gelächters, durch die wimmelnden Menschenmassen vor den Theatertüren, die vorbeifegenden Droschken und die schwerfällig einherrollenden Omnibusse, die in seltsame Gegenden fuhren – nach Turnham Green und Castlenau, Cricklewood und Stoke Newington: Orte, unbekannt wie Städte in China!

Es war eine dunstige, heiße Nacht; die ganze große Stadt war wie in einen Nebelschleier eingehüllt, und ein ockergelber Mond stieg weit hinten im Osten durch Wolkenrauch auf. Ambrose erinnerte sich auf einmal daran, daß der Mond, diese Welt des Glanzes, auf eine entlegene Landschaft schien, auf die Küste mit den wilden Felsen, das wogende Meer, auf die verzauberten Apfelhaine in Avalon, wo die Äpfel immer golden sind und doch die magischen Blüten nie welken, sondern sich immerwährend vor dem Himmel abzeichnen.

Sie kamen an einer halb dunklen Straße vorüber, und in seine Träume hinein klirrte und rasselte plötzlich die Musik einer Drehorgel. Einen Augenblick lang sahen sie die Schattengestalten hin und her hüpfender Kinder, die seltsame Tänze zum Takt der Melodie aufführten. Dann kamen sie in eine lange schmale Straße mit einer Kirchturmspitze in der Ferne, und dann kamen sie in der Nähe der Kirche am »Kirchenladen« vorbei – römisch-katholisch offenbar, nach den Themen und dem Stil der ausgestellten Kunstwerke zu schließen. Doch es war seltsam! Mitten im Fenster stand eine krude, grelle Statuette irgendeines Heiligen. Er trug leuchtendrote Gewänder, mit goldenen Sternen besät; das Blut strömte aus einer Wunde an seiner Stirne, und mit einer Hand zog er das scharlachrote Gewand zur Seite und wies auf den entsetzlichen Hieb über seinem Herzen, aus dem ebenfalls die Blutstropfen regneten. Die Farben waren grob und schreiend, und doch schien durch die schlechte, billige Kunst hindurch eine Ekstase zu leuchten, die der Schönheit sehr nahe war; das, was hier ausgedrückt wurde, war so groß, daß es bis zu einem gewissen Grade die Gemeinheit des Ausdrucks überwand.

Sie wanderten ohne bestimmten Zweck einher, wie es ihr Brauch war. Ambrose war still; er dachte an Avalon und an »rotes Martyrium« und die Abschiedsworte des Franzosen, an die Vision in einem der alten Bücher: »Der Mann gekleidet in ein Gewand roter und leuchtender denn das brennende Feuer, und seine Füße und Hände und sein Gesicht waren von ebensolcher Flamme, und fünf Engel in feurigem Kleid umstanden ihn, und zu Füßen des Mannes war die Erde bedeckt mit einem roten Tau.«

Sie kamen unter einem alten Kirchturm vorbei, der sich weiß im Mondlicht über ihnen erhob. Die Luft war klar geworden, der Nebel verflogen, und jetzt schien der Himmel violett, und der weiße Stein der klassisch geformten Turmspitze leuchtete droben. Es drang plötzlich ein Tumult froher Klänge aus ihr hervor, triumphierende Glocken tönten in stets wechselnder Reihenfolge, dröhnend, als wollten sie einen großen Sieg feiern, so daß der vergnügte Lärm der Straße unten nur noch ein triviales unruhiges Geräusch war. Er dachte an etwas, das er einmal gelesen hatte, ohne sich klar daran erinnern zu können: Ein Schiff kam nach mühevoller, stürmischer Fahrt über viele furchtbare Meere in seinen Hafen zurück, und an Bord sah man den Tumult in der Stadt, als die Segel gesichtet wurden, hörte von weitem die Freudenschreie der jubelnden Menge, hörte die Glocken aller Kirchen und Türme plötzlich in triumphierendem Chor erklingen, hoch über dem Gischten der Wellen.

Ambrose löste sich von seinen Träumen. Sie waren im

Kreis gegangen und waren fast wieder in die Straße zurückgekommen, wo das Château lag, wenn sie auch – da ihre Kenntnis des Viertels gering war – meinten, eine Meile oder so von diesem Punkt entfernt zu sein. Wie es sich traf, hatten sie die Straße vor ihnen noch nie betreten, und der plötzlich auftauchende Anblick bunter, von innen erhellter Glasfenster gefiel ihnen sehr. Es waren satte, gute Farben; Rankenwerk, verschnörkelte Kartuschen und allerhand groteskes Ornament in Renaissancemanier waren zu sehen und viele bunte Wappenschilde in Rot wie Rubin und in Gold und azurnem Blau – und in der Mitte zeigte ein Bild den Hof des Bierkönigs: eine leutselige, ehrwürdige Gestalt mit einem Gefolge von Zwergen und Kobolden, die alle enorme Bierkrüge in die Höhe hielten. Sie traten kühn ein und waren froh: Es war dies das berühmte Gasthaus zu den »Drei Königen« in seiner goldenen und unreformierten Zeit, doch das wußten sie nicht. Der Raum war mäßig groß, sehr niedrig, mit großen dunklen Balken an der weißen Decke. Weiß waren die Wände; auf dem Gips rühmten schwarze Frakturtexte mit zinnoberroten Initialen die edle Zechkunst, und weitere Kobolde in Schwarz und Rot dräuten seltsam in unerwarteten Winkeln. Die Beleuchtung war wohl Gaslicht, doch sichtbar waren nur große altertümliche Laternen, die von eisernen Haken hingen, und durch ihr trübes grünes Glas fiel nur ein schwacher Lichtschein auf die schweren Eichentische und die Trinker. Vom mittleren Balken hing ein enormer Strauß Hopfen unter der Decke; es herrschte ein leises Gesprächsgemurmel, unterbrochen hie und da vom Klappern eines Maßkrugdeckels, mit dem ein neues Bier bestellt wurde. In einer Ecke stand eine Art Theke, hinter der zwei grimmige Frauen – Koboldinnen offenbar – ihres Amtes walteten, und über ihnen auf einer Art Regalbrett alle möglichen Krüge und Humpen, in allen Größen und bizarren Formen. Es gab da einfache altweiße irdene Krüge, andere waren bemalt mit fröhlichen und seltsamen Formen – bekränzte Böcke, Jagdszenen, ragende Burgen, flammende Blumensträuße. Und dann hatte ein Freund der Betrunkenen, ein

Weiser, der sich in die Geheimnisse des Durstes vertieft hatte, eine Reihe von Wundern aus Glas verfertigt, so schimmernd und kristallklar, daß es wie ein Blick in einen Brunnen war, sie anzusehen, denn jedes Aufglitzern der einzelnen Facetten versprach Befriedigung. Da standen die Deckelkrüge, geräumig und sehr tief, bekrönt zum größten Teil nicht mit den gewöhnlichen schlichten Deckeln, sondern mit hohen Turmspitzen aus Zinn, reich verziert, offensichtlichen Überbleibseln des Mittelalters. Ambroses Augen glänzten; dieser Ort war genauso, wie er ihn entworfen hätte. Auch Nelly war froh, sich niederzusetzen, weil sie länger gegangen waren als gewöhnlich. Sie wurde mit einem Glas eines kühlen Getränks erfrischt, in dem eine Borretschblüte und eine Kirsche schwammen, und Ambrose bestellte einen Krug Bier.

Es ist nicht bekannt, wie viele dieser Krüge er leerte. Es war, wie gesagt, eine schwüle Nacht, und die Straßen waren staubig, und so ein Glas Benediktiner nach dem Essen erweckt den Dämon des Durstes eher, als daß es ihn beruhigt. Trotzdem – Münchener Bier ist kein hitziger, aufrührerischer Trank, so daß man den Grund für das, was nun folgt, wohl in anderen Quellen suchen muß. Ambrose nahm einen tiefen Zug, schaute zur Decke empor und bestellte noch einen Krug Bier für sich und noch etwas von dem kühlen und zarten und blumigen Getränk für Nelly. Als ihr Trunk wieder vor ihnen stand, begann er ohne Titel oder Einleitung folgendermaßen:

»Du mußt wissen, liebe Nelly« – sagte er – »daß die Heirat des Panurge, die sich ereignete, als die Zeit gekommen war (dem Orakelspruch und Ratschlag der Heiligen Flasche entsprechend), keineswegs glücklich zu nennen war. Denn gegen alles gute Zureden von Pantagruel und Bruder Johann und in der Tat aller seiner Freunde heiratete Panurge in einer störrischen, grilligen Laune die krumme und schielende Tochter des kleinen Alten, der in der Rue Quincangrogne in Tours grüne Sauce verkaufte – du wirst in wenigen Tagen die genaue Stelle sehen, und dann wirst du alles begreifen. Das begreifst du nicht? Mein Kind, das ist Blasphemie, denn es verklagt den

Zeitgeist, der gewiß der einzige Gott ist, den es je gegeben hat, wie du ausführlicher bei Huxley und Spencer und in den Leitartikeln der führenden Zeitungen lesen kannst. *Quod erat demonstrandum*. Um es noch genauer zu sagen: Du mußt wissen, wenn ich tot sein werde und ein sehr großer Mann dazu, dann werden Tausende von Leuten aus allen Weltecken – die Vereinigten Staaten von Amerika nicht zu vergessen – nach Lupton kommen. Sie werden kommen und das alte Herrenhaus mit großer Konzentration betrachten (an dessen Wand eine Inschrift von mir künden wird); sie werden Stunden in der Schule verbringen, mehrmals um den Sportplatz herumgehen und sich kleine Schnipsel von den ›Bächen‹ und ›Klüften‹ abschneiden. Dann werden sie die Schwefelsäurefabrik, die Kunstdüngerfabrik und die Öffentliche Bücherei besuchen und was sonst die stolze Stadt Lupton an Senkgruben und Höhlen des Gestanks zu bieten haben mag, und sich schließlich noch in Ruhe den Güterbahnhof anschauen. Dann werden sie sagen: ›*Jetzt* verstehen wir ihn; *jetzt* ist uns jene wunderschöne Textpassage endlich klar; *jetzt* sieht man doch, wie ihn diese herrliche alte Schule und die schöne englische Landschaft inspiriert haben.‹ Du siehst also: Wenn ich dir die Rue Quincangrogne zeige, verstehst du die Geschichte ganz und gar. Laß uns trinken, die Welt wird nie mehr in Wasser ersäuft werden, hab keine Angst.

Nun, Tatsache ist und bleibt, daß Panurge, nachdem er das erwähnte häßliche Weibsstück geheiratet hatte, zutiefst unglücklich war. Es war vergebens, daß er mit seiner Frau in allen bekannten Sprachen und in einigen, die unbekannt sind, zu disputieren suchte, denn wie sie sagte, verstand sie nur zwei Sprachen, die der Touraine und die des Steckens, und letztere brachte sie Panurge *per modum passionis* bei – das heißt, indem sie ihn schlug, und zwar so gründlich, daß der arme Knoblauchlutscher von Kopf bis Fuß zerschunden war. Er war ein wackerer kleiner Bursche, doch der größte Feigling, der je geatmet hat. Glaubt mir, illustre Zecher und geliebte... Nelly, noch nie war ein Mensch so elend, seit Adam das Paradies aus sich vertrieb. Das ist die wahre Lehre; ich hörte sie in Eleusis. Du fragst, was denn los war? Nun, zunächst einmal hat diese boshafte Kreatur, die von allen (weil alle sie haßten) La Vie Mortale genannt wurde, oder Das tödliche Leben, hat diese boshafte Kreatur also – ja, was glaubst du, hat sie getan, als der letzte Bogenstrich verklungen war und die Hochzeitsgäste zu den ›Drei Hechten‹ abgewandert waren, um dort einen gewissen Kummer zu ertränken, der gewiß unsterblich ist, da er trotz aller Versuche immer noch wirkt und lebt... Nun, was tat da Madame Panurge? Nichts anderes als dies: Sie raubte ihrem vortrefflichen und ergebenen Gatten alles, was er besaß. Du erinnerst dich zweifellos daran, wie Panurge in den alten Tagen mit dem Geld, das ihm Pantagruel geschenkt hatte, Flohhupf spielte und die Münzen wie Kiesel übers Wasser warf, so daß er dann auf seinen Weizen borgen mußte, wenn das Korn noch auf dem Felde stand oder, falls einer genauer hingesehen hätte, noch gar nicht gesät war. Wahrhaftig, der gute Kleine hatte keinen Pfennig mehr übrigbehalten, weshalb ihn Pantagruel nur desto inniger liebte. So daß nach dem Orakelspruch der Dive Bouteille, als Panurge seine Braut ausgewählt hatte, Pantagruel zeigte, wie hoch er einen tüchtigen Geldausgeber zu schätzen wußte, indem er ihm einen solchen Schatz schenkte, daß noch heute die Goldschmiede, die unter der Glocke von St. Gatien wohnen, vor dem Essen davon reden, weil ihnen dies das Wasser im Mund zusammenlaufen läßt und dieser Speichelfluß der Verdauung überaus förderlich ist, wozu man Galens Schriften vergleichen möge. Wenn du wissen willst, wie groß und herrlich dieser Schatz war, mußt du in die erzbischöfliche Bibliothek von Tours gehen, wo man dir einen großen schweinsledernen Band zeigen wird, dessen Titel ich vergessen habe. Doch ist dieses Buch nichts anderes als die Liste all der Wunder und Herrlichkeiten von Pantagruels Hochzeitsgeschenk für Panurge. Darin sind erstaunliche Dinge enthalten, das darf ich dir sagen, weil es allein in guter Münze des Reiches niemals ein Geschenk gegeben hat, das sich mit ihm hätte vergleichen können, und neben dem gewöhnlichen Gelde gab es noch die alten Stücke, von denen selbst die Namen heute unverständlich geworden sind und unbegreiflich bleiben werden bis zur Herbeikunft der Cocquigrues. Da war beispielsweise eine große goldene Sol, eine ganze Welt in sich, wie manche zu Recht behaupteten, und ich weiß nicht wieviel Myriaden von Myriaden Étoiles, alle vom feinsten Silber, das je geprägt ward, und Anges-Gardiens, von welchen die Gelehrten glauben, sie müßten dazumal zuerst in Angers geschlagen worden sein, doch andere sagen, es seien diese dasselbe wie unsere Engel, und was die Roses de Paradis und die Couronnes Immortelles angeht, so glaube ich, daß er so viele besaß, wie sein Herz nur begehren konnte. Und Beautés und Jouissances bekam er als Taschengeld; kleine Münze bringt manches Mal großen Verdienst. Und, wie gesagt, nicht eher hatte Panurge diese verwünschte Tochter der Rue Quincangrogne geheiratet, als sie ihn auch schon seiner gesamten Schätze beraubte, bis zum letzten Pfennig. Tatsächlich war dieses Weib eine Hexe; sie war auch noch etwas anderes, was ich für den Augenblick beiseitelasse. Doch, wenn du mir nur glauben willst, sie warf einen solchen Zauberbann auf Panurge, daß er sich für einen völlig Verarmten hielt, einen Bettler! So schaute er auf seine Sol d'Or und sagte: ›Wozu ist das denn gut? Das ist nur ein großer heller Kloß, ich kann ihn jeden Tag sehen.‹ Und wenn man sagte: ›Aber deine Anges-Gardiens?‹, dann erwiderte er: ›Wo sind sie? Habt ihr sie gesehen? *Ich* sehe sie nie. Zeigt sie mir doch!‹ – und so mit allem anderen. Und die ganze Zeit prügelte dieses fürchterliche Weib auf ihn ein, schlug und malträtierte ihn, daß ihm ständig die Tränen in den Augen standen, und man sagt, man hätte sein Geheul in der ganzen weiten Welt hören können. Alle sagten, er hätte sich schön in die Tunke gesetzt und würde noch ein böses Ende nehmen.

Zu seinem Glück machte diese... Hexe von einem Eheweib gelegentlich ein paar Minuten lang ein Nickerchen, und dann hatte er ein wenig Ruhe und fragte sich, was wohl aus all den lustigen Mädchen und liebenswürdigen Damen geworden war, die er in den alten Tagen gekannt hatte – denn zu seiner Zeit war er ein tüchtiger Weiberheld gewesen und hätte Ovidio noch Lektionen *in arte amoris* erteilen können. Nun setzte er natürlich sein Leben aufs Spiel, wenn er auch nur den Namen einer dieser Damen erwähnte, und was irgendwelche kleinen Besüchlein, geraubten Küßchen, verstohlenen Umarmungen und dergleichen betraf, so hieß es insgesamt: Lebwohl bis zum Sankt-Nimmerleinstag. Und dies war nicht alles, es kommt noch viel schlimmer – ich glaube, daß das, was ich jetzt erzählen werde, der Grund dafür ist, daß der Wind in den Winternächten heult und klagt, daß die Wolken weinen und der Himmel schwarz dreinblickt, denn es ist wahrhaftig der größte Kummer, der seit Anbeginn der Welt je vernommen ward. Ich muß es rasch sagen, sonst bringe ich es nie über die Lippen: Also, ganz unumwunden und so wahr ich hier sitze und gutes Bier trinke, nicht einen Tropfen, ein Gran, ein winziges Quentchen Wein hatte Panurge seit dem Tag seiner Hochzeit gekostet! Er hatte um Gnade gebettelt, er hatte ihr erzählt, wie er in den Diensten von Gargantua und Pantagruel sich angewöhnt hatte, noch im Schlaf zu trinken, und seine Frau riet ihm nur, zum Teufel zu gehen – sie würde ihn das schlechte Zeug nicht einmal anschauen lassen. ›Nicht anrühren, nicht riechen, nicht schmecken, das ist mein Wahlspruch‹, sagte sie. Sie gab ihm ein blaues Abzeichen, was ihn, so sagte sie, dafür entschädigen würde. ›Was willst du mit dem Wein?‹ fragte sie. ›Geh und mach Geschäfte, das ist besser für dich.‹

Traurig also und übel war die Lage des armen Panurge. Endlich wurde sein Zustand so kläglich, daß er sich eines der Schläfchen seiner Frau zunutze machte und sich wegschlich zu dem guten Pantagruel, um ihm die ganze Geschichte zu erzählen, und eine schlimme Geschichte war's, daß die Tränen Pantagruels Wangen herunterrannen vor Schmerz, und jede Träne enthielt genau hundertundachtzehn Gallonen Flüssigkeit, nach den Kalkulationen der besten Geometer.

Der gute Riese sah, daß die Sache verzweifelt stand, und der Himmel mochte wissen, sprach er, ob sie noch einzurenken wäre; doch war es gewiß, daß eine derartige Angelegenheit sich nicht in Eile erledigen ließ, weil man hier nicht zwischen zwei Bechern Wein um den dritten würfelte. Er riet Panurge deshalb, Geduld zu haben und sein Eheweib ein paar Tausend Jahre auszuhalten, und in der Zwischenzeit würde man sehen, was sich machen ließe. Doch damit ihn die Geduld nicht verließ, gab ihm Pantagruel eine seltsame Arznei, zubereitet vom größten Weisen des chinesischen Gebirges, und die sollte er seiner Frau ins Glas tun – denn obgleich er nichts trinken durfte, war sie dreimal am Tag betrunken, und so würde sie um so länger schlafen und ihm ein wenig Frieden lassen. Dies tat Panurge auch getreulich und fand so dann und wann ein wenig Ruhe, und man sagt, während dieses Teufelsweib schnarchte und schnorchte, konnte er durch einen glücklichen Zufall ein- oder zweimal einen Tropfen von der richtigen Sorte erwischen – guten alten Fetzer aus dem großen Faß –, den er aufläpperte wie ein Kätzchen die Sahne. Andere behaupten, er habe sich gelegentlich wieder seinen dubiosen alten Leidenschaften hingegeben, während seine häßliche Gattin in der Sonne schlief; die Frauen auf der Maille machen kein Geheimnis daraus, daß ihrer Meinung nach seine alte Liebe, Madame Sophia, gesehen wurde, wie sie sich hübsch fein verstohlen ins Haus und wieder herausstahl, und Gott allein weiß, was drinnen vor sich geht, wenn die Tür zu ist. Aber die Leute in der Touraine waren schon immer arge Klatschmäuler, und man darf nicht alles glauben, was man so hört. Ich lasse die krassen Gerüchteschmiede ganz beiseite, die erklärten, er habe eine Mätresse in Jerusalem sitzen, eine in Eleusis, eine in Ägypten, und etwa soviele wie im Serail des Großtürken verstreut in den Städten und Dörfern Asiens – aber ich glaube wohl, daß es zu Küssen in dunklen Ecken kam, und ein Vorhang vor einem der Zimmer des Hauses könnte seltsame Geschichten erzählen. Trotzdem war La Vie Mortale (die Pest ihr an den Hals!) öfter wach als daß sie schlief, und wenn sie wachte, war Panurges Lage schlimmer denn je. Denn, du verstehst, dumm war die Frau gewiß nicht, und sie sah sehr wohl, daß etwas vor sich ging. Der Fetzer im Faß hatte einen niedrigeren Stand, als es sein durfte, und mehr als einmal hatte sie ihren Mann fast glücklich dreinschauen sehen, worauf sie ihm den ganzen Haushalt um die Ohren schlug. Und einmal ließ Madame Sophia ihren Ring liegen, und wiederum war diese reizende Dame eines Morgens so stark parfümiert, daß sie das ganze Haus durchduftete, und als La Vie erwachte, war es wie in der Kirche. Da ging es hoch her, das kann ich dir versichern – die Leute hörten die Hiebe und Flüche, die Schreie und Seufzer auf der einen Seite bis Amboise, auf der anderen bis Luynes; und in jenem Jahr trat die Loire zehn Fuß hoch über die Ufer wegen Panurges Tränen. Zur Strafe zwang sie ihn, in die Industrie zu gehen, und er erbaute zehntausend Stinkkübelfabriken mit zwanzigtausend Schornsteinen, und alle Blätter und Bäume und das grüne Gras und die Blumen auf der Welt wurden schwarz und starben und alles Wasser wurde vergiftet, daß es keine Barsche mehr in der Loire gab und der Lachs vierzig Sols das Pfund auf dem Markt von Chinon galt. Die Männer und Frauen aber wurden gelbliche Affen und lauschten einem filzigen Alten namens Calvin, der ihnen erklärte, sie würden alle der ewigen Verdammnis anheimfallen (außer ihm selbst und seinen Freunden), und sie fanden diese Doktrin sehr trostreich und auch wahrscheinlich, da sie vernünftig genug waren, einzusehen, daß sie schon mehr als zur Hälfte verdammt waren. Ich weiß nicht, ob Panurges Schicksal damals am schlimmsten war oder bei einem anderen Anlaß: Als seine Frau ein Buch in seiner Schrift fand, von Anfang bis Ende voller Gedichte – manche über den wundervollen Schatz, den Pantagruel ihm geschenkt hatte und den er eigentlich längst vergessen haben sollte, andere Verse an seine alten Liebschaften, darunter ein ganzes Epos zum Ruhme seiner Hauptgeliebten Sophia. Da war nun der Teufel los – es hieß Wasser und Brot, Schläge und Qualen tagein und tagaus, und La Vie tat einen großen

Schwur: wenn er das noch einmal täte, dann solle er den Rest seines Lebens in Manchester verbringen, worauf er vor entsetzlicher Angst in Ohnmacht fiel und dalag wie ein Klotz, daß jedermann dachte, er sei tot.

Die ganze Zeit über war der große Pantagruel nicht faul. Da er erkannte, wie verzweifelt die Sache stand, berief er das Tausendunderste große ökumenische Konzil aller Weisen der weiten Welt ein, und als die Väter gekommen waren und in St. Gatien die Messe gehört hatten, wurde in einem großen Prunkzelt in den Wiesen an der Loire, gerade unter der Laternenkuppel von Roche Corbon, die Sitzung eröffnet, weshalb dieses Konzil immer das große und heilige Konzil zur Laterne genannt wird. Wenn du wissen möchtest, wo der Ort genau liegt, so ist das ganz einfach, denn es steht ein hervorragendes Wirtshaus an der Stelle, wo einst das Zelt war, und da kannst du *matelotte* bekommen und *friture* und bernsteinfarbenen Wein von Vouvray, besser als in irgendeinem Wirtshaus der Touraine. Was die Geschichte der Verhandlungen dieses großen Konzils betrifft, so wird sie immer noch geschrieben, und bis jetzt sind erst zweitausend Bände im Elefantenfoliantenformat *sub signo Lucernae cum permissu superiorum* gedruckt worden. Doch weil ich mich kurz fassen muß, sei gesagt, daß die heiligen Väter zur Laterne, nachdem sie den ganzen Fall von den Großsekretären Pantagruels vorgelegt bekommen hatten, nachdem sie die Argumente geprüft, die Präzedenzfälle aufgesucht, die Doktrin erörtert, die verborgene Weisheit erforscht, den Kanon konsultiert, das Dogma dividiert, die Distinktionen distinguiert und die offenen Fragen beantwortet hatten, einstimmig beschlossen, daß es auf der Welt keine andere Hilfe für Panurge gab als nur die eine: er mußte sich stracks auf das hohe, edelste und ruhmreichste Abenteuer aufmachen und die Suche nach dem Sangraal antreten, denn auf keine andere Art und Weise unter dem Himmel konnte er sein pestilenzialisches Weib loswerden, La Vie Mortale.

Und bei einer anderen Gelegenheit«, sagte Ambrose, »hörst du vielleicht von der letzten Fahrt Panurges nach der gläsernen Insel des heiligen Grals, von den unglaublichen Abenteuern, die er bestand, den schrecklichen Gefahren, die er durchschritt, den großen Wundern und Geheimnissen und Erbarmungen unterwegs, davon, wie es kam, daß er den Titel Plentyn y Tonau erhielt, was da bedeutet ›Kind der Wasserfluten‹, und wie er endlich ruhmvoll der Vision des Sangraal teilhaftig wurde und aufs Glücklichste der Macht von La Vie Mortale entrückt und verwandelt.«

»Und wo ist er jetzt?« fragte Nelly, die die Geschichte interessant, aber dunkel gefunden hatte.

»Das weiß man nicht genau – die Meinungen gehen auseinander. Aber zwei Dinge sind seltsam: zum einen, daß er genauso aussieht wie der Mann im roten Gewand, dessen Statue wir im Schaufenster gesehen haben heute abend; und ferner, daß er von jenem Tag an bis zum heutigen keine Minute lang nüchtern gewesen ist.

Calix meus inebrians quam praeclarus est!«

V

Ambrose nahm einen großen Zug aus seinem Krug und leerte ihn, um sogleich mit dem Deckel nach einem neuen Trunk zu klappern. Nelly war etwas nervös; sie befürchtete, er könnte zu singen beginnen, denn in der Geschichte von Panurge gab es extravagante Züge, die ihr alkoholischen Ursprungs zu sein schienen. Doch sang er nicht; er saß schweigend da und betrachtete die dunklen Balken, den Hopfenstrauß an der Decke, die glänzende Phalanx der Maßkrüge und die kleinen Gruppen der Trinker, die im Raum verstreut saßen. An einem Nachbartisch aßen zwei Deutsche herzhaft zu Abend, kauten begeistert das Fleisch und schmatzten in einer Art schwerfälliger Ekstase mit den Lippen. Er konnte nicht sehr viel Deutsch, aber er verstand ein wenig von der Unterhaltung.

Ein Mann sagte:

»Himmlische Schweinekoteletts!«

Und der andere antwortete:

»Herrliches Essen!«

»Nelly«, sagte Ambrose, »ich bin von einer großen Idee inspiriert.«

Nelly zitterte sichtbar.

»Ja. Ich habe soviel geredet, daß ich hungrig bin. Wir werden essen.«

Sie schauten die Karte mit den fremdartigen Eßwaren durch, und entschieden sich mit Hilfe des Kellners für Leberwurst und Kartoffelsalat als für etwas Leichtes und Harmloses. Dazu aßen sie hörnchenförmiges Brot, mit Kümmel bestreut; es gab noch mehr Münchener Löwenbräu und mehr blumiges Getränk, und zum Beschluß Kaffee, einen *fine* und einen Maraschino. Nelly schien es, als begännen die Kobolde einen grotesken, mystischen Tanz in den Schatten, als glitzerten die Glaskrüge auf dem Brett seltsam, als zögen sich die weißen Wände mit den rot-schwarzen Sinnsprüchen in weite Fernen zurück – und das Hopfenbukett schien von einem entlegenen Stern zu pendeln. Was Ambrose angeht, so war er sicherlich nach der Definition des Barons nicht *ebrius*; er war kaum *ebriolus* – doch er war sich, sagen wir, einer gewissen Beschleunigung der Einbildungskraft bewußt, eines lebhafteren und eindringlicheren Genusses der ganzen Situation, der unaussprechlichen Lustigkeit ihrer verrückten Flucht vor den Konventionen Luptons.

»Es war ein Donnerstagabend«, sagte Ambrose in späteren Jahren, »und wir dachten daran, entweder am nächsten Morgen oder spätestens am Samstag in die Touraine aufzubrechen. Es wird immer hell in meinem Gedächtnis erstrahlen, dieses Bild – der niedrige Raum mit den Eichenbalken, die glitzernden Krüge, der Hopfen an der Decke, und Nelly mir gegenüber, wie sie aus einem grünen Glas ihr duftendes Getränk trinkt. Es war die letzte Nacht der Heiterkeit, und schon da war die Heiterkeit mit seltsamen Mustern durchwirkt – die Bemerkungen des Franzosen über das Martyrium, und die Statue des Heiligen, der auf die Male seiner Passion deutete, in dem farbigen Gewand und mit diesem hingerissenen, frohlockenden Gesicht, und dann der Gesang des endgültigen Triumphs, der letzten Erlösung, der in dem Glockengeläut aus der weißen Kirchturmspitze drang. Ich glaube, der Kontrast dieser ernsten Unterströmung machte mir das Herz nur noch leichter – ich war in jenem seltsamen Zustand, wo es einen entzückt, nicht verstanden zu werden, und so erzählte ich der armen Nelly die Geschichte von Panurges Hochzeit mit La Vie Mortale; ich bin sicher, sie dachte, ich sei betrunken!

Wir fuhren in einer Droschke heim und einigten uns darauf, daß wir noch eine einzige Zigarette rauchen und dann ins Bett gehen würden. Es war ausgemacht, daß wir die Nachtfähre nach Dieppe am nächsten Tag nehmen würden, und wir lachten beide vor Vergnügen über unser Abenteuer. Und dann – ich weiß nicht, wie es kam – fing Nelly an, mir alles über sich zu erzählen. Sie hatte nie ein Wort gesagt; ich hatte nie gefragt – ich frage nie jemanden nach dem früheren Leben. Was tut das zur Sache! Sie kennen wohl eine bestimmte Art der Handlungsführung, sehr beliebt bei Romanschriftstellern, wo das Glück des Helden daran zerbricht, daß er herausfinden muß: Das Leben seiner Gattin oder seiner Zukünftigen ist nicht immer so makellos rein gewesen wie der frischgefallene Schnee. Warum sollte es auch rein sein wie der Schnee? Wer ist der Held, daß ihm die Liebe von Jungfrauen des Paradieses zugeteilt werden sollte? Ich nenne das Heuchelei, all das – und ich hasse es. Ich hoffe, Angel Clare ist schließlich in die Fänge einer jungen Dame vom Piccadilly Circus geraten – und die wäre wahrscheinlich viel zu gut gewesen für ihn! Also, Sie verstehen, ich war kaum geneigt, Nelly irgendwelche bohrenden Fragen zu stellen; wir hatten anderes zu reden.

Aber in dieser Nacht war sie wohl ziemlich erregt. Es war eine wilde, wunderbare Woche gewesen. Der Wechsel von jener Kloake in den Midlands zur Abtei Thelema war genug, einem den Kopf zu verdrehen; wir hatten gelacht, bis uns schwindlig wurde. Das Schlimmste an dieser wahnwitzigen Schuldisziplin ist es, daß sie einen an Kleinigkeiten eine verrückte und ganz unverhältnismäßige Freude empfinden läßt, an Winzigkeiten, die man eigentlich als selbstverständlich hinnehmen sollte. Ich versichere Ihnen, jeder Augenblick, den ich nach sieben Uhr im Bett verbrachte, war ein Gran des Paradieses für mich, ein Moment des Entzückens. Das ist natürlich lächerlich – ein Mann soll früh aufstehen oder spät, wie er es mag oder am besten findet, und sich nicht weiter aufhalten dabei. Doch in diesem infernalischen Lupton war die Frühaufsteherei ein Teil des elenden Geseires und Getues, das dort üblich war und das ganze Leben zu einem langen Essen macht, wo jedes Gericht dieselbe Sauce hat. Die mag gar nicht schlecht sein, aber sie widert einen schließlich an. Unseren dortigen Bonzen zufolge war das frühe Aufstehen an einem Wintertag eine hohe Tugend, mit der man Verdienst erwarb. Ich glaube, ich hätte gerne einen harten Stuhl zum

Sitzen gehabt, aus freien Stücken, wenn nicht einer von unseren alten Idioten – Palmer – ständig von der entsetzlichen Üppigkeit gelabert hätte, die sich im Lebenswandel gewisser Jungen zeige, welche Armsessel in ihren Zimmern stehen hatten. Wenn man nicht irgend etwas tat, damit es einem sehr unbehaglich zumute war, sagte er gleich, man sei ›wie die Römer der Verfallszeit‹. Ich glaube wahrhaftig, daß er dachte, die Irren, die am Weihnachtstag in der Serpentine im Hyde Park baden, kämen schnurstracks in den Himmel!

So war das also. Ich wachte aus alter Gewohnheit um sieben Uhr auf und lachte, als ich merkte, daß ich in Little Russell Row war und nicht im Alten Herrenhaus. Dann nickte ich wieder ein und wachte immer wieder einmal auf – um acht, neun, zehn Uhr –, um mit wachsendem Genuß vor mich hinzulachen. Genauso war es mit dem Rauchen. Ich glaube, ich hätte jahrelang keine Zigarette angerührt, wenn das Rauchen nicht eine Todsünde im Sittenkodex dieser Wahnsinnigen gewesen wäre. Ich weiß nicht, ob das Rauchen für Jungen schlecht ist oder nicht; ich nehme es eigentlich nicht an, da die Holländer, soweit ich weiß – diese strammen Burschen – im Alter von sechs Jahren oder so anfangen, dicke Zigarren zu paffen; aber ich weiß, daß diese pompösen alten Kretins, Blödiane, Gipsschädel genau die allerbeste Methode entdeckt haben, einen Jungen glauben zu machen, daß ein Päckchen Rosebuds den Gipfel orgiastischer Seligkeit darstellt.

Sie sehen also, auf welche Weise Little Russell Row – die schäbige, muffige, dunkle Zuflucht im alten Bloomsbury – die Wohnstatt zauberischer Freuden wurde, ein wunderbares Teilchen des Elfenreiches. Ja, das war schon starker neuer Wein, den wir da kosteten! Er stieg uns in den Kopf, kein Wunder. Es kam alles zu seinem Gipfelpunkt, als wir an jenem Donnerstag abend in die ›Drei Könige‹ gingen und unter dem Hopfenstrauß saßen, um Löwenbräu und blumiges Getränk zu uns zu nehmen, während ich extravagante Geschichten von Panurge erzählte. Es war an der Zeit, daß der Vorhang fiel und unsere Komödie ein Ende fand.

Die eine Zigarette war schon zu drei oder vier geworden, als Nelly begann, mir ihre Geschichte zu erzählen; der Wein und die Freude waren auch ihr zu Kopf gestiegen. Sie beschrieb die ersten Dinge, an die sie sich erinnerte: eine Hütte zwischen wilden Hügeln und steinigen Feldern im Westen von Irland, und der große Ozean, der nur eine Meile entfernt an die Küste donnerte, und Wind und Regen, die immer über die Wellen hereinwehten. Sie sprach von diesem Ort, als liebe sie ihn, obwohl ihre Eltern arm waren, wie man es sich nicht vorstellen konnte, und es in der alten Hütte kaum etwas zu essen gab. Sie erinnerte sich an die Messe in der kleinen Kirche, einem alten, alten Gebäude, versteckt in der tiefsten Einöde der Gegend, klein und dunkel und fast kahl, bis auf die Kerzen auf dem Altar und eine helle Statuette oder zwei. St. Kierans Klause wurde sie genannt, und es hieß, daß die Messe dort jeden Tag gelesen worden war, auch in den dunkelsten Tagen der Verfolgung. Sie konnte sich noch gut an den alten Priester und seine Meßgewänder erinnern, an die Gesten, die er gebrauchte, und wie sie sich alle tief verneigten, wenn das Glöckchen läutete; sie konnte seine zitternde Stimme nachahmen, die den lateinischen Text sprach. Ihr eigener Vater, sagte sie, war auf seine Art ein gelehrter Mann, wenn es auch nicht die englische Art war. Er konnte nichts Gedrucktes lesen und konnte nicht schreiben; er wußte nichts von Büchern, aber er konnte viele von den alten irischen Liedern und Geschichten auswendig, und er hatte Stäbe, auf die er Gedichte über alle möglichen Dinge schrieb, indem er Kerben ins Holz ritzte – Oghams, wie der Priester es nannte, und er konnte viele wunderbare Geschichten von den Heiligen und dem Volk erzählen. Es war ein glückliches Leben – sie waren unsäglich arm, lobten Gott und entbehrten nichts. Dann wurde ihre Mutter siech und starb, und ihr Vater hielt danach den Kopf nie mehr hoch, und mit neun Jahren war sie ein Waisenkind. Der Pfarrer hatte an eine Tante geschrieben, die in England lebte, und so fand sie sich eines schwarzen Tages auf dem Bahnsteig eines fürchterlichen kleinen Fabrikdorfes in Lancashire stehen; alles war schwarz – der Himmel und die Erde, die Häuser und die Menschen, und das Geräusch ihrer rauhen, harschen Stimmen tat ihr weh. Und die Tante hatte einen Freikirchler geheiratet und war zum Protestantismus übergetreten, also war sie auch schwarz, dachte Nelly. Sie fühlte sich lange Zeit sehr elend, sagte sie. Die Tante war wohl freundlich zu ihr, aber der Ort und die Menschen waren so schrecklich. Mr. Deakin, der Ehegatte, sagte, Papisterei könne er keine unterstützen in seinem Hause, also mußte sie sonntags mit zur Versammlung gehen und sich den Unsinn anhören, den diese Leute ›Religion‹ nannten – nichts als lange Predigten und furchtbares Choralgekreisch. Nach und nach vergaß sie ihre alten Gebete, und man nahm sie in die Sonntagsschule auf, wo sie Sprüche auswendig lernte und von König Salomons Tempel hörte und von Jonadab dem Sohne Rechabs, und Isebel, und den Richtern. Sie schienen einiges auf sie zu halten in der Schule; sie bekam mehrere Preise für Bibelkenntnis.

Sie war sechzehn, als sie in den Dienst geschickt wurde. Sie war froh, wegzukommen – nichts konnte schlimmer sein als Farnworth, und vielleicht kam es besser. Und dann gab es Geschichten zu erzählen! Nie ist für mich ein klareres Licht auf die merkwürdigen und widerlichen Sitten der englischen Kleinbürger gefallen – jener Klasse, die sich besonders viel auf ihre Anständigkeit zugute hält, insbesondere auf ihre ›Moral‹ (womit die strikte Observanz eines besonderen Gebotes unter den zehn gemeint ist). Sie kennen die Gesellschaftsschicht, die ich meine: die Brigade der glänzend gebürsteten Hüte am Sonntag, mit der sauberen kleinen Vorstadtvilla und einem gepflegten Gärtchen davor, dem heiligen Guten Zimmer, mit der schön sichtbar aufgelegten großen Bibel. Häufiger geht dieser Stamm in die Freikirchen als zum anglikanischen Gottesdienst, aber er speist sich aus beiden Quellen. Von größter Bedeutung ist alles Glänzende – nicht nur der Sonntagshut, sondern die Möbel, das Linoleum, die Haare und sogar das Fleisch dieser Menschen haben eine ungesund strahlende

Politur, und sie schätzen es, wenn ihre Pflanzen und Blumen und Sträucher so stark wie nur möglich glänzen – diese *gens lubrica*.

In deren Zelte kam die arme Nelly als Sklavin; von nun an wohnte sie an den wohlanständigen Rändern mehr oder minder wohlhabender Fabrikorte, und bald sehnte sie sich sehr nach dem ehrlichen Dreck und der offenen Häßlichkeit von Farnworth. Ein Igel ist ein rauher, stachliger Bursche – lieber seine Stacheln als der giftige Schleim des Reptils! Was für Geschichten erwarten den Romancier, der Mut hätte (wie heißt er übrigens?) und den Scharfblick, durch diese Jalousien und weißen Vorhänge hindurchzusehen, der das Losungswort kennt, das ihm Eintritt verschafft durch die hochglanzpolierte Tür neben der gewachsten Veranda! Was für Romanhandlungen, welche Bilder, welche Figuren liegen bereit für seine kundige Hand, was für herrlicher Stoff liegt unerkannt brach, nutzlos und geradezu indezent – der im Schmelztiegel des Künstlers sich zu goldener, exquisiter Vollkommenheit verwandeln würde! Wissen Sie, ich kann nie in die Regionen eindringen, wo diese Leute wohnen, ohne daß ich ein großes Erstaunen fühle und die Begierde, daß mir es zufallen möchte, jene Meisterwerke zu schaffen, die ich angedeutet habe! Erinnern Sie sich, daß Zola auf seinem Besuch in London, als er diese Welten vom Zug aus sah, schmerzlich seufzte, weil er kein Englisch konnte und deshalb keinen Schlüssel zu dem Schatzhaus hatte, das hier vor seinen Augen lag? Er, der alles ahnte und alles erriet, sah natürlich die unendliche Vielfalt romantischer Abenteuer, die sich unter diesen Myriaden von selbstgefällig-gewöhnlichen Dächern verbarg: Ich wünschte, er hätte dies alles auf Englisch beobachten und auf Französisch aufzeichnen können. Er war ein mutiger Mann, sein Eintreten für Dreyfus beweist das; aber, seine Sprachkenntnisse einmal angenommen – den Mut hätte er wohl nicht gehabt, den Londoner Vorstädten ihre Wahrheit in ihrer eigenen Sprache vorzuhalten.

Ja, ich gehe diese langen Straßen an Sonntagnachmittagen

entlang, wenn sie besonders proper sind. Manchmal, wenn man die Stunde richtig wählt, kann man in sogenannte ›Frühstückszimmer‹ hineinschauen (Räume, die halb in die Erde eingelassen sind) und in jedem dieser Zimmer den Teetisch gedeckt sehen, so daß man die reizende einheitliche Ordnung erkennt, die überall herrscht. Tee im Wohnzimmer wäre sicher eine Entweihung. Was wohl geschähe, wenn irgendein Zufallsbesuch keinen Tee haben wollte und nach einem Glas Bier fragte, oder sogar einem Brandy-Soda? Ich glaube, der unterirdische See, der viele hundert Fuß unter London liegt, würde emporwogen, und die sündige Stadt ginge unter. Ja – betrachten Sie diese Häuser einmal genau, wie ordentlich und unauffällig und glänzend (wie gesagt) sie dastehen, und dann denken Sie daran, was sie verbergen.

Allgemein gesprochen ist wohl die ›Moral‹ – im Sinne der englischen Vorstadtbegriffe – immer so ziemlich dieselbe gewesen. Ich kann mir nicht vorstellen, daß die ›Römer der Verfallszeit‹, mit denen es der gute alte Palmer immer hatte, viel besser oder schlimmer waren als die Babylonier der Blütezeit, und insgesamt ist London wohl ziemlich dasselbe wie Peking, in dieser Hinsicht. Das moderne Berlin und das Venedig des sechzehnten Jahrhunderts würden sich hier auf gleicher Ebene begegnen – nur war Venedig gewiß sehr malerisch, und Berlin ist bestimmt sehr häßlich. Tatsächlich ist es einfach so, daß der Mensch – um mich eines einfachen Vergleiches zu bedienen – immer hungrig ist, und da dies der Fall ist, wird er manchmal zuviel essen, gelegentlich sich seine Mahlzeit auf seltsamen Umwegen verschaffen, und gelegentlich wird er sich mehr oder weniger ungesetzliche Imbisse außer der Reihe holen, vor dem Frühstück und nach dem Abendessen. Das ist alles, und damit Schluß! Aber denken wir uns eine Gesellschaft, in welcher die Tatsache des Hungers offiziell bestritten wird, in welcher die leiseste Andeutung eines leeren Magens als ungeheuerlichste Obszönität gilt, als verabscheuenswerte Beleidigung der heiligsten religiösen Gefühle! Stellen wir uns vor, daß ein Kind bei der bloßen Erwähnung eines Butterbrotes aufs Schärfste getadelt wird, so daß man es prügelt und in ein dunkles Zimmer einsperrt, wenn es ein Rezept für Plumpudding gelesen hat! Stellen wir uns, kurz gesagt, eine ganze Gesellschaft vor, die auf der Grundlage einer strikten offiziellen Übereinkunft funktioniert, daß kein anständiger Mensch sich je des körperlichen Verlangens nach Essen bewußt ist oder bewußt gewesen sein kann – daß Frühstück, Mittagessen, Tee und Abendessen Orgien sind, an denen nur die verkommensten und ruchlosesten Sünder teilnehmen, die einer fürchterlichen ewigen Verdammnis entgegensehen. In einer solchen Welt würde man wohl auf einige sehr merkwürdige Ernährungsgewohnheiten stoßen. Tatsachen sind bekanntlich störrische Dinge, doch wenn man ihre bloße Existenz leugnet, dann werden sie wilde und furchtbare Dinge. Coventry Patmore war zornig, und das mit Grund, als er hörte, daß selbst im Vatikan die Statuen mit Feigenblättern ausgezeichnet worden waren.

Nelly fiel unter diese Manichäer. Sie war in der Welt hinter den Jalousien, den weißen Musselinvorhängen und dem Gummibaum gewesen, und sie berichtete mir davon. Die Leute reden von der schlimmen Moral am Theater, die Schweine! Am Theater – wenn sich denn da etwas dergleichen abspielt – treffen ein sogenannter Liederjan und ein sogenanntes leichtes Mädchen zusammen und trennen sich wieder, ohne Täuschung und Heuchelei, von Gleich zu Gleich. Es geht da nicht darum, daß der Herr mitten in der Nacht ins Zimmer eines jungen Mädchens schleicht, mit einer Bibel unter dem Arm, welch besagte Bibel dann mit groteskem Geschick dazu benutzt wird, aufzuzeigen, daß den Wünschen des ›Herrn‹ sogleich Folge zu leisten ist, will man nicht streng bestraft werden, und zwar nicht nur in dieser Welt, sondern auch in der zukünftigen. Jeden Sonntag, das müssen Sie bedenken, hat das Mädchen den ›Herrn‹ vielleicht fromm an seinem Platz in der Kirche knien sehen, vielleicht in der Rolle eines Ältesten oder Kirchenvorstandes – vielleicht hat er auch die rhetorischen Gaben des Pastors als Laienprediger irgendeines alptraumhaften Bethauses ergänzt. Der ›Herr‹ betet mit wunderbarer Inbrunst; er spricht zu Gott von Mann zu Mann; bei den gefühlvollen Passagen wird seine Stimme rauh, und alle sagen, wie gut er ist. Er ist ein Diakon, ein Armenpfleger (welch anmutiger Titel!), ein Miterbauer und eifriger Förderer der Gesellschaft zur Verbreitung der Bibel im In- und Auslande – mit einem Wort, er gehört zur großen Mittelschicht, zum Rückgrat Englands und der protestantischen Religion. Er unterstützt jene vorbildliche Organisation, die Buchhändler anzeigt, weil sie Boccaccios *Decamerone* verkaufen. Er hat zehn bis fünfzehn Kinder, die Mama sämtlich im Garten gefunden hat.

›Mr. King war ein fürchterlicher Mann‹, sagte Nelly, als sie ihre erste Stellung beschrieb, ›er hatte ein breites fettiges blasses Gesicht und einen roten Backenbart und eine glänzende Glatze, und wenn er lächelte, wurde es einem ganz schlecht. Bald, nachdem ich dort angefangen hatte, kam er in die Küche. Die gnädige Frau war drei Tage fort, die Kinder lagen alle im Bett. Er setzte sich neben den Kamin und fragte, ob ich errettet wäre, und ob ich auch den Herrgott liebte, wie sich das gehörte, und ob ich je schlimme Gedanken wegen jungen Männern hätte? Dann schlug er die Bibel auf und las mir gemeine Sachen aus dem Alten Testament vor, und fragte, ob ich verstehen würde, was das bedeutet. Ich sagte, das wüßte ich nicht, und er sagte, wir müßten uns dem Herrn im Gebet nähern, damit wir begnadet würden, zusammen die Schrift zu studieren. Ich mußte mich dicht neben ihn hinknien, und er legte mir den Arm um die Taille und fing an zu beten, wie er es nannte; und als wir aufstanden, nahm er mich aufs Knie und sagte, er würde in mir seine eigene Tochter sehen.‹

Nun gut, soviel zu Mr. King. Sie können sich vorstellen, was das arme Kind wieder und wieder durchzustehen hatte. An den großen Gebetsabenden schob sie immer die Kommode gegen ihre Schlafzimmertür: Es kamen dann sanfte, vorsichtige Stöße, und eine leise Stimme murmelte: ›Mein Kind, weshalb ist dein Herz so schlecht und verstockt?‹ Ich glaube, wir können uns auf Grund dieser Beispiele den allgemeinen Charakter des ›Herrn‹ vorstellen. Die ›Gnädige‹ bräuchte natürlich einen Traktat für sich – ihre gewöhnlichen Schwächen sind Kinderfolter, heimliche Sauferei und vulgäre Affären mit pomadisierten Handlungsreisenden.

Ja, es ist schon eine fürchterliche Welt, nicht wahr? Und ist es nicht ein angenehmer Gedanke, daß Sie und ich praktisch von diesen Leuten regiert werden? Der ›Herr‹, das ist der berühmte ›Mann auf der Straße‹, der ›nüchterne, praktisch denkende Mann von Welt‹, ›der Nachkomme der wackeren Puritaner‹, dessen Urteil in allen Fragen die letzte Instanz ist, von der Lyrik bis zur Liturgie. ›Wir glauben kaum, daß dieses Bild dem Mann auf der Straße gefallen dürfte.‹ – ›Derartige Maßnahmen können praktisch denkende Leute nur abschrekken.‹ Angenehm, wie? *Suburbia locuta est, causa finita est.*

Ich nehme an, von Natur aus wären diese Leute nicht so sehr viel schlimmer als der gewöhnliche Schwarze in Afrika. Ihre wesentliche Verkommenheit kommt, wie ich das sehe, von ihrer wesentlichen und zutiefst abscheulichen Heuchelei. Sie wissen ja, wie sie immer von den Lehren der Bibel faseln, der ›schlichten Moral des Evangeliums‹ und all diesem ekelerregenden Quatsch? Und was wäre wohl das Verdikt dieser Vorstadtwelt über einen Mann, der für den morgigen Tag keine Sorge trägt, der sein Leben nach dem Vorbild der Lilien auf dem Felde errichtet, der nur Spott übrig hätte für die Idee, Schätze zu sammeln? Sie wissen genau, daß seine Anverwandtschaft ihn für verrückt erklären ließe. *Da* liegt die Schurkerei. Wenn man immer und ständig eine abgöttische und salbungsvolle Verehrung für eine Lehre bekundet, die man gleichzeitig ständig und stetig in ihren deutlichsten, einfachsten, elementarsten Forderungen mißachtet und ignoriert, dann – dann ist man bald so beschaffen, daß man den Angler interessiert, der einen Köder sucht.

Ja, so ist die Welt hinter dem Gummibaum, in die Nelly geriet. Ich glaube, die Avancen des ›Herrn‹ hat sie erfolgreich abgewehrt. Ihre Niederlage am Ende hatte andere Gründe:

Ich fürchte, daß ein Betäubungsmittel anstelle biblischer Verlockungen als Werkzeug diente. Sie weinte bitterlich, als sie von diesem Vorfall sprach, aber sie sagte auch: ›Ich bring ihn um dafür!‹ Es war eine häßliche Geschichte, und eine traurige – ach! die traurigste, der ich je gelauscht habe. Bedenken Sie – aus dieser alten Hütte in den wilden, öden Hügeln, vom Geräusch des großen Ozeans, vom reinen Atem der Wellen und dem feuchten Salzwind in den Gestank und das Gift unserer ›Fabrikzentren‹ zu geraten! Sie kam von Eltern, die nichts hatten und alles besaßen, in unsere Zivilisation, die alles hat und auf dem Misthaufen liegt, den sie direkt vor den Himmelstoren errichtet hat – aller wahren Schätze entblößt, voller Schwären und Ungeziefer und Fäulnis. Sie war mit den wundervollen alten Legenden von den Heiligen und den Elfen genährt worden, sie hatte den Liedern gelauscht, die ihr Vater dichtete und in die Oghamstäbe schnitt – und wir gaben ihr den Groschenroman und die Werke von Madame Dingsda. Sie hatte vor dem Altar gekniet und hatte das heilige Meßopfer angebetet; jetzt kniete sie neben dem ›Herrn‹, während der sich im Gebet seinem Herrn näherte und sich dabei die dicken blassen Lippen leckte. Ich kann mir keinen schrecklicheren Wechsel vorstellen.

Ich weiß nicht, wie oder warum es geschah, doch während ich Nellys Geschichte lauschte, wurden mir die Augen über mein Leben und meine Taten geöffnet, und ich erkannte zum ersten Mal meine Sünde. Ich müßte daran verzweifeln, wollte ich irgend jemandem erklären, wie vollständig unschuldig ich in meinen Absichten die ganze Zeit gewesen war, wie weit entfernt ich von aller bewußten, geplanten Schuld stand. Auf eine Art war ich wissend, und doch gleichzeitig äußerst ignorant – ich hatte begangen, was zweifellos eine jammervolle Sünde ist, und hatte dabei geglaubt, ich genösse das größte aller Mysterien, die größte aller Gnaden und Segnungen – das große natürliche Sakrament des Menschenlebens.

Wußte ich nicht, daß ich etwas Schlechtes tat? Ich wußte, daß ich in schlimme Schwierigkeiten gekommen wäre, wenn irgendeiner der Lehrer mich mit Nelly ertappt hätte. Gewiß, das wußte ich. Aber wenn mich irgendein Lehrer mit einer Zigarette oder beim Aussprechen des Wortes ›verdammt‹ erwischt hätte, oder beim Betreten eines Wirtshauses, um ein Glas Bier zu trinken, oder beim Benutzen eines Spickzettels oder bei der Rabelaislektüre, dann wäre ich ebenfalls in schlimme Schwierigkeiten geraten. Ich wußte, daß ich wider den ›Tenor‹ der großen Public School sündigte – Sie können sich wohl vorstellen, wie tief ich eine solche Schuld empfand! Und natürlich hatte ich die Jungen ihre törichten Unanständigkeiten reden hören, aber irgendwie gab es zwischen ihrem gemeinen Gerede und ihren dreckigen Witzen und meiner Liebe zu Nelly keine Verbindung in meinen Gedanken – keine engere Berührung in der Tat als zwischen Mitternacht und Tageslicht; das eine erinnerte mich nicht mehr an das andere, als Folterqualen einen an große Freuden denken lassen. Tatsächlich gab es eine Beunruhigung – einen schwachen Hinweis – tief in meinem Bewußtsein, daß nicht alles gut war, aber ich wußte mir keinen Grund dafür, ich hielt es für einen morbiden Traum, das Hirngespinst einer allzu lebhaften Phantasie vielleicht. Ich wollte nicht auf eine leise Stimme hören, die mir ohne Sinn und Verstand zu sprechen schien.

Und nun klang diese Stimme in meinen Ohren mit dem klaren, hallenden, durchdringenden Ruf einer Trompete; ich sah mich tief drunten neben der pestilentialischen Horde angeklagt, von der ich eben gesprochen habe, und in der Tat: Meine Sünde war schlimmer als ihre, denn ich war im Licht aufgewachsen und sie in der Dunkelheit. Gänzlich achtlos, ohne Wissen, ohne Vorbereitung, ohne das mystische Wort erhalten zu haben, war ich in das Heiligtum gestolpert, uninitiiert war ich durch den Schleier gedrungen und hatte das verborgene Mysterium geschaut, die geheime Herrlichkeit, die vor den heiligen Engeln verhüllt bleibt. Kummer und große Trauer waren mein Teil, als erkennte ein Priester, der verehrungsvoll seine Opfer bringt, mit einem Male, daß er, ohne es zu wissen, entsetzliche, gemeine Blasphemien sprach und Satan herbeibeschwor anstelle des Heiligen Geistes. Ich verbarg mein Gesicht in den Händen und schrie laut vor Schmerz.

Wissen Sie, daß Nelly beinahe erleichtert war, als ich versuchte, ihr von meinem Fehler zu erzählen – wie ich es nannte? Obwohl ich ihr dabei sagte, so sanft ich konnte, daß alles vorbei war. Sie war erleichtert, weil sie sich zum ersten Male ganz sicher war, daß ich bei Sinnen sei! Ich kann es verstehen. Meine ganze Haltung muß ihr als etwas am Rande des Wahnsinns erschienen sein, denn natürlich hatte ich von Anbeginn an nicht einen Augenblick lang den Standpunkt des reulosen, aber lustigen Sünders eingenommen, der weiß, daß er arg über die Stränge schlägt, aber trotzdem weitermacht, der unartige Junge. Sie, mit ihren bösen Erfahrungen, hatte in den Worten, die ich manchmal sprach, die Nähe des Wahns gehört. Sie fragte sich, sagte sie mir, ob ich nicht eines Nachts auf einmal ihren Hals zwischen die Hände nehmen und sie in einem plötzlichen Furor erwürgen könnte. Sie wußte kaum, ob sie einen solchen Tod fürchtete oder ersehnte.

›Du hast so seltsam gesprochen‹, sagte sie, ›und die ganze Zeit hab ich gewußt, daß es nicht recht ist, was wir tun, und ich habe mir immer überlegt, was kommen wird.‹

Natürlich war sie sich immer noch weitgehend im unklaren, wie es in mir aussehen mochte, als ich ihr alles erklärt hatte, so gut ich konnte; immerhin sah sie: Verrückt war ich nicht, und also war sie erleichtert.

Ich weiß nicht, wie es zuerst kam, daß sie sich zu mir hingezogen fühlte – wie es kam, daß sie sich in jener Nacht in das Zimmer stahl, wo ich zerschlagen und voll Schmerzen lag. Mitleid und Begehren und der Wunsch nach Rache hatten wohl alle ihren Teil daran. Ich tat ihr so leid, sagte sie. Sie konnte sehen, wie einsam ich war, wie ich die Schule und alle darin haßte, und sie wußte, daß ich kein Engländer war. Ich glaube, mein wildes walisisches Gesicht zog sie auch an.

Ach, das war eine traurige Nacht, nach all unserem Gelächter. Wir saßen immer noch da, als die Dämmerung durch die heruntergelassenen Jalousien kroch. Ich sagte ihr, wir müßten nun zu Bett gehen, oder wir würden am nächsten Tag niemals aufstehen. Wir gingen in das Schlafzimmer und da erschien, traurig und grau, der Morgen. Ein lastender Himmel hing voll Wolken, und ein weicher, schnurgerader Regen prasselte auf die Blätter einer großen Platane gegenüber; schwere Tropfen fielen in die Pfützen auf der Straße.

Es war still wie auf dem Berg, erfüllt von einer unendlichen Traurigkeit, und ein plötzlicher Schritt, der über das Pflaster des Platzes drunten klappte, ließ diese Stille nur noch tiefer erscheinen. Ich stand am Fenster und schaute hinaus auf den weinenden, triefenden Baum, den stets fallenden Regen und die regungslosen bleifarbenen Wolken – es ging kein Lüftchen –, und es war, als hörte ich die allertraurigste Musik, Töne der Qual und Verzweiflung und Klänge, die aufschrien und weinten. Das Thema wurde – selbst ganz naß, sozusagen – mit Tränen angegeben. Es wurde mit lauterem Aufschluchzen wiederholt, mit einem noch klagenderen Flehen; es kehrte als Echo mit einer bitteren Intonation wieder, und die Tränen fielen rascher, wie die Regentropfen klatschend von dem weinenden Baum fielen. Unerbittlich in ihren traurigen Variationen, in ihrer erbarmungslosen Entwicklung, wimmerte diese Musik und wuchs mit ihrer Klage in meinem eigenen Herzen; sie war dumpf und ohne Hoffnung, dumpf wie diese reglosen bleiernen Wolken, die still am Himmel standen. Keine Linderung wurde dieser klagenden Melodie zuteil – eher wurde der Klang der Qual schärfer, und dann, wie um die Bitterkeit noch mehr zu erbittern, ertönte eine phantastische, lachende Melodie, einige Takte munterer Flöten und rascher Geigen, widerhallend von der Heiterkeit tanzender Schritte. Aber diese wurden von dem Urteilsspruch der Verzweiflung in den Staub geschlagen, durch ein Verhängnis, das für immer galt, durch ein mitleidloses, unnachgiebiges Urteil. Und wie ein plötzlicher Atemzug die nassen Zweige der Platane schüttelte und eine Kaskade Wasser auf die Straße strömte, so waren die letzten

Töne dieser inneren Musik mir wie ein hoffnungsloses Ausbrechen in Tränen.

Ich drehte mich vom Fenster weg und schaute das schäbige kleine Zimmer an, wo wir so herzlich gelacht hatten. Der Raum war traurig genug, mit seiner blaßblauen Streifentapete, seinem klapprigen alten Mobiliar und seinen schwächlichen Bildern. Die einzig fröhliche Note waren die Gegenstände auf der Frisierkommode, die die arme kleine Nelly dort angeordnet hatte – ein wenig Schmuck und Zierat und hübsche Sachen, die sie sich in den letzten Tagen gekauft hatte: eine Bürste mit Silbergriff, der Flacon eines Parfüms, das mir gefiel, eine kleine Brosche mit grünem Granat, die sie entdeckt hatte, und eine Puderquaste in einem hübschen vergoldeten Döschen. Der Anblick dieser dummen Sächelchen schnitt mir ins Herz. Nelly aber! Sie stand neben dem Bett, halb ausgekleidet, und sie sah mich mit klagender Sehnsucht an. Ich glaube, sie hatte mich wirklich liebgewonnen. Ich werde wohl nie den Zauber ihres traurigen Gesichts vergessen, den Fluß ihres schönen kupferfarbenen Haares; die Tränen standen naß auf ihren Wangen. Sie streckte halb die bloßen Arme nach mir aus und ließ sie dann sinken. Nie zuvor hatte ich ganz ihren eigentümlichen Reiz erkannt. Ich hatte sie alchemistisch destilliert und zu einem Symbol gemacht, zu einem Zeichen der Freude und Lust, und jetzt leuchtete sie vor mir, verwirrt – kein Symbol, eine Frau, wie ich mit meiner neuen Erkenntnis begriff, und ich sehnte mich nach ihr. Ich hatte gerade noch genügend Kraft und nicht mehr.«

Epilog

Es gibt unglücklicherweise – oder glücklicherweise, das muß dem Geschmack des Lesers überlassen bleiben – nach der Episode des Besuchs in London keinerlei weiteres detailliertes Material zum Leben von Ambrose Meyrick. Verstreute Informationen, einzelne Notizen und Hinweise sind alles, was wir besitzen, und der Rest von Meyricks Lebenslauf muß in unklarem und fast legendärem Umriß bleiben.

Ich persönlich bedaure diesen Mangel an Dokumenten sehr. Die vier vorhergegangenen Kapitel haben sich im Wesentlichen mit den Jugendjahren befaßt, und insofern mit einer Menge von Torheiten. Man fragt sich unwillkürlich – wie Nelly sich fragte –, ob der junge Mann ganz bei Verstand war. Möglicherweise könnten wir ihn mit umfangreicheren Informationen über seine späteren Jahre insgesamt als höchst exzentrisch einordnen, wenn auch im allgemeinen voll guter Absichten.

Aber sicher kann ich mir natürlich nicht sein, daß er so leicht davonkommen würde. Gewiß hat er das Abenteuer in der Little Russell Row nicht wiederholt, noch hat er, soweit ich sehe, noch jemandem außer seinem alten Lehrer eine rabelaisische Epistel geschrieben. Es gibt gewisse Taten der Verrücktheit, die wie gewisse Heldentaten sind – sie lassen sich kaum zweimal vom selben Menschen vollbringen.

Doch Meyrick fuhr fort, seltsame Dinge zu tun. Er wurde Wanderschauspieler, anstatt am Balliol College akademische Karriere zu machen. Wäre er an die Universität gegangen, so wäre er dem heilsamen und formenden Einfluß Jowetts begegnet. Er aber zog zwei, drei Jahre mit den Schauspielern durchs Land, und schreibt zum Andenken an seine alte Truppe die folgenden Zeilen:

»Ich ziehe meinen Hut, wenn ich die alte Musik höre, denn ich denke an die alten Freunde und die alten Tage; an das

Theater auf der Wiese am heiligen Fluß und an den schwellenden Nachtigallengesang an milden Frühlingsabenden. Es ist kein Zweifel, daß wir uns Platons Meinung anschließen dürfen und annehmen können, daß alle irdischen Schauspiele nur gebrochene Kopien, schwache Umrisse unsterblicher Dinge sind. Deshalb hoffe ich voll Vertrauen darauf, daß ich eingehen werde zur wahren ewigen Hathaway Company, *quae sursum est*, und die da ist das gereinigte und erhöhte Bild der irdischen; sie spielt immerwährend ein großes Mysterium im Theater auf der Asphodeloswiese, sie geht an den glücklichen leuchtenden Flüssen entlang und trinkt aus einer ewigen Schale in einem hohen, seligen und unvergänglichen Wirtshaus. *Ave, cara sodalitas, ave semper.*«

So übersetzt er in große Worte Flitterperücken und Schminke, dreckige Garderoben und dreckigere Hotelzimmer. Und als seine Theaterjahre vorüber waren, ließ er sich in London nieder und besuchte gelegentlich seine alte Heimat im Westen. Er schrieb drei oder vier Bücher, die auf ihre Art merkwürdig und interessant sind, obwohl sie nie vielgelesen sein werden. Und schließlich ging er in seltsamer Mission nach Osten, und aus dem Osten gab es keine Wiederkehr für ihn.

Man wird sich erinnern, daß er von einer keltischen Schale sprach, die viele hundert Jahre von einer bestimmten Familie aufbewahrt worden war. Beim Tod des letzten Wächters wurde die Schale in Meyricks Obhut gegeben. Er erhielt sie unter der Bedingung, daß sie in ein gewisses verborgenes Heiligtum in Asien gebracht und dort in Hände gelegt werden sollte, die wissen würden, wie ihre Herrlichkeit für immer der boshaften Welt entzogen werden konnte.

Er ging auf diese Reise in unbekannte Regionen, über schlechte Straßen und Gebirgspässe, durch Sandwüste und auf mächtigen Flüssen. Und er suchte sich seinen Weg auf dem zitternden und ungewissen Pfad, der sich durch die Gefahren und Einöden des *kevir* windet – des großen Salzsumpfes.

Er kam endlich an den bezeichneten Ort und gab jenen das Wort und die Schale, die wissen, wie man eine Maske trägt und das Anvertraute hütet, und dann machte er sich auf den Rückweg. Er hatte einen Punkt erreicht, wo es zu den Toren des Westens nicht mehr weit war, und rastete ein, zwei Tage unter Christen, müde von der erschöpfenden Pilgerfahrt. Doch die Türken oder die Kurden – es tut nichts zur Sache – fielen in den Ort ein und taten dort wie gewohnt, und Ambrose wurde gefangengenommen.

Einer der einheimischen Christen, der sich vor den Missetätern versteckt hatte, erzählte später, wie er sah, daß »Ambrosian der Fremdling« herbeigebracht wurde und wie man ihm ein Bild des Gekreuzigten vorhielt, daß er es bespucken und mit Füßen treten solle. Doch er küßte das heilige Bild mit großer Freude und Reue und Hingabe. So brachten sie ihn zu einem Baum vor dem Dorf und kreuzigten ihn dort.

Und als er einige Stunden an dem Baum gehangen hatte, töteten ihn die Ungläubigen – wütend, so heißt es, wegen der leuchtenden Freude auf seinem Gesicht – mit ihren Speeren.

Auf diese Weise gewann Ambrose Meyrick das rote Martyrium und vollendete die höchst ruhmreiche Suche und Abenteuerfahrt nach dem Sangraal.